La novela te atrae a su red de circunstancias complejas por grados, desplegándose como una especie de experimento científico; desentraña toda la investigación y comunidad científica – desafía los principios de la evolución, el conocimiento, el ser y el creer. Se invierte la unidad del conocimiento y el propio conocimiento. Ricardo Sztein es un personaje inolvidable, y esta historia es definitivamente un ganador.

—Robert Bausch, autora,
A Hole in the Earth y Far as the Eye Can See

En esta rica novela distópica Ricardo Sztein arriesga todo para seguir su curiosidad intelectual en desafío al utilitarismo extremo de su sociedad. El primo espiritual de Hard Times de Dickens, con un gesto de asentimiento al Big Brother, 'Medusas' proyecta nuestro pragmatismo actual hacia un futuro aterrador pero posible. Un libro maravilloso para aquellos que aman la creatividad, la ciencia y los grandes dones de la serendipia.

—Barbara Esstman, autora,
The Other Anna y Night Ride Home

En la brillante primera novela del autor, viajamos a una laguna tropical con el Dr. Ricardo Sztein, un científico inconformista que está fascinado por las medusas. La trepidante aventura trata en parte de los descubrimientos inusuales y fascinantes del Dr. Sztein mientras estudia sus amadas medusas. También plantea preguntas importantes sobre el valor de la originalidad y la creatividad en la investigación, y también si nuestro gobierno y la academia la valoran o la demonizan.

—Stanton Samenow, Ph.D.,
psicólogo clínico, autor, Inside the Criminal Mind

La originalísima historia de 'Medusas' es fascinante y encantadora. Viajamos a un cálido manglar en Puerto Rico con el Dr. Ricardo Sztein, quien descubre que estas medusas guardan recuerdos. Los problemas surgen cuando sus estudios son revelados, pero las aventuras de este científico peculiar y encantador son memorables.

—Ann L. McLaughlin,
autora, *Amy & George*

En esta original y provocativa combinación de ciencia y ficción, Joram Piatigorsky aporta la evidencia de la observación del Dr. Johnson de que la Verdad puede hacerse más accesible cuando se la viste con las mantas de la ficción.

—Warren Poland, MD,
psicoanalista, autor, Melting the Darkness

Se acerca la hora en que un gobierno económicamente estresado amenace la libertad académica de los científicos básicos. En Las Medusas tienen ojos, un galardonado científico paga un alto precio por sus descubrimientos que las medusas interactúan y visualizan la evolución. El imaginativo relato de Piatigorsky sobre el camino del Dr. Ricardo Sztein desde el descubrimiento hasta la condena es una advertencia aterradora que seguramente estimulará el debate del papel del gobierno para dictar la dirección de la investigación básica.

—Joseph Horwitz, Doctor en Filosofía,
UCLA Colegio de Medicina

La novela de Piatigorsky se centra en un científico que tiene problemas en una América del futuro cercano que tiene presupuestos cada vez más apretados y una impaciencia colectiva con la investigación básica. No termina bien para él... En el libro, los políticos, los expertos y gran parte del público quieren saber qué enfermedades el protagonista, Ricardo Sztein, pretende curar con las medusas. Sztein no tiene ni idea, y Piatigorsky hace que su protagonista defienda fuertemente este tipo de ciencia... La novela de Piatigorsky cuenta cómo Sztein, cuya investigación sigue el rastro de la de Piatigorsky, se mete en problemas cuando se aparta de un estudio que claramente tiene el potencial de curar una enfermedad humana... a favor de estudiar los ojos de las medusas... Explicar el valor de la investigación básica «fue un área muy importante del libro», dice Piatigorsky.

–Joel Shurkin,
Proceedings of the National Academy of Sciences,
vol. 112, abril 2014.

Joram Piatigorsky, PhD, un científico jubilado del Instituto Ocular Nacional del NIH que ahora dedica su tiempo a su pasión por el arte y la literatura, pasó por el arduo proceso de escribir y publicar una novela porque ve la literatura como una importante forma de hacer declaraciones sobre la sociedad. Y la declaración que quiere comunicar de forma clara y firme es que la investigación básica importa y necesita ser financiada... Piatigorsky se lamenta de cómo en el entorno de financiación tan ajustado de hoy en día, los estudiantes que de otra forma perseguirían cuestiones básicas - como si las medusas tienen ojos - se ven obligados a hacer más investigación rutinaria y traductora que no utiliza su creatividad... Y cuando la creatividad se bloquea, simplemente se pierden importantes avances. El lanzamiento cita al personaje principal del libro, que sigue el modelo de Piatigorsky: «Justifico mi investigación sobre la profundización en los misterios de la naturaleza porque generalmente los experimentos producen nuevos conocimientos que beneficia a la gente. Hay penicilina, ADN recombinante, ingeniería genética... las bacterias proporcionaron los primeros modelos de regulación genética, que establecieron el escenario para la terapia genética. Las babosas marinas - caracoles sin concha – revelaron misterios de la memoria. Los pájaros nos han enseñado que es posible descansar la mitad del cerebro a la vez. Lo útil que sería si pudiéramos estar dormidos y activos al mismo tiempo». Piatigorsky es optimista sobre el poder de la narración de historias: «Tengo la fuerte sensación de que la ciencia no es una colección de hechos. Tienes que hacer de los hechos una historia de comunicación... el aspecto narrativo de la ciencia es muy convincente».

—Andrea Ford,
SCOPE, Stanford Medicine, abril 2015

En los años 2040, el investigador Ricardo Sztein es un científico envejecido en el Centro Científico de la Visión que está conmocionado después de la muerte de su esposa. Abraza su otra gran experimentación de amor a la ciencia sólo por el bien del conocimiento, no por una agenda dictada o por el retorno financiero. Su curiosidad sobre cómo medusas con múltiples ojos... de complejidad inesperada lo envía a los pantanos de Puerto Rico, apoyado por colegas de ideas afines y un préstamo de la tecnología de computadoras de la NASA. Las pistas descubiertas en su laboratorio apuntan a nuevas revelaciones sobre la percepción de los animales y la biología evolutiva. Pero cuando sus divagaciones se hacen públicas, los políticos y los medios de comunicación lo condenan... Piatigorsky es un científico y ensayista, por lo que sabe de lo que habla en relación con el enclaustrado reino de la investigación y la exploración modernas, que incluye a gente que lucha por subvenciones con ambición enmascaradas por la etiqueta profesional. También expresa la angustia de los científicos de que los ciudadanos comunes no aprecian nada de la investigación básica y podrían desconectarla en cualquier momento... El material de las medusas parece extravagante, pero está basado en hecho... una rumia inteligente y melancólica sobre el valor de la búsqueda científica, la alegría del descubrimiento y la soledad de un intelectual inconformista. Un sensible drama sobre un científico envejecido en una era anti-intelectual.

—*Kirkus Review,* vol. 87, febrero 2019

Para el protagonista de Piatigorsky, Ricardo Sztein, sus aventuras en la investigación de medusas están llenas de lucha. Situado a unos 35 años en el futuro, Sztein utiliza la tecnología de la NASA para grabar desde su sistema visual y es capaz de ver lo que ven las medusas. Lo que halla es notable: Las medusas perciben la evolución... pero su búsqueda se ha interrumpido. La historia de Piatigorsky muestra cómo una economía destrozada junto con una nueva cosecha de enfermedades mortales puede ser la tormenta perfecta que amenaza con extinguir por completo la ciencia básica. El hecho de que la investigación básica de Sztein no sea relevante para las enfermedades humanas choca con las expectativas de la sociedad... Piatigorsky considera su libro como una advertencia de lo que podría suceder si los fondos se limitan a apoyar la investigación médica solamente. «Por supuesto, no hay nada malo en trabajar en la investigación basada en enfermedades», dijo. «Pero es limitante. La ciencia básica es la mejor manera de ir más allá de la ciencia que conocemos hoy en día.» Se han escrito muchos libros sobre el malvado y represivo gobierno. Lo que no se había escrito antes era un libro sobre cómo un gobierno realmente bueno y bien intencionado podía resultar ser represivo», dijo. «El gobierno [en la novela] es uno que simplemente quiere que el dinero de los contribuyentes se gaste para ayudar a la gente con problemas médicos, mientras que se encuentra sometido a una presión sin precedentes para controlar los gastos»... Aunque la novela está escrita desde el punto de vista del protagonista Sztein, Piatigorsky dijo que intentó presentar ambas caras de este hipotético. «Creo que el papel de un autor es exponer los problemas más que predicar su solución. Supongo que algunas personas que lean mi libro estarán a favor de la causa de Sztein y otras a favor del gobierno. Es por eso que este tema es tan complejo e importante».

—Kathryn DeMott,
NIH Record, mayo 2015

Las Medias tienen ojos es la historia medio autobiográfico de un eminente científico cuyo estudio de los ojos de medusa le hace ganar la condena en lugar de la aclamación. El propio trabajo de Piatigorsky ha involucrado calamares, vieiras y ojos de medusa... Entre sus objetivos en la novela está el de iniciar una discusión sobre el papel del gobierno de los Estados Unidos en la dirección e integridad de la investigación científica. «La ciencia está cada vez más financiada por para hacer un trabajo que tiene una conexión directa con la ayuda a los seres humanos», explicó Piatigorsky. «Así es como la investigación de científicos dirigida al Congreso y a los contribuyentes». Tal restricción, sostuvo, tiene un precio. «La cuestión es la línea», dijo. «Sin una ciencia creativa y no confesional, perdemos la oportunidad de nuevos e interesantes desarrollos, de juntar los resultados en combinaciones diferentes. Esto cierra las oportunidades para los científicos creativos - y todo el mundo pierde».

—*Ellyn Wexler, Montgomery County Gazette, octubre 2014*

La primera novela de Piatigorsky es un thriller de suspenso que mezcla las ciencias biológicas - investigación del mundo sorprendentemente fascinante de los ojos de medusa - y la política. La historia proporciona una inmersión en el gran mundo de la investigación gubernamental y los impactos de los vientos políticos y las demandas de «valor práctico» inmediato para el apoyo de los contribuyentes - valor en términos de curas, tratamientos, drogas - y los resultados de la investigación básica empobrecedora que es crítica para tales curas. La historia se cuenta a través de los ojos del protagonista, el Dr. Ricardo Sztein, un científico biológico que tal vez recuerde al propio autor, que lucha contra los políticos y burócratas en su enérgica búsqueda de la verdad científica, pero enfrentarse a enormes dificultades llega a un triste final. Es una historia divertida... y merece una amplia audiencia.

—Kensington Park Friends of the Library, noviembre 2015

LAS MEDUSAS TIENEN OJOS

Las Medusas Tienen Ojos

Una Novela

de

JORAM PIATIGORSKY

Adelaide Books
New York / Lisbon
2020

LAS MEDUSAS TIENEN OJOS
Una novela de
JORAM PIATIGORSKY

Traducido del inglés por Mía García-Cortez

Derechos de autor © Joram Piatigorsky
Diseño de la portada © 2019 Adelaide Books

Publicada por Adelaide Books, New York / Lisboa
adelaidebooks.org

Jefe de redacción
Stevan V. Nikolic

Para cualquier información, por favor póngase en contacto con
Adelaide Books al info@adelaidebooks.org.

o escriba a:

Adelaide Books
244 Fifth Ave. Suite D27
New York, NY, 10001

ISBN: 978-1-953510-74-7

Publicada en los Estados Unidos de America La
novela fue publicada por primera vez por
International Psychoanalytic Books, NY en

2014

Ha llegado el momento cuando un gobierno económicamente estresado amenaza la libertad académica de los científicos. En *Las Medusas Tienen Ojos*, un científico galardonado paga un alto precio por sus descubrimientos revolucionarios sobre la interacción y la visión de las medusas. Este relato imaginativo de Piatigorsky sobre la trayectoria del Dr. Ricardo Sztein – desde su descubrimiento hasta su condena – es una advertencia aterradora que seguramente estimulará el debate sobre el papel que jugará el gobierno en dictar el futuro de la investigación científica.

—Dr. Joseph Horwitz,
Profesor Distinguido,
Facultad de Medicina de la UCLA

En memoria de mi madre, que siempre creyó en mí, y en agradecimiento a mi esposa, Lona, que me dio su amor y nuestra preciada familia.

«...*bueno, el hecho es que el corazón tiene sus razones*
de las que la razón no sabe nada».

—Antonio Tabucchi, *Sostiene Pereira*

Nota del Autor

Las aventuras de Ricardo Sztein en La Parguera fueron influenciadas por mis viajes a la Estación Marina de la Universidad de Puerto Rico Mayagüez en La Parguera, Puerto Rico, donde recogí medusas en el pantano de manglares y realicé una investigación sobre el ojo de la medusa.

De hecho, las medusas sí tienen ojos, notables, y están incrustados en estructuras colgantes llamadas rhopalia. Las descripciones del ojo de la medusa y la rhopalia en este libro son científicamente correctas, sin embargo, los experimentos e interpretaciones científicas de Ricardo son ficcionales. Las diversas declaraciones y digresiones sobre la ciencia son correctas a mi mejor conocimiento, y me hago responsable de cualquier error que puedan contener. Cualquier parecido de los personajes con personas conocidas o de los sucesos con eventos conocidos es una coincidencia.

Prólogo:
Mediados del siglo XXI

Ricardo Sztein se movía inquieto, y en sus sueños pisaba el agua tibia del manglar. Las medusas pulsaban en pequeños grupos. Cangrejos, gusanos de tubo, esponjas, erizos de mar y otros invertebrados de colores engalanaban el fondo fangoso.

Luego le apareció la fantasma sepulcral de Lillian, su cara chupada por el cáncer.

—Te dije que tuvieras cuidado, Ricardo, —susurró.

Cierto. Eso sí se lo había dicho. Benjamín, su mejor amigo y colega, también se lo advirtió. Pero a ninguno de los dos los hizo caso.

—Si sólo las hubieras visto, Lillian. ¡Tienen ojos, y hasta mente tienen! Tenemos tanto que aprender de ellas.

—Eres un soñador, Ricardo…un soñador.

La imagen de Benjamín se desvaneció y Lillian, su perfil de repente joven y hermoso, vestida de novia, flotó hacia arriba con su traje color marfil perla.

—Pobrecito de mi bebé —le susurró a Ricardo con ternura, y se despertó.

5:13. Demasiado temprano para levantarse. El tribunal no comienza hasta las nueve, así que volvió a cerrar los ojos.

Esta vez se encontró en una pequeña lancha que se deslizaba a través de la laguna, bordeada de exuberantes manglares. Se deleitó bajo el sol dorado del trópico. El motor de otra lancha en la distancia rompió el silencio.

7:15. Ya era hora de enfrentar la música. Hoy el jurado determinará su destino.

PARTE I

Capítulo 1

La vida de Ricardo Sztein cambió para siempre el 15 de enero del 2047 – una fría y gris mañana de martes – cuando Lillian le informó muy pacíficamente que tenía un bulto en su pecho.

—¿Cuándo lo sentiste? —preguntó, desconcertado.

—Ésta mañana, en la ducha.

Ricardo no necesitaba decirle a Lillian lo asustado que se sentía con esas palabras; ella no necesitaba elaborar. Un bulto en su pecho era un bulto en el suyo. Ella tenía 69 años, él 70. Esperaban retirarse pronto: él del Centro Científico de la Visión y ella del trabajo social. Tenían planes — iban a resucitar planes olvidados y realizar otros nuevos. Pero ahora había un bulto en su pecho, como el que halló su madre a los 68 años. Su padre se quedó viudo al año siguiente.

Habían pasado 50 años desde que Ricardo conoció a Lillian Shields. Fue el día después de su llegada a Washington. Se trasladó de su natal Buenos Aires para ingresarse como estudiante de posgrado en la Universidad George Washington. Había respondido a un anuncio para compartir un apartamento con tres estudiantes graduados. Estaba charlando con dos de ellos, ambos hombres, sentados en la mesa del comedor tomando café tibio cuando de sorpresa Lillian, evidentemente la tercera compañera de cuarto, entró al apartamento con un saludo alegre, comestibles entre sus brazos y el sudor en su frente, por el calor de julio. Era delgada y firme, medía 1,5 metros, tenía el pelo corto y rizado y ojos azules deslumbrantes. Cómo brillaba. Ricardo, rechoncho, de 1,70 metros de altura, su línea de pelo en retroceso desde que nació, no podía apartar los ojos de ella.

Después de casi cuarenta y cuatro años de matrimonio, Lillian fue su fundamento y conciencia. Nunca dudó de que su corazón fuera parte de su cuerpo. Ella siempre esperaba su regreso a casa después de un largo día en el laboratorio. Celebró sus éxitos y se compadeció de sus decepciones, y nunca se quejó cuando se enterró en el laboratorio los fines de semana. Sus vidas se formaron en un mosaico complementario. Cuando él realizó un descubrimiento científico, Lillian tuvo un sentido de logro; cuando ella encontró un buen hogar de acogida para un niño maltratado, él se sintió virtuoso. Cuando él la apretaba su cintura con cariño, ella respondía con lo mismo.

—Tú eres mi otra mitad.

—Y tú mis otra tres cuartas partes.

Ella era para él era su bella leyenda de un presente infinito. Tal vez el bulto sea benigno.

—Trata de no preocuparte, —le dijo detrás de una máscara de optimismo.

—Hagamos una biopsia de inmediato y terminemos con esto. Miles de mujeres tienen alarmas falsas.

No tuvieron tanta suerte. La biopsia mostró una malignidad de grado 4. Siguió la lumpectomía, luego la radiación. A pesar de los enormes avances científicos en el tratamiento del cáncer en los años anteriores, todavía no había cura. El cáncer de Lillian no se sometió a una avalancha de farmacéuticos prometedores.

Ricardo y Lillian, tan delgada como un tallo de bambú, se sentaron en el consultorio del oncólogo ocho meses después de la cirugía.

—¿Hay algo más que intentar? —preguntó Ricardo. El médico suspiró.

—Lo siento.

Todos del equipo de médicos de Lillian – el cirujano, internista, endocrinólogo – les habían dicho lo mismo de diferentes maneras. ¿Cómo era posible que el cáncer pudiera derrotar a Lillian a mediados del siglo XXI? Su genoma había sido secuenciado y analizado en busca de mutaciones en genes asociados con el cáncer. Las pruebas no revelaron nada. Los medicamentos experimentales existentes contra el cáncer tampoco tuvieron éxito. Los estudios genéticos y la farmacología habían prometido revolucionar la medicina y personalizar los tratamientos médicos, pero las primeras promesas seguían siendo sólo eso. El ADN seguía siendo un idioma extranjero.

Desanimado, Ricardo escudriñó las credenciales enmarcadas en la pared del consultorio del médico: vio una licenciatura de Yale y un título de doctorado de Harvard, certificados de finalización de prácticas y residencia en los mejores hospitales, membresía en organizaciones profesionales de élite, una fotografía firmada del cirujano general. Este oncólogo fue el mejor y la última palabra sobre lo que era posible.

Ricardo miró a Lillian y forzó una sonrisa. Ni enfrentar la muerte de amigos, colegas o incluso familiares se comparaba con la pérdida inminente de Lillian. En su mente ya la había transformado de esposa a paciente, quizás para protegerse emocionalmente. Su gran reto era mantenerse bien y estable para poder apoyarle.

Pasaron los meses, Lillian se fue debilitando progresivamente y Ricardo se sintió cada vez más solo y asustado. Se le marchitó su cuerpo. Tenía miedo de que se rompiera si la abrazaba con demasiada fuerza. Cuando hablaban de experiencias compartidas – la gira por la isla griega, las visitas a Papi en Argentina, la sorpresa de su septuagésimo cumpleaños – las palabras parecían vacías. Sin un futuro, el pasado perdió importancia.

Poco después de la medianoche del domingo por la mañana, durante la segunda semana de su hospitalización, Ricardo recibió una llamada de la enfermera del centro de oncología.

—Siento llamar a estas horas, Dr. Sztein, pero su esposa ha empeorado. Se le ha bajado la presión y su pulso está débil. Entra y sale de la consciencia. Pensé que deberías saberlo. Puede que quieras venir a estar con ella.

Desemejante de sus visitas de día, pocos coches poblaron el estacionamiento en la noche. Los pasos de Ricardo resonaron en el vestíbulo del hospital. La tienda de regalos, el puesto de periódicos y la floristería estaban vacíos, bien cerradas con cortinas de hierro. Un solo asistente, hojeando las páginas de una revista, se volteó hacia el reloj de pared. Eran las 2:32 de la mañana.

—¿Puedo ayudarle? —preguntó.

—Mi esposa es paciente de la sala de cáncer. Acabo de recibir una llamada diciendo que no está bien. He venido a verla.

—Por supuesto. —Lo siento, señor.

Sus muchos años de matrimonio no parecían más que un punto en el espacio cuando Ricardo entró al ascensor. Qué rápido había pasado el tiempo. ¿Tenía realmente 70 años y era casi viudo?

Salió del ascensor en el cuarto piso de la sala de cáncer, sombría en la inquietante calma de la noche. El sofá tapizado de tela marrón y el jarrón de porcelana vacío en la mesita del rincón junto a los ascensores parecían accesorios para una escena. Pero esto no era teatro, era la vida real y la muerte. Los pacientes dormían detrás de puertas cerradas a ambos lados del pasillo.

¡*Git wel soone grama*! Un dibujo en lápiz de una mujer con cabello largo y rojo y aretes de oro bajo un sol amarillo estaba pegado con cinta a la puerta de enseguida de la habitación de Lillian. Fue escrito a mano – obviamente por un niño.

En ese momento, Ricardo se preguntó cómo habría sido su vida si hubieran tenido hijos y nietos. Claro que lo habían intentado – hubo clínicas de fertilidad, fertilización in vitro – pero resultó así, en fin.

El clic rítmico del monitor cardíaco mecánico saludó a Ricardo cuando entró en la habitación de Lillian. Sus ojos estaban medio abiertos.

—Hola, —dijo mientras le tocaba el brazo delgado.

—Supongo que ya es hora, —dijo ella.

Ricardo miró su reloj de pulsera recordando la importancia de la prontitud para Lillian. Eran las 2:40.

—Debes estar cansado.

Ella siempre pensaba en él primero. La amaba por eso.

—Estoy bien, mintió.

—Lo siento – dijo ella.

—Yo también.

Siguió un silencio incómodo. Ricardo quería acostarse junto a ella y consolarla, pero también deseaba estar de nuevo en su cama lejos de este horror.

—Tienes que aprender a cocinar.

Asintió con la cabeza. —Lo haré. El miedo de Ricardo hacia el futuro se mezcló con el resentimiento por todas las veces que ella había insinuado que él no podía cuidar de sí mismo. Pero ella tenía razón. —Nunca se sabe, puede que me convierta en un chef experto y empiece un servicio de catering. Y los reyes y las reinas querrán mis servicios —dijo, con la intención de aparecer despreocupado.

—Ya para con los cuentos, Ricardo —Lillian tosió, su cara retorcida por el dolor.

—La vida no es una historia ni un sueño.

Ella tiene razón, pensó. Es una pesadilla.

Ella hizo un gesto con las yemas de sus dedos para que él se acercase y escuchase lo que quería decir. Incluso en la muerte, Lillian lo estaba cuidando, aconsejándolo.

Inclinó su cabeza hacia sus su boca y cubrió su mano con la suya. —¿Qué pasa? —preguntó.

—Ten cuidado, Ricardo.

—Siempre lo soy.

—No lo suficiente. Ten cuidado con lo que dices. Eres impulsivo. Es lo que eres. Ten cuidado.

Ricardo recordó lo que siempre decía Papi – eso de que uno es quién es y eso es todo lo que uno puede ser. Él asintió y le besó su mejilla.

Con su pulgar le apretó la mano. Se retorció unos centímetros.

—Recuérdame, recuerda mi dolor.

Ricardo le acarició la frente. Su dolor era lo último que quería recordar.

—Te quiero —dijo ella. —Gracias.

—Gracias a ti también.

—Haz algo para que los demás no tengan que pasar por esto —dijo con más energía de la que Ricardo creía que tenía.

—Haz algo, lo que sea, por favor. Eres un científico.

—Pero no soy médico.

—Pobrecito —dijo, y cerró los ojos. Entonces ella susurró —Ten compasión.

—Me encuentro…algo herido, —dijo.

—Busca tratamientos. Cura el cáncer. Si no el cáncer, otras enfermedades. Ceguera. Ayuda a la gente. Prométemelo. Es lo que quiero.

—Descansa ahora, —le rogó, acariciando su frente. Si tan sólo pudiera ayudarla, o a cualquiera. Aunque había intentado centrar su investigación en la medicina, no era médico.

Lillian lo miró con ojos suplicantes.

—Prométemelo —volvió a pedir.

Ricardo apretó su mano. ¿Puede que con eso bastara para prometerle?

Su frente se arrugó, sus ojos aún cerrados como si miraran hacia adentro; sus hombros se apretaron y luego se soltaron.

Ricardo acercó su mejilla a la boca de ella para sentir su aliento. Le tomó la muñeca para buscarle el pulso. Las lágrimas goteaban por sus mejillas. Le sostuvo su mano, tan floja, más cuero que carne.

—Te lo prometo —dijo, demasiado tarde para que ella lo oyera.

Nunca sintió el beso final y suave que le dio a sus labios resecos.

Ricardo se sentó junto a ella por unos momentos, y luego se levantó lentamente. La ilusión de la eternidad se había evaporado. Lillian estaba más allá del dolor, el final era un anticlímax.

Se arrastró hacia la puerta a la enfermería al final del pasillo. Sus pies se sentían pesados en el piso.

—Se ha ido —le dijo a la enfermera. —Gracias por haberme llamado. Al menos yo estaba con ella al final.

¿Pero eso la consoló? Además, si no hubiera estado allí, no habría escuchado su súplica para que dedicara su investigación

a temas médicos. Se preguntaba si había muerto pensando que
él había hecho una promesa.

—Lo siento mucho —dijo la enfermera.

—¿Qué debo hacer? —le preguntó a la enfermera, tanto
como a él mismo.

—No hay nada que hacer nada ahora mismo. El hospital
estará en contacto con usted mañana para hacer los arreglos.
—Gracias.

Caminó lentamente hasta el ascensor.

Al llegar a su auto, Ricardo se hundió detrás del volante,
amortiguado por la fatiga y el dolor. Repetirá una cinta mental
de la enfermedad de Lillian. A el se le desmoronó su espíritu
con ese bulto fatal, pero no a ella. Ella enfrentó el informe de
la biopsia con fuerza mientras él sentía terror. Nunca fue tan
valiente como ella. Siguiendo la frágil esperanza de la cirugía,
el opaco escudo de su optimismo se transformó en una ventana
transparente a través de la cual había visto su desesperación.
Finalmente, ambos se habían entregado a la última fortaleza
del espíritu humano: lo de aceptar lo inevitable. Y así fue que
se murió. Hace menos de una hora.

Con la luz del día en el horizonte, volvió a casa. Había
llegado otro día.

Capítulo 2

Ricardo se quitó los zapatos y se sentó en su lado de la cama matrimonial. El lado derecho era de Lillian. Cerró los ojos, pero no pudo sacar de su imagen el lecho de su muerte. Odiaba que esa imagen desplazara la memoria de la mujer que tanto amaba. Quería pasar toda su vida junto a ella, y ese final había sido demasiado duro. Puso sus brazos alrededor de la almohada de Lillian y durmió hasta el mediodía. Después de su taza ritual de café, llamó a Benjamín Wollberg, profesor de la Universidad de Minnesota, y a su mejor amigo y colega.

—Se ha ido, Benjamín—dijo en tono monótono, luchando por hablar. Lillian murió anoche.

—Lo siento mucho, Ricardo. ¿Estabas con ella?

—Sí. La enfermera me despertó a las dos de la mañana y me dijo que Lillian estaba mal. Ella dijo que debería ir.

Silencio. —¿Benjamín? ¿Estás allí?

—Fue un privilegio ser su amigo. La voz de Benjamín era débil.

—Se veía tranquila cuando la dejé. —¿Sufrió al final?

—Estaba muy bien drogada con morfina. O Dios, Benjamín. Fue horrible. Ella me rogó que —Se le cayó la voz.

—¿Te rogó qué?

Ricardo recuperó la compostura. —Nada. No puedo creer que esté muerta.

—Mattie está aquí a mi lado. Está tan triste.

Lillian había sido cercana a la esposa de Benjamín, Mattie, hasta que comenzó a tener sus hijos. Pero Lillian sólo tuvo abortos espontáneos.

—Lillian tuvo suerte de tenerte, Ricardo.

—Ella quería tener hijos. Deberíamos haber adoptado. Fue mi culpa.

—No pienses en la culpa, Ricardo. Ella te quería más que nada.

Lillian tuvo cuatro abortos espontáneos antes de dejar de intentar. Benjamín tenía razón. No fue culpa suya.

De repente, el corazón de Ricardo dio un vuelco cuando pasó por su mente la nota en la puerta de la habitación contigua a la de Lillian en el hospital: ¡Git wel soone grama! La pérdida de sus bebés había creado un vacío en la vida de Lillian, y ¿qué había hecho él al respecto? Nada. ¿Porqué puso su trabajo por encima de todo, incluso de ella?

Benjamín rescató la pausa. —Ella de verdad te quería, ya lo sabes.

—Lo sé —dijo.

Después de colgar, Ricardo visualizó la cara dibujada de Lillian y escuchó su frágil voz en su mente antes de morir: ... «cura el cáncer...ayuda a la gente...sea compasivo». Por supuesto que Lillian le había rogado que dirigiera su investigación hacia la curación del cáncer y otras enfermedades horribles. No sólo estaba sufriendo, sino que había sido una trabajadora social con una fuerte conciencia social muy fuerte. Pero él era científico, y la ciencia se motiva por la mente, no por el corazón.

¿Por qué entonces ella le había dicho que fuera compasivo? ¿Pensó que no era compasivo?

¡No! Imposible. Incluso tan enferma como lo estaba, sabía que la compasión no se medía por un proyecto de investigación. Había recibido premios por su investigación genética sobre la distrofia de Fuch, una patología degenerativa y hereditaria que hacía la córnea opaca y podía conducir a la ceguera, y sobre sus estudios bioquímicos de las cataratas del cristalino, que siguen siendo una causa importante de ceguera en todo el mundo. ¿No fue esa la prueba de que su investigación contribuyó al bienestar de la humanidad? ¿No era una forma de compasión?

Pasó el resto del día deprimido en la casa. Sentado con su tercera taza de café, escaneó el *Washington Post*. Un artículo le llamó la atención. La legislatura de Maryland había recortado los fondos para las artes en las escuelas secundarias públicas porque los contribuyentes no querían que su dinero «se malgastara en entretenimiento».

—Qué idiotas —murmuró Ricardo en voz baja, pensando que los gastos en arte representaban una suma minúscula y sin consecuencias reales.

—¿Porqué van a quitarle los fondos al arte?

Ricardo miró la pintura de Papi – un animal marino abstracto colgado de la pared. El padre de Ricardo se había ganado la vida como carnicero, pero a él le encantaba pintar y tenía el espíritu de un artista. Papi había firmado con su nombre en la parte inferior de uno de sus delantales manchados de sangre, llamándolo «arte expresionista»., y solía cortar la carne en formas divertidas para exhibirla en su tienda. Había hecho pinturas al óleo de criaturas marinas, tanto reales como imaginarias, y se había pavoneado de que sus bichos de fantasía eran ejemplos de lo que él llamaba «realismo prematuro» – especies aún no descubiertas.

—No importa que tan imaginativa sea una idea —solía decir —tiene algo de verdad.

Ricardo no había tomado en serio las nociones románticas de Papi, pues ¿qué ha de saber un carnicero de ideas y teorías científicas complejas? Sin embargo, le había impresionado la idea de que lo que es sólo imaginado podría prefigurar lo que es real. Había soñado despierto con presagiar el futuro por sí mismo – de estar por delante de la manada – desde que era un niño pequeño. Ahora, él presagió un futuro sombrío como un científico envejecido perdido en una masa sin rostro. A pesar de años de investigación, no había encontrado curas ni tratamientos para ninguna enfermedad, y sus publicaciones científicas se estancaron con promesas vacías como aquella de «se justifica más investigación».

¿Porqué no se había atrevido a buscar nuevos principios de visión investigando los inusuales receptores de luz que le fascinaban, como los de la euglena unicelular u otros protozoos? Pocos investigadores sabían siquiera que estas especializaciones existían dentro de una sola célula. ¿Cuáles secretos podrían esconder?

En su lugar, se había acelerado bajo la presión de llevar a cabo una investigación orientada a objetivos directamente relacionados con las enfermedades humanas. Se había unido a la manada por así decirlo, en deferencia a su prestigiosa posición y a la necesidad de mantener suficientes fondos del gobierno. Qué diferente se veía su carrera hace años, cuando el camino se extendía ante él, en lugar de ahora acercarse al final de sus viajes.

¿Había confundido una exploración audaz con eso de subir la escalera profesional?

Ricardo llamó a su secretaria para decirle que Lillian había muerto y que no vendría hasta la próxima semana. Tenía muchos asuntos que necesitaban atención, entre ellos la cremación de Lillian.

Asegúrate de decírselo a Pearl también, dijo. No tenía energía para tratar con Pearl Witstein, la única becaria postdoctoral en su laboratorio decreciente.

Por la tarde, Ricardo necesitaba una siesta. Aunque nada había cambiado en el dormitorio desde que Lillian se había ido al hospital hace tres semanas, ahora parecía más estéril, como si se hubiera llevado todas sus pertenencias cuando murió. El «árbol» de madera sobre el que se posaron para la noche sólo contenía la camisa que había usado ayer. Tendría que deshacerse de la ropa de Lillian en el armario, pero eso podría esperar. ¿Debería ofrecérselos a sus amigos o simplemente donarlos a la caridad? Cada pequeña decisión parecía trascendental y agotadora.

Abrió el cajón superior del tocador de Lillian y vio el borde de un trozo de papel amarillento, que sobresalía de debajo de un suéter. Lo sacó y encontró en su letra una pequeña lista de nombres. La lista estaba etiquetada «por si acaso», con los nombres de Samuel y Devra subrayados. Ella nunca le había mostrado esa lista.

Se acostó en la cama para descansar. Enfriado después de unos minutos, aumentó la temperatura del termostato. Hizo clic en la televisión mientras cruzaba la sala y fue recibido por la voz familiar de Randolph Likens, un reportero vitriólico, agresivamente ambicioso a mitad de carrera que había comenzado el popular programa de interés público, «*Su Dinero/Su Salud*».

La voz de la televisión dijo: —Nos estamos pudriendo de enfermedades mientras que los investigadores, revolcándose con los dólares de los contribuyentes, prometen curas que no cumplen.

¿Rodando con dólares de los contribuyentes? ¿De qué está hablando?

—Debemos exigir más—continuó Likens —Es su dinero y su salud. Antes, cuando Lillian vivía, Ricardo había tomado a Likens como un oportunista chismoso. Ahora pensó en la última súplica de Lillian de ayudar a que otros a no sufran su mismo destino. Quizá Likens tenía razón. Quizá Lillian seguiría con él si hubiera pensado más como Likens. Tal vez podría haber salvado muchas otras vidas también.

Esa noche Ricardo se despertó a las tres de la mañana. Se sentó en el borde de la cama con ganas de ir a algún lado o hacer algo, pero no tenía adónde ir ni que hacer. Escuchó la llovizna en el techo de cobre del porche. Si Lillian hubiera estado allí, él la habría empujado para que se despertara y juntos se habrían ido a la cocina a comer nueces, yogur, cereal o chocolate. Qué noches tan maravillosas fueron, comiendo y chismorreando, y luego volviendo a la cama para hacer el amor o abrazarse, cubiertos por la cálida manta del sueño. Pero todo eso era pasado; era otra vida. Se dirigió al baño y se tragó un Valium que su médico le había recetado para su ansiedad cuando Lillian estaba en el hospital. —Sé amable contigo mismo, —había dicho el doctor. Ricardo lo tradujo a la filosofía de Papi: «Acepta quién eres». El Valium ayudó. Cómo agradezco la farmacología, pensó.

A veces Ricardo se despertaba por la noche soñando con Papi a lo lejos diciendo: «No es justo». La muerte de Lillian no fue justa. ¿Qué fue justo? ¿Fue justo que su madre muriera al dar a luz a su hijo? ¿Fue justo que emigrara a Washington, dejando a Papi solo en Buenos Aires? La justicia no tiene nada que ver con esto. Las cosas sucedieron; la vida siguió adelante. La mala suerte era sólo el reflejo de la buena suerte. ¿A caso alguien ha cuestionado lo justo que es la buena suerte?

No hacerse cargo de la carnicería, como Papi había querido, había sido difícil para Ricardo. Todavía era doloroso cuando recordó haberle dicho a su padre que había solicitado en secreto su ingreso a la universidad y que había recibido una beca como candidato de doctorado en biología.

—Está bien, muy bien por ti, —había dicho Papi, aunque la tristeza se reflejaba en su mirada desolada.

Ricardo, en conflicto con la culpa, había respondido, —Seré alguien cuando obtenga un doctorado. Me convertiré en un profesor famoso. Ya lo verás. Estarás orgulloso.

—¿Qué me haría sentir más orgulloso de lo que ya estoy, Ricardo? —Papi había preguntado.

Ricardo no le contó su deseo de alcanzar a ganar el Premio Nobel. Eso hubiera sido demasiado honesto, demasiado vano para admitirlo, incluso para Papi. Así que preguntó en su lugar,

—¿Pues, no sé, que me vaya bien, que gane buen dinero, que me case y que tenga muchos hijos para que sigue nuestra genética?

Se había casado, pero no era rico. Ahora era un viudo sin hijos, un huérfano sin hermanos ni parientes. Qué rápido cambió la vida, aunque parecía estar quieta de un minuto a otro. La última visita de Ricardo a Papi en Buenos Aires, hace ya unos diez años, parecía ayer. Papi, de ochenta y cinco años y en un asilo, luchaba contra una demencia parcial, habiendo sufrido un derrame cerebral que hizo que hablar con él fuera difícil y emocionalmente doloroso. Dejar la casa había sido la parte más difícil.

—Siento que no podamos quedarnos más tiempo, Papi, —había dicho Ricardo el día que iban a volver a casa, su voz falsamente alegre.

—¿Qué? ¿Te vas a quedar más tiempo?

—No, Papi, Lillian lo corrigió. Tenemos obligaciones en casa. Ricardo tiene que dar una conferencia la semana siguiente en Filadelfia, y yo tengo que encontrar hogares de acogida para dos niñas.

—¿Ya te vas, Renya? —Está bien, —dijo Papi, lo que Ricardo interpretó como, *No está nada bien. Extraño a mi esposa. Siempre estoy solo. ¿Dónde están mis nietos?*

—Ella es Lillian, Papi. Mi esposa, no la tuya. Recuerda.

Los ojos de Papi se desviaron. —Siento que nunca hayas tenido un hermano o hermanita.

—Te tenía a ti, Papi, y ahora tengo a Lillian y a nuestro perro, Raffle. Te encantaría, es muy lindo. —Teníamos a Mulligan, —dijo Papi.

Ricardo asintió. —¿Recuerdas cómo ronroneaba cuando lo acariciaba y luego, sin ninguna razón, que me daba una bofetada como si estuviera furioso? Todavía tengo la cicatriz en mi pulgar izquierdo para probarlo. Ricardo extendió su mano.

Mulligan fue un gato tabí normal, sobrealimentado, de color marrón dorado con rayas como un tigre de miniatura, pecho blanco y ojos verdes. El desconcertante comportamiento de Mulligan había fascinado a Ricardo cuando era un niño. El gato se retiraba de los enemigos invisibles, acechaba a presas inexistentes y desaparecía durante horas. De vez en cuando saltaba de una silla y se lanzaba a la habitación de al lado como una piedra lanzada por una honda. Solía brincar para parecer satisfecho. Se sentaba en una silla y se aseaba con su lengua rasposa mientras escudriñaba la alfombra persa con el porte real de un rey. En otras ocasiones Mulligan parecía aburrido, casi deprimido, y se deslizaba bajo el sofá de la sala donde permanecía la mayor parte del día.

Ricardo había deseado con frecuencia poder esconderse en un agujero. Los animales parecían tener la libertad que él anhelaba. De niño, Ricardo se obsesionaba con lo que había en la mente de Mulligan, o en la de cualquier animal. Ricardo tenía una obsesión por lo que los animales pensaban y sentían que no había cambiado a lo largo de los años, y a veces se preguntaba qué se sentiría al ver una rifa o una ardilla subiéndose a un árbol, y las misteriosas maneras de Mulligan todavía le venían a la mente cuando veía un gato.

De repente, Papi miró más alerta y dijo: —No eres un gato, Ricardo. Sólo puedes ser quién eres.

—Lo sé, Papi. ¿Pero no sería increíble entrar en la mente de otro animal, ser ese animal, por solo un momento?

Lillian puso sus brazos alrededor del cuello de Papi y lo abrazó.

—Te quiero, dijo. Tienes razón. Todos estamos encerrados en nosotros mismos. Ella lo besó en la mejilla y él puso suavemente su mano temblorosa detrás de su cabeza para mantenerla cerca.

Ricardo observó a Papi y Lillian y se preguntó si sería posible descubrir cuándo y cómo evolucionó la capacidad de pensar y sentir emociones y cómo se podría identificar el pensamiento en un animal. ¿Acaso los peces piensan? ¿Acaso algún invertebrado piensa?

—¿Todavía te duele la pierna? preguntó Ricardo, devolviendo su atención a Papi.

— Todo me duele, pero estoy bien. ¿Te vas ahora?

— Sí, me voy. Voy a cenar en un par de minutos.

Eran las dos de la tarde.

Ricardo miró las manos arrugadas y temblorosas de Papi, que ya no podía cortar carne ni sostener un pincel. Era inútil tratar de discutir de política o literatura o cualquier otro tema que lo emocionaba. Ricardo temía que el día en que él también fuera devastado por la edad. ¿Qué sentido tenía aprender algo nuevo si se olvidaba en unos pocos años? Además, aborrecía la idea de que lo trataran con condescendencia, como lo hacía el con su papi.

Se miró a sí mismo en el espejo de la pared, a las arrugas de su cara de sesenta años.

Lillian se acercó a su lado y le cogió la mano. Beso de despedida a Papi. Le agradará eso. —Tenemos que irnos, susurró.

Ricardo obedeció.

—Te quiero Papi, —dijo, con la voz tensa, cuando se inclinó para besar a su padre en la frente.

Papi miró hacia arriba y parpadeó los dos ojos varias veces.

Ricardo y Lillian se despidieron con la mano mientras salían por la puerta. Escucharon a Papi diciendo, —Adiós, Ricardo. Adiós, Renya, mientras avanzaban por el pasillo.

—¿Crees que volveremos pronto? —Ricardo preguntó. Lillian no respondió. Estaba llorando.

Pero ahora con Lillian muerta, le tocaba a Ricardo llorar.

El lunes siguiente Ricardo volvió al trabajo. Volviendo a su oficina después de un almuerzo breve en la cafetería, Ricardo encontró a Marcus Topping, el director del Centro de Visión, en el pasillo. El Dr. Topping tenía unos cuarenta años y había sido el director de investigación durante casi diez años. Un hombre excéntrico que usaba corbatas brillantes que chocaban con sus camisas de colores bajo su prístina bata de laboratorio blanca, solía ser brusco y desconsiderado, lo que lo hacía menos popular entre el personal. Pero era un buen modelo de eficiencia.

—Lamenté mucho oír lo de Lillian, Ricardo. Quería venir personalmente y expresar mis condolencias. Reposó su mano su hombro. Ricardo nunca había visto este lado del Dr. Topping: cálido, expresivo, cariñoso. La única otra vez que Marco le había tocado era para estrechar su mano. —¿Habrá servicio para Lillian?

– Fue incinerada, —explicó Ricardo. —No quería un servicio conmemorativo.

Marcus asintió. Luego, en un tono de voz diferente, como de negocios, dijo:

—Dependemos de tu excelente investigación, Ricardo. De hecho, esperaba que cuando te sientas con fuerzas pudiéramos organizar una conferencia aquí sobre enfermedades de la córnea. Cuando estés listo. Podrías destacar tus estudios sobre la distrofia de Fuch. ¿Te interesa eso? —Luego vaciló. —He oído que la investigación de Pearl sobre la córnea está avanzando. Ella podría hacer una presentación en la conferencia. Avíseme si necesita algo más para su laboratorio.

Ricardo se balanceó de un lado a otro como para recuperar el equilibrio. La línea entre lo personal y lo profesional de repente parecía tan delgada. No tenía ni idea qué otro equipo de laboratorio podía usar ahora. Tuvo que hablar con Pearl sobre lo que podría necesitar, ya que no tenía planes de iniciar un nuevo proyecto de investigación. Hasta la idea de organizar una conferencia hizo que sus hombros se hundieran, como si le hubieran echado encima mil libras. Implicaría docenas de correos electrónicos, llamadas telefónicas, reservas de hotel, formularios burocráticos, preparativos de viaje, búsqueda de fondos, decisiones de programación. Era más un teatro que una ciencia. Y después de todo, ¿entonces qué? Más obligaciones: soportar conferencias incoherentes, organizar un banquete, recibir a los colegas y a los cónyuges que los acompañan, ocuparse de cuestiones relacionadas con la publicación. Antes de organizar una conferencia, prefería entrenar a otro perro.

¿Cómo podría hacer planes para el futuro ahora? Pasar los días era una batalla ardua. Ni siquiera estaba seguro de todo lo que tenía que hacer ahora que Lillian se había ido. Ella había pagado las cuentas, limpiado la casa, preparado las comidas, regado las plantas – una lista interminable de tareas que aún no había incorporado a su vida. En una palabra,

Ricardo se sentía perdido. Necesitaba llevar una lista de «tareas» y marcar concienzudamente una tarea a la vez cuando estaba terminada, como había hecho Lillian. Por ahora se aferró al consejo de Lillian en los primeros días de su matrimonio cuando tuvo dificultades para hacer malabarismos con su querida investigación básica impulsada por la curiosidad y las constantes demandas de centrarse en las enfermedades de los ojos para cumplir con las expectativas del Centro Científico de la Visión.

—Eres listo, Ricardo —le había dicho Lillian. —Descubrirás lo que quieres. Algo hará clic. Ya lo verás.

Si fuera tan fácil. No se sentía inteligente entonces, y nada hacía clic ahora. Ricardo miró al Dr. Topping a los ojos y le dio las gracias. Después de unos minutos más de charla, el Dr. Topping se excusó para volver a su trabajo.

Ricardo regresó a su oficina. Siempre le había gustado sentarse tranquilamente en su despacho con la puerta cerrada, leyendo las últimas revistas científicas, pensando en nuevos experimentos, y preparando manuscritos para su publicación. A pesar de todas sus quejas sobre las tontas regulaciones y la burocracia del Centro Científico de la Visión, estaba agradecido por su trabajo y el apoyo que recibía, y orgulloso de sus logros. Siempre había amado la ciencia por encima de todo y sentía que ahora parecía un cementerio de una vida pasada. Sentía más ganas de llorar que de otra cosa.

Coraje, se dijo a sí mismo, al prender su computadora.

Borró un montón de correos electrónicos. Un anuncio especialmente irritante decía, *Compre ahora/Cure la enfermedad*. Ridículo, pensó. ¿Por qué no «Comprar Ahora/Curar la Salud»? Pensó en Randolph Likens: *Su Dinero/Su Salud*. Atrás quedaron los viejos tiempos en los que los colegas intercambiaban información y se maravillaban de sus descubrimientos por las nuevas preguntas que creaban, no por los ingresos que podían generar ni por el uso práctico e inmediato que podían tener.

Muchos de los correos electrónicos de Ricardo necesitaban una respuesta: los editores de tres revistas científicas querían que revisara los manuscritos presentados para su publicación; dos científicos pidieron clones de ADN hechos en su laboratorio (por lo menos él podía delegar eso a un técnico); un estudiante a quien todavía no le secaba la tinta de su diploma de doctorado quería que fuera un mentor posdoctoral; un colega lo molestaba (¡otra vez!) para que fuera nominado para un premio de la Asociación Americana para el Avance de la Visión; y dos ex becarios posdoctorales le pidieron cartas de recomendación. También hubo recordatorios sobre la reunión del comité de promoción al día siguiente, y sobre una conferencia sobre expresión genética el mes que viene a la que Ricardo pensaba que debía asistir. Se imaginó a sí mismo atrapado en una caja de cristal sin salida, un volcán furioso retumbando en su interior, incapaz de estallar.

Ricardo se inclinó hacia atrás en su silla, su mente se dirigió a sus sueños de juventud de vagar por los misterios de la naturaleza como explorador. Qué impresionado se quedó cuando leyó por primera vez la famosa última frase de *El Origen de Las Especies* de Darwin. Qué magnífica mezcla de ciencia y poesía. Todavía se la sabía de memoria:

Hay una grandeza en esta visión de la vida, con sus varios poderes, habiendo sido originalmente respirada en unas pocas formas o en una sola; y que, mientras que este planeta ha seguido su ciclo de acuerdo con la ley fija de la gravedad, desde un principio tan simple, las formas más bellas y maravillosas han sido, y siguen siendo, evolucionadas.

Recitar la frase de Darwin para sí mismo le recordó la última frase de su ensayo de aplicación a la Universidad George

Washington: *Cualquiera que haya olido alguna vez un lirio, acariciado la piel aterciopelada de un patín o visto una colonia de hormigas trabajando, comprenderá mi obsesión por dedicar mi vida a la interminable belleza de la biología.* Había vacilado entre escribir «mi obsesión» o «mi deseo», pero «obsesión» parecía ser más cierto en aquel momento.

Ricardo se esforzó de trabajar regularmente a medida que los meses se prolongaban. Pasaba mucho tiempo en asuntos administrativos y reuniones de comités, actividades que siempre había esquivado. Ahora lo mantenían ocupado. «Trabajos para llenar mi barril vacío», se decía a sí mismo. Trató de mantenerse al día en los avances de la ciencia, pero se sintió desalentado por la tecnología que parecía pasarle de largo. Los pocos seminarios departamentales a los que asistía no le interesaban, aunque nunca faltaba a una conferencia sobre la distrofia de Fuch, el tema de investigación de Pearl. Ser mentor de Pearl fue un esfuerzo a pesar del hecho de que estaba siguiendo la propia investigación de Ricardo.

—Parece que voy dando vueltas, —dijo Pearl una tarde cuando estaba repasando sus datos con Ricardo. —A veces veo esta extraña proteína apareciendo en mi gel, lo que sugeriría que está involucrada en la distrofia de Fuch. Otras veces no está ahí. A veces siento como... no sé... que mi investigación no va a ninguna parte. ¿Qué crees que debería hacer?

A pesar de sus reservas, Ricardo respondió: —Sigue con ello. Tienes unos resultados interesantes que atraerán a las escuelas de medicina. Necesitas un trabajo, a pesar de todo.

Pearl suspiró y asintió con la cabeza lentamente. —Ya lo sé.

Ricardo se decepcionó al ver que una mirada preocupada reemplazaba la sonrisa abierta y entusiasta que tenía cuando la contrató hace un par de años. Originalmente había alentado este proyecto porque pensó que su relevancia médica atraería a posibles empleadores. Pero sabía aún entonces que no correspondía a su curiosidad y pasión por la naturaleza. Su frustración ahora se sentía como un espejo que reflejaba su desilusión.

El tiempo siguió avanzando. Ricardo temía especialmente los fines de semana. Con Lillian habían pasado demasiado rápido. Solían ir al cine los viernes o sábados por la noche. A Ricardo le encantaban las historias de cualquier tipo – documentales, ficción, fantasía. Si no era una película, leían juntos tranquilamente, compartiendo pasajes y pensamientos. Qué dulces eran esos tiempos cuando cumplir sus sueños se daba por hecho.

Al pasar los meses, el ánimo de Ricardo mejoraba. Tomaba paseos tranquilos – «pequeños viajes» los llamaba – después del amanecer. Se hizo amigo de los perros del vecindario, que movían la cola cuando se acercaba a ellos con sus pequeñas golosinas. Prestó atención a los jardines de sus vecinos y decidió que prefería una estética más rústica que un paisaje altamente cortado. Inhaló el aire fresco de la mañana con una nueva apreciación de lo que significaba estar vivo y comenzó a aceptar la ironía de tener la grandeza de la vida definida por la inevitabilidad de la muerte.

Leía el periódico cuotidiano después de sus excursiones mañaneras. Incluso miraba la sección de estilo y las columnas de chismes, ambas cosas nuevas para él. Disfrutaba aprendiendo nuevas recetas, y las tiendas de comestibles se convirtieron en interesantes depósitos de manjares en lugar de sitios donde marcaba artículos de las listas. En ocasiones compró lirios para el jarrón de cristal, regalo de Benjamín en su trigésimo aniversario de boda. Lillian siempre había preferido las rosas. — Los lirios son bonitos, —había admitido, pero luego estornudó y añadió, —pero huelen demasiado fuerte. Disfrutaba de la libertad que le permitía someterse a pequeñas tentaciones y empezó a pensar que los sueños del pasado no tenían por qué perderse para siempre. ¿No era la misma persona, sólo que un poco mayor, un poco más sabio (esperemos) y un poco más libre?

Pero mientras la niebla de miseria de Ricardo se adelgazaba también exponía el turbulento y anti-intelectual modo del mundo de hoy en día. Durante sus «pequeños viajes» por la mañana vio carteles en las calles agitando por recortes en el gasto del gobierno en arte y educación y ciencia básica. Carteles como *Mantén a los Militares Fuertes/Mata la enfermedad / Basta con el desperdicio académico* – todas eran frases muy de moda. Un póster, con sus bordes alineados con signos de dólar con alas salientes, mostraba el rostro de Randolph Likens. *Su Dinero/Su Salud* escrito bajo su imagen oscura, con letras negras sobre un fondo blanco: blanco y negro. No había nada ambiguo en el mensaje. Estos signos hicieron que Ricardo se preocupara por el futuro de la investigación básica aún más de lo que lo había hecho en el pasado y que pensara en la agonizante muerte de Lillian y en la victoria del cáncer. Randolph Likens: ¿déspota o salvador?

Capítulo 3

Un domingo, seis meses después de la muerte de Lillian, Ricardo se sintió especialmente solo. En momentos como éste, solía llamar a Benjamín, pero este fin de semana en particular su amigo estaba fuera en una conferencia científica. De todos modos, Benjamín tenía una vida plena, con Mattie y sus hijos y nietos, sin mencionar su laboratorio activo ni sus compromisos profesionales. Ricardo no quería convertirse en un albatros alrededor del cuello de su amigo. Decidió regresar a su oficina a leer revistas científicas.

El edificio estaba desierto y desconcertantemente callado.

Cuando entró en su oficina, cada tictac del reloj de su escritorio sonaba como un metrónomo marcando el ritmo de una monótona canción que seguía y seguía sin importar si había quien lo escuchara. En el pasado, la mayoría de sus compañeros postdoctorados, al menos media docena en un momento dado, trabajaban durante los fines de semana y creaban una atmósfera animada en el laboratorio. Ricardo se rió mientras miraba la pintura de Papi en la pared – dos criaturas abstractas que parecían medusas cubiertas de ojos y oídos y una boca prominente. Parecían estar conversando. —¿Pasó algo interesante mientras estuve fuera? —Ricardo les preguntó.

Ricardo revisó el montón de diarios recientes en el piso junto a su escritorio. Uno tenía una foto de un ornitorrinco en la portada. Como su investigación de postgrado involucraba al ornitorrinco, sacó el diario de el montón, abrió el artículo y comenzó a leer. Se emocionó al hallar una referencia a uno de los cuatro artículos publicados sobre la visión del ornitorrinco que había escrito el junto con su mentor, Vincent Salisbury, cuando era estudiante de postgrado.

El Dr. Salisbury no era el mentor de Ricardo cuando empezó la escuela de postgrado. Richard Winelly lo había sido, pero eso duró poco. Winelly, un ansioso profesor asistente y estrella académica en ascenso, investigaba a pacientes con anemia y para eso atraía a los más brillantes estudiantes de postgrado. Publicaba a menudo en prestigiosas revistas y parecía una buena elección para el ambicioso Ricardo para ayudar a avanzar rápidamente en su carrera. Se unió al laboratorio de Winelly; sin embargo, se desanimó poco después de haber descubierto un gen de hemoglobina mutante. Winelly estaba entusiasmada con el descubrimiento de Ricardo, pero para acelerar la publicación había insistido en que Ricardo colaborara con un becario de postdoctorado para realizar un aluvión de experimentos.

La idea de colaborar en su descubrimiento había amenazado a Ricardo y convirtió la investigación en una carrera, lo que no le cayó nada bien. Seguía pensando en el arte de Papi. Aún si las imágenes abstractas de Papi resultaron ser realismo prematuro, eran sus expresiones de imaginación. Este había sido el primer encuentro de Ricardo con la ciencia competitiva, y aunque ambicioso, se cuestionó si quería centrarse tan intensamente en la escala profesional.

El conflicto inmediato de Ricardo se resolvió por accidente. Un día, estaba comiendo un sándwich de pavo en la cafetería y escuchó a otro estudiante que parecía ser descontento con su mentor hablando con un amigo. Escuchó al estudiante descontento decir: —El tipo sólo divaga sobre el ornitorrinco y se queja de que ya nadie está interesado en la belleza y el misterio de la ciencia. —Tengo que construir una carrera. A nadie le importa el ornitorrinco. Tengo que preocuparme por un trabajo y la recaudación de fondos después de obtener mi título.

Ricardo había leído sobre el Dr. Salisbury y su investigación sobre el ornitorrinco en el informe anual del departamento y supuso correctamente que él debía ser la persona de la que hablaban. Como los dos estudiantes hablaban en voz baja, Ricardo sólo captó unas pocas palabras más aquí y allá: —el tipo es un fósil... cambia de mentores...

Al día siguiente Ricardo fue a hablar con el Dr. Salisbury sobre el cambio de mentores. Ricardo se sintió cómodo en cuanto entró en la oficina de Salisbury, que estaba en un estado de desorden: los artículos y revistas estaban apilados al azar; una gran impresión de un ornitorrinco colgaba torcida de la pared; un pulpo de cristal estaba posado en una pequeña mesa en la esquina; las dos estanterías estaban repletas de libros de biología y algunas novelas, y una alfombra manchada cubría el suelo. El profesor viejo detrás del escritorio parecía cansado. Se quitó las gafas, dejando al descubierto las arrugas en los bordes de sus ojos.

Ricardo y el Dr. Salisbury hablaron, y luego hablaron un poco más. Cuando Salisbury le dio a Ricardo un informe sobre el ornitorrinco, le habló con el corazón. —Tan poca gente estudia al ornitorrinco que casi todo lo que uno encuentra es nuevo y emocionante. Es un vínculo evolutivo entre reptiles y mamíferos, y está lleno de misterio y maravillas. Salisbury hizo una pausa y luego añadió como si estuviera hablando de su propio hijo, —Es un tesoro.

Cuando Salisbury le había llamado raro al ornitorrinco, Ricardo escuchó «raro», como una de las pinturas de realismo prematuro de Papi. De repente el profesor anciano se había convertido en un alma gemela y el ornitorrinco desconocido ahora brillaba como un faro en la niebla.

Salisbury no llevaba ninguna Winelly en él.

Pero también había una cierta tristeza en Salisbury, una sensación de sueños destrozados que hizo que Ricardo se detuviera. Ricardo no quería tomar el camino fácil hacia la mediocridad o rendirse en feroces batallas para una gran carrera.

Ricardo le preguntó a Salisbury qué proyecto le daría si se convertía en su alumno, y fue entonces cuando Ricardo aprendió una importante lección. Siempre recordó las palabras precisas de Salisbury: —Uno de los desafíos más importantes que enfrenta un investigador es decidir qué estudiar. Puedo ser su mentor, pero no su conciencia o su imaginación. —¿Qué es lo que te emociona, Ricardo?

Esa era la pregunta clave en ese entonces, y todavía lo es hoy, mientras que Ricardo se sienta solo en su oficina. Exactamente, ¿qué proyecto satisfaría su frustrado deseo de aventura ahora que Lillian se había ido y su tiempo se estaba acabando? Mientras reflexionaba sobre esa pregunta, la súplica de Lillian – eso de dedicar su estudio a ayudar a los demás – se sentía como si fuera una astilla bajo su uña que no podía quitar.

Salisbury había apretado todos los botones correctos para Ricardo al poner la biología en primer lugar y nunca mencionar la carrera. Todo lo que había dicho sobre el ornitorrinco era fascinante para Ricardo, incluso cómo ese extraño animal buscaba pequeñas presas en el agua nadando con sus ojos cerrados y sus orejas y fosas nasales cubiertas con aletas de piel.

—¿Cómo encuentran la comida entonces? —Ricardo había preguntado.

—Ah, sí. La biología es contraria a la intuición, había respondido Salisbury. Y luego explicó en su excéntrica manera de frases puntuadas: el ornitorrinco detecta la presa por respuestas nerviosas en su pico poroso –el pico de pato – que se balancea de lado a lado mientras nada. El pico de pato tiene miles de receptores para detectar pequeños campos eléctricos y movimientos mecánicos del agua. Las señales eléctricas llegan primero al cerebro y a éstas les siguen las señales mecánicas. La diferencia de tiempo permite al ornitorrinco fijarse en la profundidad de sus víctimas.

Ese era el tipo de cosas que entusiasmaban al joven Ricardo: impredecible, sorprendente y contra intuitivo. Animado por el interés de Ricardo, el viejo profesor había divagado con entusiasmo. Ahora, cincuenta años más tarde, Ricardo escuchaba su registro mental de la voz grave de Salisbury expuesta en una corriente de gemas biológicas:

—Los animales ven... perciben lo que es... de toda manera imperceptible para los humanos. Las víboras de las fosas utilizan la radiación infrarroja para delinear imágenes en su cerebro por la diferencia entre el cuerpo cálido de un ratón y el aire medioambiental más fresco. Las aves y las abejas perciben los campos magnéticos. Algunos insectos, las libélulas, por ejemplo, ven cosas que nosotros no podemos ver usando una radiación ultravioleta. Las lechuzas localizan a un ratón en la oscuridad mientras el chillido del ratón llega a sus dos oídos con la misma precisión que un águila detecta una pequeña cena desde una gran distancia bajo luz clara, usando sus fotos receptoras densamente compactos. Los murciélagos navegan por los reflejos del sonar emitido. Todos somos hombres y bestias sin esperanza encerrados en nuestros propios sentidos. Cuando pensamos en los ojos, sólo pensamos en ver imágenes a nuestra manera. Sin embargo, la rata topo ciega tiene ojos pequeños con retinas funcionales enterradas bajo una piel gruesa y peluda, pero no pueden usarlos para ver imágenes.

—¿Para qué usan sus retinas? —Ricardo bullía de curiosidad. Todo esto era nuevo para él. ¡Qué maravillosa era la naturaleza!

—No se sabe con certeza, —respondió el Dr. Salisbury. — Los fotorreceptores pueden regular la forma en que el animal percibe la noche y el día, tal vez siendo sensible a la luz que penetra un poco más o menos en el pelaje y la piel. Una especie de reloj.

El Dr. Salisbury se detuvo un momento para tomar un respiro.

—Dios mío, la diversidad y la complejidad de las formas de vida son infinitas. Ni siquiera sabemos qué estudiar hasta que descubrimos qué fenómenos existen. Y cada vez que hacemos un descubrimiento fisgoneando por allí, así es como se hacen tantos descubrimientos importantes, surgen nuevas posibilidades y nace una nueva prioridad.

—Nace una nueva prioridad, murmuró Ricardo, en su oficina, mientras reflexionaba sobre sus días de estudiante de posgrado con Salisbury. Eso es lo que necesitaba ahora: una nueva prioridad.

De eso se trataba la vida, cambiar las prioridades, adaptarse a las nuevas circunstancias, reenfocarse. Necesitaba llenar su corazón vacío con un significado renovado.

La prioridad de Ricardo, su interés, cuando conoció al enigmático ornitorrinco, fue descubrir si el ornitorrinco piensa en términos de señales eléctricas en lugar de imágenes. El Dr. Salisbury había fruncido el ceño y parecía confundido. Ricardo, sonrojado por la inseguridad, se disculpó por pensar en voz alta, pero preguntó: —Me pregunto cómo sería sentir el mundo como un ornitorrinco.

Ricardo nunca olvidó la expresión del rostro de Salisbury en ese momento. Sus ojos se abrieron como si alguien hubiera encendido una vela en una cueva oscura, y luego sonrió levemente sin ningún indicio de burla. Y así Ricardo, animado, le habló de Mulligan y de cómo siempre había querido entrar en la mente de ese extraño gato, para sentir lo que Mulligan sentía.

Cuando Ricardo recordó aquellos días ya desaparecidos, volvió a oír la voz del Dr. Salisbury en su mente: —Qué preguntas tan interesantes, —había dicho. —¿Por qué no tratas de averiguar qué hay en la mente de un ornitorrinco? ¡Sí, me encanta esa pregunta! Está tan fuera de lugar.

Ese había sido para el un reto aterrador: ¡pon tu dinero donde tienes la boca! Ricardo no tenía idea de cómo determinar si un ornitorrinco «pensaba», por señales eléctricas y mecánicas o a través de imágenes, pero Salisbury – siendo el un anciano tan amable – sugirió que Ricardo podía empezar usando la electrofisiología para analizar el cerebro del ornitorrinco. Podía probar si las regiones del cerebro activadas por la estimulación del ornitorrinco eran iguales o diferentes de las regiones del cerebro activadas cuando la criatura veía un objeto con sus ojos.

—Gran idea, había admitido Ricardo.

Su conversación inicial no se había limitado al ornitorrinco. Intercambiaron pensamientos sobre la imposibilidad de un conocimiento absoluto, el papel de la narración de historias en la ciencia, la relación entre el arte y la ciencia, lo que constituye el valor en la investigación básica, la diferencia de personalidades entre los investigadores básicos y los investigadores orientados a objetivos, así como las obligaciones sociales de un científico investigador. De sorpresa se encontraban en la misma onda en la mayoría de estos temas.

Al día siguiente Ricardo le dijo a Winelly que se cambiaría al laboratorio de Salisbury. Esto había causado poca impresión a Winelly, quien inmediatamente reemplazó a Ricardo por otro estudiante.

Como Salisbury había sugerido, Ricardo mapeó las regiones del cerebro del ornitorrinco que fueron activadas por la estimulación del pico de pato y las que fueron activadas por la visión.

A pesar de la superposición de las regiones cerebrales activadas, no fue capaz de arrojar mucha información sobre cómo «pensaba», un ornitorrinco, aunque consideró el tema en la sección de discusión de su tesis doctoral. Publicó sus hallazgos y esto le dio la oportunidad de establecer su propio laboratorio en el Centro de Científico de la Visión.

Ahora, casi cincuenta años después, tanto Salisbury como Lillian estaban muertos, y ni Ricardo ni nadie más sabía aún lo que pasaba por la mente de un ornitorrinco o cualquier otro animal. Cerró los ojos por un momento mientras se sentaba en su oficina, y se preguntaba si un ornitorrinco veía una imagen cuando su pico de pato era estimulado o si un pez pensaba en algo mientras se movía con tanta gracia por el agua. Entonces las payasadas de Mulligan vinieron a la mente.

El sonido de un trueno distante sacó a Ricardo de su estado de trance y sus preguntas se cristalizaron. La capacidad de pensar no pudo haber evolucionado en un solo paso. ¿Cuál fue la historia evolutiva del pensamiento? ¿Qué especie pensó primero, y exactamente en qué se diferenció ese «pensamiento», a una acción reflexiva? Se preguntó cómo habría sido su carrera si hubiera seguido su investigación sobre la evolución del pensamiento. Se rascó la cabeza e inspeccionó con cierto orgullo los numerosos certificados y honores montados en la pared de su oficina. Becarios de postdoctorado de todo el mundo habían aplicado a su laboratorio, y la mayoría de los pocos afortunados que seleccionó habían pasado a posiciones científicas prominentes en la academia y la industria. Había muchas razones para estar satisfecho, incluso orgulloso de estos reconocimientos. Pero, algo faltaba. ¿Cuál era el agujero que quedaba sin llenar?

Se acercaba el anochecer y Ricardo engulló unos cuantos caramelos para aplazar su hambre. Su mente se dirigió al acuario de Baltimore que él y Lillian habían visitado unos años después de casarse y lo hipnotizado que estaba por las medusas lunares. —Mira, son amigos, —había dicho sobre dos medusas que estaban muy juntas. —Amantes, ella lo había corregido, y luego lo picoteó en la mejilla y le dijo: —Eres lindo.

¿No sería algo si se atrajeran?, se preguntó ahora. Recordó haber objetado cuando Lillian llamó a las medusas primitivas porque eran antiguas. —Es lo contrario, Lillian, —había dicho. —Las medusas han existido durante siete u ochocientos millones de años, por lo que pueden ser más sofisticadas que las especies que han evolucionado más recientemente. ¿Quién sabe?

Eso sí – quién sabe…se reiteraba a sí mismo en la obscuridad de su despacho.

Capítulo 4

Dos semanas después Benjamín llamó para decirle a Ricardo que había decidido acompañar a Mattie a Washington – precisamente por la exposición de Mark Rothko en la Galería Nacional – para visitar un taller de grafoanálisis. Ella creía que el carácter de una persona podría descifrarse en su escritura. Benjamín pensó que era una tontería hasta que analizó su escritura y dijo que mostraba una persona ambiciosa con altas metas al igual que una excelente memoria.

—¿Cómo sabe ella eso? Ricardo le preguntó a Benjamín en el teléfono.

—Es la línea horizontal que cruza la «t», y el punto sobre la «i».

Mis barras-T son largas y están cerca de la parte superior de la línea vertical, lo que aparentemente muestra el entusiasmo y la orientación de la meta. El punto de las i's está directamente encima y cerca de la línea vertical, y eso indica atención a los detalles. Al menos eso es lo que dice Mattie.

—¿Y tú crees eso?

—Bueno, soy entusiasta y orientado a objetivos y tengo buena memoria y estoy atento a los detalles. Benjamín no era el hombre más modesto.

—Bien. Suelo cruzar mis t's con largos trazos horizontales por encima de la línea vertical y casi nunca doy en el blanco cuando escribo mis «i»,

—Dios mío, puede que tenga razón después de todo, —dijo Benjamín. —¿Por qué?

—Si recuerdo bien las reglas, eso te convierte en un soñador entusiasta que no se preocupa por los detalles. Eso suena correcto. ¿Qué hay de los bucles en tus l's? ¿Son altos o bajos?

—Espera, déjame escribir unas cuantas. Ricardo escribió unas cuantas l's en un pedazo de papel de desecho.

—Tres son bajas, una un poco más alta.

—Hmmm. Si recuerdo correctamente, el bucle bajo denota creatividad e imaginación, y el bucle alto denota capacidad de pensamiento abstracto. ¡Creo que te tiene clavado!

—Es interesante cómo creemos las interpretaciones que se ajustan a nuestras expectativas o deseos, —dijo Ricardo.

Benjamín se rió. Decidieron que era suficiente especulación principiante sobre un tema del que ninguno de los dos sabía mucho. Planeaban reunirse para almorzar al día siguiente en el Silver Diner, un restaurante local que habían frecuentado durante muchos años.

Ricardo llego temprano y pidió una Coca de Dieta. Cuando Benjamín entró al restaurante diez minutos después, su elegancia le recordó a Ricardo la primera vez que se conocieron hace 40 años en la Sociedad Americana de Visión y Oftalmología.

La confianza tranquila de Benjamín y su porte majestuoso habían hecho que Ricardo, calvo y fornido, se sintiera cohibido.

Benjamín le dio a Ricardo un gran abrazo.

—Me alegro de verte. Se siente como en los viejos tiempos.

—Lo mismo digo. Tal vez sea el eterno Silver Diner.

Ya sea que se tratara del comedor o de la muerte de Lillian o simplemente del envejecimiento, tanto Ricardo como Benjamín estaban de humor nostálgico, y comenzaron a bromear con los recuerdos de un lado a otro. Se burlaban de los estragos del tiempo en sus cuerpos, aunque excepto por su pelo gris plateado, Benjamín se veía notablemente igual. Recordaron las conferencias que cada uno dio en el simposio donde se conocieron.

—El suyo fue un modelo de claridad, dijo Ricardo, y luego agradeció a Benjamín por la cantidad de biofísica y conocimientos técnicos que había aprendido de él.

Benjamín le correspondió.

—Escucharte fue como inhalar el aire fresco de la montaña, —dijo. —Tu charla sobre cómo mira un ornitorrinco con su pico fue algo muy hermoso. Estuvieron de acuerdo en lo mucho que se habían complementado a lo largo de los años. Ricardo siempre había tenia la cara llena de ideas maravillosas, y a Benjamín se le contagió el entusiasmo e imaginación de Ricardo. Ricardo había envidiado la habilidad de Benjamín con la tecnología, que había sido invaluable para él. La mente de Ricardo fluía como la poesía, mientras que la de Benjamín chasqueaba como una maquinaria. Encajan como cerradura y llave.

Ricardo y Benjamín también tenían una relación personal. Ambos eran inmigrantes. Ninguno de ellos tenía hermanos, y ambos tenían padres que querían que se hicieran cargo del negocio familiar. Para Ricardo era la carnicería de Buenos Aires; para Benjamín era una empresa de baterías de coches eléctricos en Tel Aviv. Ambos habían escogido seguir sus sueños de carreras científicas y lamentaban haber decepcionado a sus padres.

—Bueno, hemos pasado buenos momentos juntos, ¿eh?

—Benjamín dijo mientras ponía su mano en el brazo de Ricardo. Ricardo asintió y sonrió, pero la imagen de Lillian pasó por su mente y se sintió un poco perdido.

—¿Qué les traigo, caballeros? apareció el camarero, sacando a los dos amigos de su nostalgia. —El especial de hoy es la sopa de nopal.

Benjamín parecía sorprendido. —¿Sopa de nopal? ¿En serio? ¿Qué clase de cactus?

—No tengo ni idea. Es un invento del chef.

Ricardo pidió un sándwich de pavo y Benjamín la sopa.

—Me pregunto si esta sopa está realmente hecha de un nopal, reflexionó Benjamín. Ricardo le preguntó a Benjamín por qué estaba tan preocupado por eso, y fue entonces cuando Benjamín reveló experiencias en el ejército israelí de las que nunca había hablado antes.

—Tenía diecinueve años y estaba destinado en Cisjordania, —dijo. —Finalmente habíamos alcanzado algún tipo de paz temporal con los palestinos. Estaba aburrido así que empecé a hacer listas de la vida salvaje que veía para mantenerme ocupado. Murciélagos, roedores, serpientes. Luego me interesé en un nopal llamado Opuntia. Es famoso por su carne dulce. No puedes juzgar el interior de nada con sólo mirar el exterior.

Ricardo asintió con la cabeza.

—Pero fueron las afiladas espinas del nopal las que me interesaron más. Cada vez que una espina me picaba, me dolía mucho, mucho...

—Qué hay de raro en eso? Probablemente tenía toxinas para evitar que los animales comieran la planta.

—Ésa es la teoría —coincidió Benjamín, —pero cuando el dolor se disipó me sentí alerta... vivo... es difícil de describir... conectado a la gente e incluso a los objetos. Fue extraño.

—Creo que leí en alguna parte que algunos nopales tienen narcóticos en ellos, —dijo Ricardo.

—Cierto. Algunos cactus tienen mezcalina. Así que una vez que salí del ejército pude conseguir algo de mezcalina y probarla, así como marihuana, LSD y cocaína.

—Así que eres un drogadicto. ¡Lo sabía!

—No del todo. La voz de Benjamín bajó un poco. —La sensación que tuve después de ser pinchado por las espinas de cactus fue mucho más personal que la de cualquiera sensación que obtuviera de cualquiera de esos narcóticos. Me recordó cómo el aguijón inmediato de los azotes que me dio mi padre fue seguido de un abrazo. Una locura, ¿no te parece?

Ricardo no podía decir nada de eso; nunca había sido azotado. A veces deseaba que lo hubieran hecho. Podría haberse sentido menos culpable por abandonar a su padre.

Benjamín iba bien.

—Después de ser picado hablaba libremente con mis camaradas sobre todo lo que se me pasaba por la cabeza. Noté detalles como el tejido de una camisa, o arañazos extrafinos en los tableros de las mesas, o manchas de suciedad en el suelo que nunca vería normalmente. Convencí a uno de mis compañeros del ejército para que hiciera el «viaje del nopal», como yo lo llamaba, para ver si otros se veían afectados como yo.

Y resulta que no fui el único que reaccionó de esa manera. El «viaje del nopal» se convirtió en la furia en los cuarteles. Los soldados se los soldados se perforaron a sí mismos e incluso se pincharon unos a otros entre ellos. Las conversaciones se hicieron íntimas, los secretos se revelaron y se forjaron nuevas amistades. Pero nadie parecía estar fuera de control de ninguna manera. Simplemente eran muy observadores y se relacionaban entre sí.

—¿Así que crees que esas espinas de nopal tienen algún estimulante diferente de las drogas psicodélicas habituales?

—¡Absolutamente! Es algo nuevo y diferente. No es alucinógeno. Estoy convencido de que toca un compartimento funcional inexplorado en nuestro cerebro. Y aunque esto es sólo una suposición, creo que puede ser importante de alguna manera para el tratamiento de problemas psiquiátricos.

Los ojos de Benjamín brillaron de una manera que Ricardo nunca había visto antes.

Benjamín dejó de hablar bruscamente como si le hubieran pillado haciendo algo ilícito. —Lo siento, Ricardo. Me dejé llevar.

—Asombroso, Benjamín. Nunca me has contado nada de esto. —Ricardo estaba impresionado, pero por primera vez en su larga amistad se sintió excluido de algo importante en la vida de Benjamín. —¿Has seguido con esto de alguna manera?

Benjamín agitó la cabeza. —En realidad no, —dijo con cautela, pero luego continuó con voz controlada. —Bueno, en realidad un poco, en las noches y fines de semana cuando tengo tiempo. Traje un montón de paletas Opuntia cuando llegué a los Estados Unidos desde Israel y las mantuve congeladas durante años para poder averiguar qué hay en esas espinas y cómo afecta al cerebro.

Ricardo, aún dolido porque Benjamín nunca le había hablado del nopal, preguntó: —¿Cómo diablos los hiciste pasar por la aduana? Pensé que no se permitía la entrada de materiales biológicos en este país.

—Le dije al oficial de aduanas que la bolsa cerrada está llena de cosas sentimentales de mi infancia para recordarme a Israel.

—¿Y él se lo creyó?

—Parecía escéptico, así que me ofrecí a abrir la bolsa, pero la había atado con tantos nudos que no creyó que valiera la pena. Contaba con eso.

—¡Inteligente! —dijo Ricardo. Benjamín fue astuto.

—Supongo que me vio como un extranjero común y corriente. Me deseó buena suerte en mi nueva vida en los Estados Unidos.

—En serio, —dijo Ricardo, sin siquiera considerar la posibilidad de que la bolsa llena de cactus de Benjamín sea un eslabón en la cadena de eventos que darían forma a la historia y que el futuro se esconde en los detalles cotidianos.

PARTE II

Capítulo 5

El primer aniversario de bodas después de que Lillian se murió, habría sido el 41º, y se cayó en domingo, lo que hace que ese fin de semana sea especialmente solitario. Había planeado ir al cine con su vecino, pero éste lo había cancelado por un fuerte resfriado. Ricardo no quería ir solo. Salir a hacer las cosas le hizo extrañar a Lillian más que quedarse en casa. También le daba vergüenza ir a eventos a los que la mayoría de la gente asistía con familiares o amigos. Así que ese domingo por la tarde salió a dar un breve paseo y pasó la noche deambulando inquieto de habitación en habitación. Lillian y él siempre habían celebrado su aniversario en Leo's, un restaurante local famoso por el pan recién horneado y los postres malignos. A pesar de tener un ligero sobrepeso, siempre se había dado el gusto de celebrar su aniversario. Ahora, sin Lillian no tenía ganas de cenar.

—¿Qué es esto? —murmuró para sí mismo mientras recogía un libro en su biblioteca por la noche sobre un estudio de la visión en invertebrados que nunca había encontrado tiempo para leer. Lo puso en la mesa junto a la foto de Lillian como una joven vestida de gimnasia. Su sonrisa incontenible – esa que daba vibra de buena salud –le hacía sentir perezoso y gordo. Encendió leños en la chimenea, encendió la pequeña

lámpara junto a la fotografía y se sentó en su sillón favorito
que habían comprado poco después de casarse. Le encantaba
su gastada piel de cuero.

—Es hora de descubrir algo nuevo, —dijo Ricardo en voz
baja a la fotografía de Lillian antes de abrir el libro. Siempre le
había gustado brincar a algo novedoso: viajar a lugares donde
no habían estado antes, comer comida que nunca habían
probado, aprender expresiones en idiomas extranjeros.

Hojeó los primeros capítulos, llenos de diagramas y
esquemas de clasificación. Varios capítulos estaban dedicados
a los ojos compuestos de los insectos, especialmente la famosa
mosca de la fruta, Drosophila. Se adormecía al pasar las páginas
y se dormía. Una vez que los troncos se quemaron hasta las
cenizas, se despertó, se echó leña fresca y volvió al libro.

Y entonces llegó el gran momento, no fue anunciado por
trompetas o fanfarrias, sino por el tranquilo paso de una página
al capítulo de los Cnidarios, los invertebrados que incluían
corales, anémonas de mar y medusas.

Ver las fotos de medusas transportó a Ricardo a esa tarde
de domingo de hace muchos años en el acuario de Baltimore.

—Imagina eso, —se exclamó Ricardo ahora cuando vio
el diagrama del ojo de medusa en el libro. ¡Un ojo! Volvió la
cabeza hacia la foto de Lillian y preguntó: —¿Puedes creer que
las medusas tienen ojos? —dijo, preguntándose si Lillian se
habría sorprendido tanto como él, —Sí, lo habría hecho.

El ojo de la medusa tenía un gran lente celular para transmitir
la luz, una retina con fotorreceptores y pigmento negro en la
espalda para Una retina con fotorreceptores y pigmento negro
en la espalda para atenuar la dispersión. Parecía una variación
del ojo humano, excepto que la córnea delante del cristalino se
reducía a una sola capa de células. A pesar de que había estudiado
los ojos durante casi medio siglo, no tenía ni idea de que las

medusas tenían ojos. Dudaba de que alguno de sus colegas lo supiera, aunque leyó en el libro que el ojo de medusa había sido descrito ya en el siglo XIX. Sonrió ante la ironía de que un científico de la visión no supiera que las medusas tienen ojos. Miró la fotografía de Lillian una vez más y dijo, —Supongo que todos vivimos en la proverbial caja negra de la ignorancia.

De repente tuvo la necesidad de salir de esa caja.

Las imágenes del libro mostraban un ojo de medusa grande y otro pequeño situado en ángulo recto entre sí. Estos sofisticados ojos residían en estructuras especializadas llamadas rhopalia. La especie de medusa descrita en el libro tenía cuatro rhopalia igualmente espaciadas alrededor de en su cuerpo cúbico llamado campana, lo que Ricardo consideró extraño para una estructura tan silenciosa y nada musical. Así, cada medusa tenía ocho ojos complejos. Cada rhopalia colgaba de un tallo y anidaba cómodamente en una cavidad abierta al agua de mar. Las medusas veían todo alrededor, así que se volteaban para arriba y para abajo, al mismo tiempo. Su visión era mucho más amplia que la de los peces y otros vertebrados, incluso los humanos, y estaba excepcionalmente adaptada al nicho líquido tridimensional de las medusas. Además de los ojos, cada rhopalia tenía un órgano de equilibrio, un estatocisto, que las medusas usaban para orientarse mientras nadaba.

Ricardo se maravilló de cómo la medusa exprimió la complejidad de la visión y la orientación en diminutos rhopalia de sólo unas dos centésimas de pulgada de largo. El ojo de la medusa parecía mucho más que un escalón evolutivo en el camino hacia el ojo humano. Ya estaba altamente evolucionado. Las medusas, a menudo consideradas como meras molestias, eran criaturas visuales notables. Qué engañoso es llamarlas «medusas», cosas dulces esparcidas en una tostada. Y ciertamente no eran peces.

Ricardo apenas podía creer que unos ojos tan complejos existían en las medusas, casi a la par de la humilde esponja. Por supuesto, era posible que las medusas no tuvieran ojos durante gran parte de su historia y que sus ojos evolucionaran relativamente podría haber sido un salto evolutivo mucho más corto de los ojos de medusa de lo que se imaginaba. Pero aún así, las medusas y los humanos eran tan diferentes. La distancia evolutiva podía ser ilusoria, pensó, y lo que parecía remoto podría estar mucho más cerca de los humanos y la medicina de lo que se pensaba. ¿No sería irónico que las medusas pudieran enseñarle más sobre las enfermedades de los ojos que los roedores y otros mamíferos de investigación que se usan comúnmente? La súplica de Lillian por la investigación médica y su deseo de una investigación básica impulsada por la curiosidad, se le estaban jalando en el pecho.

El asombro de Ricardo ante el misterioso universo de la visión de las medusas le recordó su emoción cuando supo del ornitorrinco. La idea de sondear las sombras del conocimiento humano en busca de un tesoro camuflado despertó su curiosidad y le hizo sentir importante de nuevo. ¡Las medusas tienen ojos! El poético Lord Byron chocó con el analítico Louis Pasteur y se fusionó: de repente vio a las medusas como un poema y a sus ojos como un laboratorio.

En las medusas vio un futuro, una historia a desarrollar. Benjamín tenía nopal; ¿por qué no podía tener medusas? En ese momento de descubrimiento Ricardo ya no se sintió como madera a la deriva flotando pasivamente río abajo, sino que se previó a sí mismo saltando precariamente de roca en roca a través de un arroyo apresurado. El ojo de medusa era una de esas rocas. La emoción abrumó su depresión. Quería abrir la tapa de su caja negra. Había olvidado la advertencia de Lillian de tener cuidado y contener y para contener su naturaleza impulsiva.

Capítulo 6

Después de un largo desayuno inmerso en los editoriales del New York Times sobre enfermedades y recortes en la investigación básica, Ricardo llegó a su oficina más tarde de lo habitual el lunes después de su descubrimiento. Hubo un nuevo brote de una infección respiratoria que amenazaba la vida y que se creía que era un virus de gripe mutado en Texas y Oklahoma. El editorial señaló que esta era la séptima nueva epidemia en los Estados Unidos en los últimos cuatro meses. Los científicos estaban desconcertados. La diversa distribución geográfica de los brotes hizo que las mismas toxinas ambientales fueran una causa poco probable.

Fue el artículo sindicado de Randolph Likens lo que más preocupó a Ricardo. Likens, que se había mostrado cada vez más contrario a que los dólares de los contribuyentes fueran desviados a los académicos, ahora cuestionaba la relevancia de estudiar la evolución para tratar las enfermedades actuales.

Escribió: *¿Realmente importa cómo los caracoles se relacionan con las almejas o las serpientes con las aves? ¿Son tales proyectos de investigación esotérica el mejor uso de los dólares de los contribuyentes que se ganan con esfuerzo? ¿Cómo nos protegen tales gastos de investigación contra las enfermedades mortales que están apareciendo en todas partes?*

Ricardo se enfureció. ¿Cómo podría alguien en esta época no entender que la evolución dependía de las mutaciones, y que las mutaciones afectaban tanto a la resistencia a las enfermedades – siendo la anemia falciforme el ejemplo clásico – como al brote de nuevas enfermedades microbianas?

Ricardo estaba de mal humor cuando llegó a la oficina para repasar el proyecto de investigación de Pearl con ella.

—¿Está todo bien? —preguntó ella, sintiendo su irritabilidad.

—Sí. No. ¿Ha leído alguno de los ridículos artículos del periodista Likens? Estallan los estudios sobre la evolución sin saber nada de biología.

Pearl escuchó y después de parecer seria, le dio a Ricardo una de sus sonrisas brillantes, las que podían encantar a un lagarto. Repasaron sus experimentos, que estaban diseñados para detectar la aparición de nuevas proteínas en las córneas de un paciente fallecido que tenía distrofia de Fuch. Había pequeñas pistas de que ella tenía algunos resultados interesantes, pero se necesitaba mucho más trabajo. El salto desde los hallazgos de la investigación hasta la relevancia clínica fue desalentador. Sin embargo, Ricardo sintió que era necesario que su investigación tuviera un sesgo médico para facilitarle la obtención de un trabajo cuando dejara su laboratorio. Ya que él no era un médico, luchó por encontrar la mejor manera de inclinar su investigación hacia el lado clínico.

Su mayor problema en ese momento, sin embargo, era que las imágenes de medusas seguían interfiriendo en su mente. ¿Qué vieron las medusas? ¿Por qué tenían unos ojos tan sofisticados? Miró la pintura de medusas de Papi en la pared de su abarrotada oficina, y de repente se sintió confinado. Estaba cansado de que la ciencia fuera estrictamente una experiencia intelectual. Anhelaba una conexión física con la naturaleza. Entonces sonó el teléfono.

—Hola, Ricardo. Habla Marcus. ¿Tienes unos minutos libres? Me gustaría hablar contigo sobre la revisión del laboratorio de la próxima semana.

—¿Hay algún problema? —Preguntó Ricardo.

—Nada de eso. ¿Puede venir a mi oficina?

—¿Ahora mismo? Estoy repasando la investigación de Pearl con ella en este momento. Vendré tan pronto como pueda. Marcus Topping no era lo que Ricardo necesitaba, pero iba a su oficina inmediatamente después de su conferencia con Pearl.

Tal vez debido a las múltiples tazas de café que había consumido esa mañana o a su dolor de espalda, Ricardo tenía poca paciencia para hablar dulcemente con el Dr. Topping. La voz de Marcus en el teléfono estaba muy lejos del tono consolador que había tenido el día después de la muerte de Lillian. ¿Qué había sido de la conferencia que le había prometido a Ricardo ese día? Nada. No hubo más mención de una conferencia, y su petición de un nuevo secuenciador de ADN fue rechazada por falta de fondos.

—Me encantaría complacerte, Ricardo, pero es esta maldita economía, —había dicho Marcus.

Tal vez había sido para mejor. Ricardo no tenía la energía ni el deseo de sumergirse en la administración de una conferencia, ni le importaba recibir nuevos equipos. Todo lo relacionado con su investigación en el Centro Científico de la Visión parecía opresivo.

—Hola. Estoy aquí para ver al Dr. Topping, —dijo Ricardo a la secretaria cuando llegó a la oficina. Siguió tocando el teclado, ignorándolo. Unos quince segundos más tarde dijo: —Siéntese, por favor, Dr. Sztein. El Dr. Topping le verá en breve.

Ricardo se recostó en la silla de felpa y descansó su espalda adolorida. Miró su reloj de pulsera: 11:10. Se sintió más tarde, como si el día se escapara. Revisó su correo electrónico en su celular. Nada nuevo. Ricardo recogió la última revista *Science* de la mesa de café, sus páginas rotas y sin leer, no como las revistas de su oficina, que fueron doblados y manchados de café. Un breve informe sobre un hoyo negro le interesó. La astronomía era humilde y tan imposible de comprender como el infinito o la eternidad y le hacía sentirse insignificante, como cuando reflexionaba sobre la inmensidad de la evolución. Se preguntaba si la tierra y todas sus maravillas serían absorbidas por un agujero negro algún día.

11:20.

—¿Está el Topping con alguien en su oficina? Me pidió que viniera enseguida. Ricardo trató de controlar su creciente ira mientras la secretaria seguía escribiendo.

—Volverá pronto, respondió, sin apartar nunca la vista de la pantalla de la computadora que tenía delante.

Ricardo se quejó para sí mismo. De repente, ella levantó la vista y le sonrió. —Lo siento. El Dr. Topping está muy ocupado hoy. Es la próxima revisión.

Ricardo suspiró con alivio por ella... —Está bien, — dijo, sin quererlo. Miró las fotografías de la casa de verano de Marcus en Wyoming que estaban en las paredes de su oficina exterior, que era un palacio según los estándares de Ricardo, y luego recogió el *Washington Post* de la mesa de café. Se dirigió a los obituarios como lo solía hacer desde la muerte de Lillian, prestando especial atención a la edad del fallecido, la causa de la muerte y a quien el *Post* decidió destacar. Ricardo no pudo evitar comparar las vidas de estos extraños muertos con la suya. La comparación le deprimía a menudo. Vio un obituario con el siguiente título:

—Sir William sonriente, Premio Nobel, muerto a los 71 años. Ricardo tenía 71 años.

—Despúes de examinar los muchos logros de Sir William, un eminente científico australiano, sus ojos se deslizaron hacia el tipo más pequeño de la página, que enumeraba las almas menos majestuosas que ahora se han ido de este mundo. Al principio pensó que lo había malinterpretado, pero tras una inspección más cuidadosa, Ricardo confirmó lo que había entendido inicialmente: *El Dr. Frank Miles, de 83 años, falleció tras sufrir un derrame cerebral. El Dr. Miles, investigador científico del Instituto Rockefeller durante cuarenta y tres años, deja a su esposa, Martha, de cincuenta años, dos hijos, Adrian y Todd, una hija, Elizabeth Randall, y seis nietos.*

¿Frank Miles estaba muerto? ¿El científico que había sido pionero en la biofísica cuántica? Su investigación había dado muchas ideas sobre las redes de comunicación dentro de las células. Ricardo nunca había entendido por qué Miles no había recibido mayor reconocimiento. Quizá Miles se enfadó demasiado. Ricardo pensó en su propia brusquedad y se preocupaba de que a veces sonara arrogante, aunque nunca había querido hacerlo. ¿O sí?

Smiling y Miles eran dos gigantes en el campo, aunque uno recibía a los grandes, mientras que el otro a los pequeños. Parecía que su importancia era una decisión editorial. No, fue el Premio Nobel. Factores externos decidieron la importancia. Ricardo pensó en Papi, el carnicero/artista de las pinturas de realismo prematuro. Su arte nunca había sido apreciado. La vida tenía muchas formas de ser injusta.

11:32.

Todavía no hay ningún Dr. Topping. La impaciencia inflamó la ira de Ricardo. Justo cuando estaba listo para volver a su laboratorio, un acto agresivo pasivo, supo que el Dr. Topping entró en la oficina. Como siempre, los calcetines blancos de Topping y los zapatos deportivos de lona rayados y sobre utilizados, una afectación que Ricardo creía que demostraba que era un tipo normal, lo irritaron.

—Hola, Ricardo. Vamos a mi oficina. Entró el Topping y no se disculpó por haberlo hecho esperar. A Ricardo le molestó verse molesto. Topping siempre llegaba tarde; eso era parte del juego, y él establecía las reglas.

Ricardo forzó una sonrisa.

La pared de la oficina del Dr. Topping estaba llena de diplomas, fotos suyas recibiendo premios, y cartas enmarcadas firmadas de gente importante, incluyendo un presidente y dos vicepresidentes. Ricardo pensó en la pared entre el baño y la sala de ejercicios de su casa que tenía unas cuantas fotografías de sus colegas y algunos certificados de sus honores y servicios profesionales. No parecían estar a la altura. Ayudó que a Lillian nunca le importaron los honores, o al menos nunca lo dijo si lo hacía.

Ricardo esperó a que el Dr. Topping hablara.

—Su laboratorio será revisado la semana que viene por el Comité de Prioridades Científicas. Estas evaluaciones del CPE están abiertas al público y llegan al Congreso. Una revisión sobresaliente nos ayuda a recibir fondos, mientras que una mala revisión puede perjudicar nuestras posibilidades de ser financiados. En vista de la escasez de dinero en estos días, pensé que sería útil repasar lo que va a compartir con ellos. ¿Cuál de sus estudios piensa enfatizar? Eres una estrella, ya sabes.

¿Estrella? Eso parecía gratuito.

El Dr. Topping debe haber sentido la reacción ambivalente de Ricardo. —Lo digo en serio, Ricardo. Eres una estrella. Y probablemente lo hizo en serio.

—Estamos orgullosos de tus logros. Ha sido de gran ayuda para atraer fondos al Centro.

Ricardo no pudo evitar sentirse feliz con el reconocimiento.

Después de una breve pausa, Marcus continuó: —Jim Lazaar tuvo un gran éxito con los CPS el año pasado cuando describió la conexión entre las mutaciones de la proteína 451 y la esclerosis múltiple. Recibió el Premio LeBlanc por ese trabajo, ya sabes.

—Estaba en el comité de premios, ¿recuerdas?

—¿Tú? Oh, sí, por supuesto. ¿Podría darme un resumen de lo que pretende presentar? Fue más una orden que una pregunta.

Ricardo se rascó la mano izquierda junto a la cicatriz que Mulligan le había infligido, un hábito nervioso que hacía cuando se esforzaba por controlar su ira.

Los CPS evaluaron cada laboratorio del Centro cada cinco años. Aún haber sido varios a lo largo de los años, nunca antes había tratado de influenciar su presentación. Estaba indignado de que el Dr. Topping tratara de supervisarlo de esta manera ahora, pero también estaba preocupado. El dependía en gran medida de las revisiones del CPE para la asignación de fondos a los diferentes laboratorios.

Aunque Ricardo había recibido excelentes evaluaciones en el pasado, el comité de revisión observó la última vez que su investigación tendía a desviarse de sus objetivos declarados. Aunque había diseñado su investigación de maneras políticamente aceptables – los estudios de expresión genética estaban diseñados para avanzar en la terapia genética; los estudios de la función de las proteínas hacían hincapié en la búsqueda de tratamientos para enfermedades intratables – era consciente de que solía ignorar las críticas. Ahora le preocupaba que pudiera haber actuado con demasiada independencia, incluso con arrogancia, aunque esa nunca fue su intención consciente. Al enfrentarse cara a cara con el Dr. Topping, Ricardo recordó a Benjamín advirtiéndole que tuviera cuidado. Benjamín sabía que a Ricardo le molestaba «vivir con cegueras intelectuales», como él lo denominaba, y que se le obligara a orientar su investigación hacia objetivos específicos. Cuando Benjamín le recordó a Ricardo que no había sido invitado a ser ponente en una conferencia científica durante varios años, le dolió porque era cierto.

¿Se estaba «perdiendo la cabeza»? Ricardo no lo creía así, pero sabía que no se esforzaba por construir una carrera como lo había hecho antes, a pesar de que todavía publicaba artículos y dirigía un activo laboratorio de investigación. A Ricardo no le gustaba cómo olían las cosas. El director le había halagado, pero insinuó que él, una guía experta – necesitaba orientación para su presentación al comité de revisión.

Ricardo sentía un peso sobre sus hombros, aunque la verdad es que el Dr. Topping tenía razón. Necesitaba una revisión positiva del laboratorio de Ricardo para convencer al Congreso de continuar enviando dinero al centro. Lillian, siempre la realista, habría estado de acuerdo con él en ese aspecto. El blanco y negro era realmente gris.

Sonó el teléfono, lo que le dio a Ricardo un momento para poner en orden sus pensamientos.

—No sé qué vestido quieres que recoja de camino a casa, querida. Nunca vi el que querías. Le preguntaré a la vendedora. No puedo hablar ahora. El Dr. Sztein está en mi oficina. Colocaron el receptor de nuevo en el teléfono y se veían avergonzados. —Lo siento.

Ricardo no se arrepintió. El breve descanso le había permitido preparar su discurso. —No hay problema. Le daré al comité de revisión una sinopsis de nuestro trabajo sobre la opacidad corneal, haciendo hincapié en la

—Es una joven muy inteligente.

—Sí. De todos modos, como decía, destacaré su evidencia de la existencia de dos nuevas proteínas en las córneas con distrofia de Fuch.

Las opacidades corneales siguen siendo grandes problemas médicos.

—Ciertamente lo hacen, Marcus estuvo de acuerdo, al parecer complacido con el énfasis de Ricardo en la enfermedad.

Ricardo continuó. —Necesitamos poder reemplazar las córneas enfermas con córneas artificiales como podemos reemplazar las cataratas con implantes de lentes. Ricardo trató de dar la impresión de que estaba realmente involucrado en esta investigación corneal, o tal vez estaba tratando de convencerse de que estaba comprometido con el trabajo. No es que no pensara que era importante, pero parecía más técnico que aventurero. Su mente vagó un momento mientras miraba la enorme ventana de cristal de la oficina y pensaba en lo agradable que debe ser tener una oficina con el exterior filtrándose.

—Las córneas artificiales serían un gran avance, —dijo el Dr. Topping.

Después de un momento de silencio, Ricardo decidió espontáneamente mencionar sus ideas sobre las medusas. —Pensé en contarles a los SPC sobre un nuevo proyecto, todavía una idea, pero... creo que es importante tratar de empujar un poco las fronteras conceptuales del conocimiento, ¿no? Intentar ser audaz, estar por delante del grupo.

Ricardo no le dio tiempo a Marco para responder. —¿Sabes que las medusas tienen ojos? Ahí, lo había dicho.

—¿Medusa?

—Exactamente. Yo tampoco. —¿Y qué?

—Bueno, estas no son sólo unas pequeñas y primitivas manchas oculares que perciben la luz. Son ojos complejos con lentes y retinas que en muchos aspectos se parecen a los ojos humanos, con algunas diferencias, por supuesto. Me pregunto qué es lo que ven las medusas en realidad – y cómo afecta a su comportamiento. Los ojos de las medusas pueden usarse sólo para funciones simples como detectar la luz para regular los ciclos de reproducción, o para detectar las sombras de los depredadores. No lo sé.

—¿Ojos de medusa?

Ricardo sintió su cara sonrojada, pero decidió no enfadarse consigo mismo por haber hablado tan libremente sobre algo que no había pensado. ¿Exactamente qué buscaba en los ojos de medusa? No lo sabía. Quizás era esa la fascinación, la densa niebla de lo desconocido, donde nadie podía ver más que nadie, donde nadie podía juzgarlo. ¿No era hacer una pregunta a la que nadie podía responder una justificación razonable y suficiente para un proyecto de investigación? En realidad, no planeaba hablar con el comité de revisión sobre las medusas, pero por alguna razón se sintió obligado a desafiar al Dr. Topping. No lo consideró arrogancia; fue previsión, o quizás su represalia por haberlo hecho esperar.

—Por lo que deduzco, nadie está estudiando los ojos de las medusas, continuó Ricardo, tratando de recuperar su compostura.

—Apuesto a que casi nadie sabe que las medusas tienen ojos —dijo el Dr. Topping, arqueando las cejas.

Luego la mente de Ricardo se dirigió a Papi y a cómo se había asociado libremente en su carnicería sobre el arte y la política, dando a sus clientes más para masticar que sólo la carne. No era la elección de los temas lo que le interesaba a Papi; era la forma en que Papi inyectaba vitalidad a los temas. Sí, no era sólo una medusa. Fue él Ricardo, y esa comprensión le dio el coraje de hablar con el corazón.

—Tal vez, Ricardo, hay razón en que los ojos de medusa no están siendo estudiados hoy en día, —respondió el Dr. Topping, con una calma irritante.

—Sin embargo, quizás deberían ser estudiados, —Ricardo respondió suavemente. Y, con unos ojos tan estupendos, las medusas podrían incluso tener cerebro.

—¿Cerebro?

—Sí. Me pregunto si las medusas tienen cerebro, —preguntó Ricardo. —Si tienen ojos muy evolucionados, deberían tener algún tipo de cerebro para procesar la información visual, para hacer una especie de rastro de memoria. Al reconocer que su boca funcionaba más rápido que su cerebro, sonrió con timidez y se retrasó. —Sé que suena inusual en estos días cuando se espera que entreguemos tratamientos para las enfermedades, pero las medusas son muy interesantes. Creo que el Congreso lo entendería, si el argumento se presenta bien.

Ricardo ya no hablaba con el Dr. Topping; se dirigía a Randolph Likens.

El Dr. Topping tensó los músculos de su mandíbula. Ricardo le miró atentamente, preguntándose si de verdad lo había entendido o si en realidad estaba de acuerdo con algo de lo que había dicho.

—¿Cree que los SPC estarán interesados en las medusas? —el Dr. Topping preguntó.

—Eso espero, —dijo Ricardo. Es importante entender el rango completo de percepción. Explorar otras especies añadiría mucho a nuestra comprensión de la visión humana. A él le pareció bien.

—Ya veo. —El director guiñó un ojo. —La percepción es importante, estoy de acuerdo.

—¿Cómo percibe entonces nuestra situación fiscal hoy en día? Eso no es lo que quiero decir.

—Lo sé. Pero, ¿cómo... percibes... la visión de medusa desde un punto de vista médico?

—Eso lo decidirán los médicos, una vez que se hagan los descubrimientos básicos. Apenas sabemos nada sobre la visión de las medusas todavía. —Ricardo hizo una pausa. —Soy un científico básico, no un médico. Es como ser un explorador y...

¡DETÉNGASE! La cara de Lillian se iluminó en su mente.

Los ojos del Dr. Topping se entrecerraron como si estuviera enfocando un objetivo. —También depende de mí convencer al congreso de que nos financie cuando la economía está en retroceso y los costos médicos siguen aumentando. Y eso no es tan fácil de hacer como usted parece creer.

Ricardo echó un vistazo a las pilas de papeles, formularios burocráticos, memorandos y revistas médicas en el escritorio del Dr. Topping.

Marcus echó un vistazo a su reloj. —Tengo una cita para almorzar con el director general de GlaxoSmithKline. Continuemos esta conversación la semana que viene.

Nunca lo hicieron.

Capítulo 7

—Tranquilo, Ricardo, —dijo Benjamín por teléfono después de su reencuentro con el Dr. Topping.

—No lo entiendes, Benjamín. Las medusas son increíbles. ¡Esos ojos! ¿Sabías que las medusas tienen ojos que se parecen a los nuestros en muchos aspectos?

—Bueno, no...

—Yo tampoco. Ni tampoco nadie más, aparentemente. No me digas que vaya más despacio... tenemos que...

—Hola, Ricardo. Suena interesante, pero tengo una clase que dar en un par de minutos. ¿Podemos hablar de esto esta noche? Llámame a casa.

—Bien.

Benjamín siempre estaba ocupado.

Ricardo llamó a Benjamín después de la cena, lo que le pareció bien. porque prefería hablar de su nueva pasión desde casa. Los ojos de medusa no eran sólo otro de sus potenciales proyectos científicos. Mantener su interés en las medusas separado de la oficina lo hacía más misterioso y personal.

—Como decía esta tarde, hay más en los ojos de medusa de lo que se ve a simple vista, —Ricardo le dijo a Benjamín.

—¿Cómo es eso? —le preguntó su amigo.

—Quiero estudiar los ojos de medusa. Es así de simple. Se sintió como un estudiante de nuevo cuando le dijo a Lillian que quería estudiar la visión de los ornitorrincos, aunque no sabía nada de ellos ni de sus ojos. Ahora eran las medusas y los suyos, otro misterio tentador.

—No estoy seguro de lo que estoy buscando, —continuó Ricardo. —Es como en los viejos tiempos cuando era un estudiante de posgrado y me sentaba en mi escritorio sin saber qué hacer. Tenía miedo. Pero cuando lo imagine como si fuera una aventura, se volvía emocionante. Divertido, ¿no? La confusión da miedo si la encuentras amenazante, pero es estimulante si la encuentras desafiante. Todo depende de tu punto de vista. ¿Crees que los ojos aparecieron en las medusas cuando aparecieron por primera vez hace siete u ochocientos millones de años?

—No tengo ni idea.

—Yo tampoco. No parece que se sepa mucho sobre los ojos de medusa. Cientos de millones de años es mucho tiempo para que las medusas aprendan un montón de trucos. ¿No es razón suficiente para estudiarlos?

—Tal vez. Pero, Ricardo, no tienes tanto tiempo. ¿De verdad quieres saltar en medio del mar?

Ricardo estaba realmente entusiasmado, pero también intentaba justificar el irse al otro extremo para estudiar los ojos de las medusas. Era cierto que ya no era joven y que era tarde para comenzar un proyecto tan audaz que requeriría años de trabajo. Aún más problemático era Lillian, que no dejaba de susurrarle al oído: «Ten cuidado, Ricardo, eres impulsivo». Su mente se desvió hacia la crueldad del cáncer, el deseo de ella de que él investigara la enfermedad para que otros no tuvieran que sufrir como ella y la promesa que él nunca había hecho, al menos no a ella antes de morir.

—¿Ricardo? ¿Hola? ¿Sigues ahí?

—Sí. Lo siento. Mi mente se desvió por un momento.

—Entonces, ¿qué son...? Benjamín empezó a decir algo.

—Este es mi plan, interrumpió Ricardo. He buscado en Internet gente investigando medusas y apareció un tal Harold Freeman. Trabaja en una estación marina en La Parguera, Puerto Rico.

—¿La qué? ¿De Internet? ¿Hablas en serio? ¿Sabes algo de este tipo? Benjamín estaba siendo Benjamín, sincero, pero a veces un poco esnob.

—La Parguera. En Puerto Rico. Freeman fue co-autor de un artículo sobre la ecología de las medusas hace unos quince años. Esa es la única publicación de él que pude encontrar. ¿Nunca has oído hablar de La Parguera?

—No.

—Ni yo. Es un pequeño centro turístico en la costa suroeste de Puerto Rico. La estación marina es parte de la Universidad de Puerto Rico. El campus principal está en Mayagüez, que está bastante cerca de La Parguera. ¿Te interesa?

—Todavía no.

—Le envié un correo electrónico a Harold Freeman, y me respondió. Por lo menos. No sé mucho más acerca de él. No es puertorriqueño con tal nombre. Me dijo que me enseñaría a pescar la Tripedalia, que es la especie de medusa con ojos que vive en los pantanos de allí, si vengo a La Parguera por unos días. No tiene que ser Einstein para enseñarme a pescar medusas. ¿Te interesa ahora?

Ricardo sabía que a Benjamín le encantaban los nuevos desafíos.

—Sigue...

—Bueno, escucha esto. Revisé lo que se ha publicado sobre los ojos de medusa y encontré algunos artículos antiguos, principalmente de finales del siglo XX y principios de este siglo. No hallé nada mas reciente. Desde el crash económico del 2022 casi toda la investigación científica se ha centrado en las enfermedades humanas. ¿Es eso inteligente?

—Difícilmente se les puede culpar. Y los tiempos son muy malos ahora, incluso peores que entonces, dijo Benjamín.

—Sí, lo sé. Un par de artículos hace mucho tiempo sugirieron que los ojos de las medusas ven imágenes. Lo que una imagen significa para una medusa es otra cuestión. Un artículo indicaba que la bioquímica de la visión de las medusas tiene similitudes con la de los humanos. Las diferencias entre la visión humana y la de las medusas son probablemente más interesantes que las similitudes, pero la gente parece no apreciar eso hoy en día. Echa un vistazo a las fotos de los ojos de las medusas en la red. Son complejos. ¿Te estás interesando un poco más?

—Admito que es intrigante, pero...

—¡Eso! Apuesto a que estos ojos de medusa serán interesantes. Es importante mirar todo tipo de especies porque abre nuevas perspectivas de conocimiento y nuevas posibilidades.

—¿No te cansas de tanta investigación en estos días sobre las mismas pocas especies? Las moscas, un poco sobre ranas y pollos, ratones y ratas, por supuesto. No tengo nada en contra de concentrarme, pero vamos, ¿qué tal algo nuevo de vez en cuando?

—La profundidad es importante, Ricardo. Un poco de conocimiento puede ser engañoso y difícil de explotar.

—Conozco bien ese viejo discurso. Ponga a todos a trabajar en un objetivo común y hará mucho progreso. Pero si las prioridades nacionales de investigación se basan siempre en los descubrimientos del año pasado, ¿quién hace los descubrimientos del próximo año que llevan a nuevas prioridades? Dígame eso.

—Te sigo.

Después de una breve pausa Ricardo preguntó: —¿Crees que las medusas piensan?

—¿Qué?

—¿Crees que esa medusa piensa? Tienen unos ojos fantásticos. Tengo mucha curiosidad por saber cómo interpretan lo que ven. Si hay algún tipo de actividad cerebral, ya sabes, la percepción.

—Ahora estás yendo demasiado lejos, Ricardo. ¿Medusas pensando? ¿Cómo pudiste probar eso?

—Tienes razón, como siempre. Pero aún así... siempre he querido saber qué piensa un animal. Cualquier especie: un gato, un perro, un pez. ¿Por qué no una medusa? ¿Cuándo comenzó a pensar en la evolución?

A través de la ventana Ricardo vio pasar un gato por la acera y se inclinó a ver la cicatriz de su mano izquierda.

—Quiero ir a La Parguera y conocer a estas medusas. No tengo un objetivo de investigación concreto en mente. Sólo quiero echar una vista de piloto... Puede que me dé ideas. Y con Lillian muerta...

Benjamín suspiró. —Lo siento mucho, Ricardo.

—Me vendría bien algo nuevo en mi vida. ¿Quieres venir? Tengo que enviarle un correo electrónico a Harold mientras aún está interesado.

—¿Sabes qué? Sí. ¿Por qué no? Te acompañaré unos días.

Ricardo no sabía si a Benjamín le interesaban los ojos de medusa o si sólo estaba siendo un buen amigo. Tal vez era ambas cosas.

—¿En serio? ¡Grandioso! El Dr. Topping pareció molesto cuando lo amenacé con decirle al comité de prioridades científicas que quería estudiar las medusas. Supongo que me pasé de la raya, pero valió la pena sólo por ver la mirada en su cara. Se puso verde y se deshizo de mí. Ricardo tenía una tendencia a exagerar.

—Realmente creo que explorar lo desconocido, averiguar cómo ven los animales el mundo es importante y relevante... Dios, odio esa palabra: relevante.

—Es demasiado tarde para volver a entrar en ese tema, Ricardo. Avísame cuando planees irte.

—Lo haré.

A la mañana siguiente Ricardo envió el siguiente breve correo electrónico a Harold Freeman:

Querido Harold: Muchas gracias por su respuesta pronta y su disposición a ayudarme a recoger medusas en el manglar. Estoy ansioso por venir con mi colega, el Dr. Benjamín Wollberg. No sabemos nada de medusas y estaríamos muy agradecidos por su ayuda. Le haré saber las posibles fechas. ¡Gracias de nuevo! Con los mejores deseos, Ricardo.

Tan pronto como Ricardo apretó la tecla 'enviar' en su computadora, se dedicó a solicitar fondos para el viaje al Centro Científica de la Visión. Era imperativo que justificara el viaje de manera persuasiva. Enfatizó cómo el complejo ojo de medusa se parecía al ojo humano.

Luego escribió unos detalles en el que afirmaba que las medusas aparecieron por primera vez hace unos siete u ochocientos millones de años y están en la base de la evolución de los animales superiores, incluso de los humanos. Prefería pensar en los animales como especies altamente adaptados a sus nichos en lugar de su clasificación alta o baja de la escala evolutiva, y por lo tanto, en su solicitud se esforzó por elevar el supuesto estatus de inferioridad de las medusas, lo que les daba hincapié en su conexión evolutiva con los seres humanos. Todo lo apuntó con el fin de hacer su proyecto más atractivo.

En fin, Ricardo propuso dos objetivos: primero, buscar una variante de medusa con esa hormona de crecimiento corneal que había descubierto en los ratones, y segundo, investigar los precursores evolutivos de los genes que había vinculado a la distrofia de Fuch. Creía que esos proyectos de investigación tenían relevancia clínica, aunque fuera lejano, y que se enlazaba la investigación sobre medusas propuesta con todas sus investigaciones pasadas y presentes.

Más tarde Harold envió un correo electrónico a Ricardo y le dijo que reservaría una habitación de motel para ellos tan pronto que supiera cuándo iban a llegar.

Una semana después de eso, el Dr. Topping aprobó la petición de Ricardo de fondos para el viaje.

—Estoy listo, Benjamín. La solicitud de viaje ha sido aprobada.

¿Todavía estás listo para ir?

—¿Solicitaste fondos para el viaje?

—Claro. ¿Por qué no? Ya que el Centro Científico de la Visión es dueño de mi investigación, ¿no deberían apoyarla ya sea que se realice en casa o en otro lugar? No se me permite...

—Lo sé, interrumpió Benjamín. Había oído a Ricardo quejarse de esto durante años. —Es el «Catch 22».

—Exacto. No puedes ganar. Si trabajas para el gobierno insisten en apoyar cualquier trabajo que hagas relacionado con tu trabajo, y luego se quejan de que estás gastando demasiado. Es como el cónyuge perfecto que se queda a tu lado cuando tienes todos esos problemas que no tendrías si no estuvieran a tu lado. Ricardo se sintió de repente triste, como si hubiera sido ese cónyuge por Lillian todos estos años.

—Bueno, pagaré mi propio camino, —dijo Benjamín. Mi investigación no está ni remotamente conectada con las medusas. Para mí es una especie de vacaciones. De todos modos, el dinero de mi beca se está acabando, y no quiero desperdiciar nada para este viaje. No es gran cosa.

Seis semanas después, Ricardo y Benjamín emprendieron su aventura de medusas, sin saber qué esperar.

Capítulo 8

Después de aterrizar en San Juan, Ricardo y Benjamín alquilaron un coche para ir a La Parguera. El calor tropical y la humedad derritieron las obligaciones que tanto le preocupaban a Ricardo a diario, y sintió que un tornillo de banco invisible aflojaba su control mientras conducía a través de la exuberante flora de la selva tropical en busca de medusas. ¡Ojos de medusa sobre todas las cosas!

Se detuvieron en un puesto donde una joven vendía mangos y piñas mientras su hija jugaba en la tierra con una muñeca sucia de una sola pierna. La niña había alineado una serie de pequeñas rocas, aparentemente imaginándolos como amigas de su muñeca. Cuando Ricardo salió del coche, la niña tiró una de las rocas a los arbustos y luego hizo bailar a la muñeca como si finalmente se hubiera liberado de un enemigo.

Ricardo se volvió hacia Benjamín y dijo, —Incluso las muñecas pueden sentirse oprimidas.

—O'la, dijo la chica con una sonrisa.

Ricardo le devolvió la sonrisa a la chica, pero ella ya había vuelto a prestar atención a la muñeca. Le recordó a su infancia en Buenos Aires.

Compró un mango y se reunió con Benjamín al lado de la carretera.

Cortaron la fruta fresca con un navajín.

—Nada mal. Ricardo se frotó el jugo de su barbilla. —Yo diría, aceptó Benjamín.

Refrescados por la fruta tibia, se dirigieron hacia La Parguera. Ricardo comenzó a cuestionar su emoción al sujeto. No sabía si era que Benjamín veía este viaje como unas vacaciones en lugar de un esfuerzo científico serio, o la inquietante súplica de Lillian de dedicarse a una investigación médicamente relevante, o incluso un sentimiento de culpa por escapar de sus responsabilidades usando la cartera del gobierno. Pero había una diferencia entre una idea y su realidad. Sus objetivos eran confusos en el mejor de los casos. No sabía cómo localizar medusas o disecar sus ojos, y no tenía idea de si Harold Freeman era un científico serio. Esta aventura de las medusas era una desviación radical de todo lo que había hecho antes.

Pasaron por delante de un pequeño grupo de chozas deterioradas. Unos cuantos hombres con caras de muñeca se sentaron en los porches; giraron sus cabezas para seguir al coche mientras pasaba. Ricardo se preguntaba cuántas oportunidades tomaban estos individuos por capricho, como lo hacía él ahora. La basura abandonada, los coches usados, los neumáticos gastados y otras basuras llevaron a Ricardo a una realidad diferente de su vida normal, y eso le gustó. Estaba en una gran aventura en una tierra que hablaba su lengua materna.

—¿Qué piensas, Benjamín, ¿estamos locos por hacer esto?

—Te preocupas demasiado. Relájate. Es un día hermoso.

Las casas se hicieron más lujosas mientras avanzaban, y pronto apareció un pequeño cartel con una flecha hacia La Parguera a un lado del camino.

—Parece una metrópolis, —dijo Benjamín.

La Parguera era todo menos una metrópolis. Sólo unas pocas casas pequeñas y una panadería marcaban su entrada en la ciudad. Ricardo dio vuelta a la derecha en la calle principal y pasó por delante de algunas tiendas y una plaza central salpicada de gente. Después de unos cuantos bloques apareció el motel que Harold les había reservado.

Después de instalarse en su habitación compartida, Ricardo y Benjamín salieron a explorar la ciudad. El calor de julio era opresivo y en un instante estaban empapados de sudor. Perros callejeros, delgados y mugrosos, con pelo nudoso, vagaban sin rumbo.

—Patético, ¿verdad? dijo Ricardo. Los perros parecen esqueletos vagos.

La gente en las calles no parecía preocupada por los perros ni por nada Las puertas y ventanas abiertas de las tiendas distribuían el calor liberalmente por dentro y por fuera. El aire acondicionado se limitaba a unas pocas ventanas ruidosas aquí y allá. El grafiti adornaba las paredes de los edificios. Había varios puestos para alquilar snorkels y equipos de buceo.

Ricardo y Benjamín llegaron a una fuente en el centro de la plaza principal donde la gente se congregaba, comía y socializaba.

—Esto es ciertamente diferente de nuestra ocupada vida en casa, ¿no lo crees? A veces menos es más, —dijo Ricardo.

Benjamín asintió. —Este lugar me recuerda a Israel.

Había bancos situados alrededor de la fuente y una gran estatua de piedra de algún héroe ancestral en medio, de pie y con el pecho hacia el cielo. La explicación española adjunta a la base era demasiado borrosa para leerla. Ricardo pasó sus dedos por la pierna de la estatua y murmuró en voz baja,

—Así que eso es lo que les pasa a los peces gordos. Se convierten en piedra.

Benjamín se adelantó y se sentó en un banco ocupado por un niño de no más de ocho años lamiendo un cucurucho de helado.—Oye, Ricardo, ¿quieres uno? Benjamín señaló el helado. El chico sonrió, exponiendo dos dientes delanteros perdidos. A todos les gustaba.

Ricardo no respondió. Estaba hipnotizado por un mural de una mujer seductora con una sonrisa atractiva. El helado estaba lejos de su mente mientras miraba la imagen bien dotada. Pensó en Lillian, pero no tanto. El cuadro de la pared no se parecía en nada a ella.

—¡Ricardo! —¿Qué?

—¡Que si quieres un helado!

—¿Helado? Claro que sí. Toda una imagen, ¿no crees?

—Es una ilusión, Ricardo.

Ambos disfrutaron sus conos de helado. El chocolate supo dulce y fresco para Ricardo. Le guiñó un ojo al joven y se sintió libre, como cuando tenía la edad del niño y asumía un futuro sin fin. Una leve brisa pasó por su cara. La vida podría ser buena si se le diera una oportunidad.

Capítulo 9

El sol brillaba a través de la ventana de acero inoxidable de la habitación del motel. Ricardo se despertó y miró el despertador de la mesilla de noche: 6h15. Muy temprano, pensó. Olió el aire del mar y escuchó suaves salpicaduras de agua de la bahía. Un gallo le dio una serenata desde la calle.

—¿De dónde ha salido ese gallo? refunfuñó Benjamín, que aún no se había despertado del todo.

—Me golpea, —dijo Ricardo. Seguro que es ruidoso. Ya que estamos despiertos, desayunemos temprano y vayamos a ver el laboratorio.

Después del cereal y el café, se dirigieron por la calle principal hacia el otro extremo de la ciudad para tomar el pequeño ferry que los llevaría a la estación marítima. El pueblo todavía estaba dormido.

—Santo cielo, ¿estamos en Jurassic Park? —exclamó Ricardo cuando pisó el muelle de la isla y una gran iguana de aspecto prehistórico pasó de largo. Era como caminar hacia atrás en la evolución, lo que Ricardo consideraba un buen presagio para sus planes de estudiar las medusas antiguas. Ricardo y Benjamín se abrieron camino de edificio en edificio hasta que se encontraron con el que trabajaba Harold Freeman.

—Está tranquilo aquí, —dijo Benjamín.

Ricardo estuvo de acuerdo con un gruñido. Bajaron por el pasillo hasta que encontraron el laboratorio con el nombre de Harold en la puerta abierta y entraron.

—¡Hola! ¿Ricardo? ¿Eres tú? ¿Ricardo Sztein?

La voz vino de la parte de atrás del laboratorio. Aparentemente Harold Freeman era un madrugador.

Ricardo y Benjamín entraron en la pequeña oficina de atrás y vieron a un hombre desaliñado, canoso, de unos sesenta años, con la cara redonda. Llevaba zapatillas de tenis, vaqueros de gran tamaño con cinturón y una sudadera con la letra U de P en letras doradas descoloridas en la parte delantera. Ricardo respiraba profundamente y le gustaba el olor de la humedad teñida con aire de mar.

—¿Dr. Freeman? —Ricardo preguntó.

—Doctor no; sólo el viejo Harold Freeman. Me alegro de conocerte por fin. Extendió una mano ancha con un anillo de plata en el dedo medio y un brazalete de cuero en la muñeca. Una barra de chocolate parcialmente desenvuelta en su escritorio llamó la atención de Ricardo.

—Encantado de conocerte, viejo Harold, —dijo Ricardo. Se dieron la mano. Tienes acento americano. ¿Eres de los Estados Unidos?

—Sí. Nebraska. Me casé con una chica puertorriqueña. Llevo aquí más de treinta años.

Ricardo sintió un vínculo con los inmigrantes, gente desplazada de su tierra natal. Se preguntaba si algún inmigrante sentía realmente a su país adoptivo como propio.

—Sé lo que es, un americano casado con una latina. Soy de Argentina y estoy... es decir – estaba casado con una americana.

Harold parecía un poco confundido. —Mi esposa murió hace un año. Cáncer. –Lo siento.

—Le presento mi colega, Benjamín Wollberg. Benjamín y Harold se dieron la mano.

—Gracias por organizar todo para nosotros, continuó Ricardo. El motel es perfecto. Llegamos ayer por la tarde caminando por la ciudad. Es un lugar muy bonito.

—¿Lindo? Tal vez. Dicen que un huracán se está gestando en la costa de África y que puede ir a la deriva por aquí.

Ricardo miró por la ventana. Estaba nublado, pero no era amenazador.

—Esperemos que cambie de opinión, añadió Benjamín, mientras miraba los cuencos de cristal que contenían los especímenes acuáticos y los anticuados microscopios de disección en una mesa en la esquina del laboratorio. Los estantes a lo largo de las paredes contenían frascos llenos de alcohol de invertebrados fijos.

La mente de Ricardo volvió a las medusas y a la razón de su visita. Tenía muchas preguntas para Harold. ¿Qué tan difícil era encontrar medusas en su hábitat? ¿Fue difícil diseccionar los ojos? —¿Podemos empezar ya?, —preguntó.

—Sí. Claro que sí, —dijo Harold. He reservado un bote con motor fuera de borda para ir a pescar algunas medusas de Tripedalia esta mañana y asegurarme de conseguir algunas hoy, por si acaso el huracán viene hacia nosotros.

—Dijiste que está empezando en África, ¿no? —preguntó Benjamín. Eso está bastante lejos.

—Nunca se sabe, sin embargo. Las cosas cambian rápido por aquí.

Ricardo puso los ojos en blanco para Benjamín y luego se distrajo con un libro abierto sobre animales marinos que estaba en la mesa del laboratorio. Hojeó algunas páginas mientras Benjamín hablaba con Harold con la facilidad que le había hecho ganar tantos amigos y admiradores, una facilidad social que Ricardo envidiaba. Cada página del libro contenía imágenes coloridas de invertebrados. Algunas de las especies eran familiares —peces estrellas, anémonas de mar y langostas, pero otros le eran extraños. Estaba impresionado con la cantidad de animales aparentemente relacionados que se veían tan diferentes y con la cantidad de invertebrados que se parecían a las plantas.

—¿Qué es esta pequeña cosa parecida a un sombrero? —preguntó Ricardo.

—Una lapa. Es un molusco. Muchos animales diferentes en el mar. —Harold respondió.

—Está oscureciendo afuera, —notó Benjamín. A los pocos minutos la bahía se oscureció, y ominosos truenos retumbaron en la distancia.

—Como dije, las cosas cambian rápidamente por aquí, —dijo Harold. Creo que esto pasará rápidamente.

El cielo se despejó como por arte de magia diez minutos después.

—Vámonos. Harold apretó la cuerda que sujetaba sus pantalones. Cogió varias botellas de agua del cajón de su escritorio y tres pequeñas redes de inmersión con largas asas y salió por la puerta más rápido de lo que Ricardo pensaba que podía moverse. Los dos científicos le siguieron.

Capítulo 10

Harold guió la pequeña lancha motorizada hábilmente fuera de los bordes de la ciudad. Unas pocas personas sentadas en las pequeñas terrazas de sus casas flotantes atracadas a lo largo de la orilla disfrutaban del sol que se asomaba desde las nubes.

—¿Quién vive en esas casas flotantes? —Ricardo le preguntó a Harold. —Ocupantes ilegales principalmente. Gente que no paga impuestos.

—¿Y nadie dice nada de eso? —Benjamín preguntó.

—Bueno, no ganan salarios y no están ocupando la tierra, así que técnicamente el gobierno no los puede tocar. Están disfrutando de la vida.

Ricardo también estaba disfrutando de la vida. El viento acariciaba su cara, el sol calentaba su cuerpo, y el suave rebote del barco contra las olas agitadas lo reconfortaba. Cerró los ojos. Gotas de agua salada salpicaron sus brazos y su cara, y se las lamió de los labios. Llenó sus pulmones de aire húmedo y suave.

—Esto es mejor que mi laboratorio en Washington.

—Claro que sí, —respondió Benjamín, sus dedos cortando el agua al lado del barco mientras se movía.

Después de unos minutos el sonido del motor se apagó. Ricardo abrió los ojos y se encontró en una laguna tranquila rodeada de manglares. Las raíces recubiertas de algas penetraban las aguas superficiales. Formas vibrantes poblaban el agua cerca de la orilla: esponjas, gusanos tubulares con sus tapas en forma de abanico que recogían microscópicas partículas de comida, e innumerables especies que Ricardo ni podía identificar. Parecía el zoológico de la naturaleza. A la izquierda Ricardo vio el pasaje que habían atravesado para entrar en la laguna, y a la derecha estrechaba un canal bordeado de manglares. Era un paraíso visual, un laberinto de esplendor, y tan cerca del pueblo con sus perros muertos de hambre y sus destartaladas casas flotantes. Era la versión de la naturaleza de un elegante barrio residencial adosado con un gueto empobrecido.

—Es como una jungla aquí, —dijo Benjamín. —Sí, coincidió Harold, sin impresionarse.

—¿Puedes recordar las calles transitadas, las masas de gente y las ridículas reglas por las que vivimos? —Ricardo le preguntó a Benjamín, quien respondió con una media sonrisa.

Ambos científicos absorbieron el entorno en silencio.

—Puede ponerse feo aquí, dijo Harold. Muchos mosquitos en esta temporada. También hace calor. Se limpió el sudor de su frente.

—Es fantástico, —dijo Ricardo.

Benjamín se rascó el cuello.

Harold condujo el barco directamente a los manglares de la costa. Los hombres esquivaron las ramas sueltas. Sólo el chug-chug-chug del motor del barco perturbó la paz.

—Este es el mejor lugar. Harold tomó una de las dos cubetas de la parte delantera del barco y la llenó con el agua saltarín.

—Esto debería bastar para sostener nuestra captura.

Harold enseñó a Ricardo y Benjamín a reconocer las medusas. Nadaban en movimientos espasmódicos propulsados por contracciones en seguida del barco, su superficie musculosa en forma de campana. La más grande de ellas tenía sólo un quinto de pulgada de diámetro. Ricardo se sintió como un torpe recién llegado junto a la elegante medusa, que ya tenía casi ochocientos millones de años habitando el planeta.

—Hay que tener ojos de niño para ver a estos pequeños, —dijo Ricardo, desanimado por su visión declinante por la edad.

—Ya le cogerás el truco, —respondió Harold. Puedes ver mejor a las medusas cuando hay un poco más de luz solar directa. Tengan paciencia.

Harold tenía razón. Los cortos tentáculos de las medusas reflejaban la luz del sol. Harold sacó medusas una por una con la red de inmersión y las tiró en el cubo. Pronto Ricardo y Benjamín hicieron lo mismo, pero más lentamente y con mucha menos habilidad.

—¿Crees que estas medusas tienen un destino en la laguna? —Ricardo preguntó.

Benjamín, con los ojos entrecerrados, se sentó en el frente del barco, escudriñando el agua en busca de las pequeñas criaturas. —¡Tenemos uno! exclamó, luciendo orgulloso.

—¿Estás bromeando? Están tragando su cena, —dijo Harold, volviendo a la pregunta de Ricardo. —Pueden haber evolucionado de las esponjas, o más correctamente de un antepasado común de las esponjas, pero son pequeños depredadores. Cuando vuelvas al laboratorio, ponlas bajo un microscopio de disección y verás diminutos crustáceos o incluso pequeños peces en sus estómagos. Las medusas se comen todo lo que pasa por su camino.

—Tal vez, —dijo Ricardo, pensando en lo que dijo Harold, pero a veces se dirigen al fondo, como si se fueran a casa, mientras que otras veces van de frente a toda velocidad como si llegaran tarde a una cita. Además, los pequeños bichos suelen viajar en grupo, como si estuvieran en algún tipo de misión. ¿Cómo sabes que no van a ningún sitio, sea lo que sea que eso signifique para una medusa?

Harold miró a Ricardo con curiosidad. —Lo que tú digas.

Ricardo pensó en los cambios radicales de comportamiento que acompañaban a cada nueva especie al ramificarse del famoso árbol de la evolución de Darwin para ocupar un nuevo nicho. Había una razón por la que las medusas habían sobrevivido cientos de millones de años en este planeta tan hostil. Tal vez se congregaron en grupos con un propósito, o tenían un destino en sus viajes.

Mientras Ricardo observaba las medusas nadando, se preguntaba si parecían tan amenazantes para su presa como lo eran para él – dóciles y delicadas. Era satisfactorio atrapar un grupo con un golpe de la red de inmersión, pero también había algo triste, incluso inmoral, en arrancar estas criaturas inocentes de su hábitat natural y echarlas en un cubo. ¿Qué habían hecho para merecer tal destino? Miró arrepentido a sus cautivos y se preguntó si estaban asustados o se sentían desorientados. Creía que estos animales debían ser algo más que máquinas reactivas. Eran bellas bestias pequeñas y complejas que viajaban en grupo. ¿Qué les hacía congregarse de esa manera? También se preguntaba qué veían mientras viajaban. ¿Lo notaron?

La humedad embrutecedora, el zumbido de los mosquitos y las ramas espinosas de los manglares que sobresalían en la costa eran constantes recordatorias de que la naturaleza hace poco por acomodar a sus habitantes. Aún así, era especial para Ricardo, el tipo de persona con la que había soñado en su lúgubre oficina de gobierno durante los grises días de invierno. En La Parguera no tenía ninguna burocracia que interfiriera, ni correos electrónicos que contestar, ni interrupciones por parte de estudiantes y colegas, ni seminarios o reuniones de comités a que asistir. El Dr. Topping no podía mandarle a su oficina. Fue glorioso seguir su capricho, finalmente, y fusionarse con la naturaleza.

Ricardo miró fijamente su reflejo en la superficie del agua. La vista de su barba gris y su cabello debilitado le hizo pensar que era el viudo anciano que no cumplía con la petición de Lillian, y que escapar de sus responsabilidades como si estuviera de vacaciones era como retirarse, lo que había jurado que nunca haría. No, pensó. Este era un proyecto científico serio, una exploración, un esfuerzo para desentrañar los secretos de la naturaleza.

Una lancha rápida que arrastraba a un esquiador acuático a través de la laguna creó olas que sacudieron el barco y derramaron agua del cubo que contenía la medusa. La gasolina iridiscente brillaba en el agua detrás de la lancha y una fuerte música metálica interrumpía la paz.

Harold echó un vistazo a su reloj.

—Volvamos, —dijo. Hemos estado aquí mucho tiempo, y tengo un montón de exámenes que calificar en la oficina.

Benjamín estuvo de acuerdo. Sus brazos estaban raspados por las ramas, su frente estaba picada por los mosquitos.

Ricardo asintió la cabeza, pero se sintió presionado por su limitado tiempo en la isla. Se golpeó su rodilla en un lado del barco mientras se movía al asiento central preparándose para el viaje de regreso.

—Maldición, —dijo, sintiéndose torpe.

La irritante música de la lancha se disipó. El paisaje se veía igual que antes, pero la serenidad de unos minutos antes se había desvanecido. Ricardo se quitó de encima un desagradable bicho del brazo, escarlata por el intenso sol.

—Que tengas una buena vida, le dijo Ricardo a una medusa solitaria que pasaba por allí. Sus ojos se dirigieron a la densa colección de medusas en los cubos. Había adquirido una nueva habilidad y se convirtió en un coleccionista de medusas, de novato a experto, dentro de en sólo un par de horas.

—¿Tenemos tiempo para echar un vistazo rápido a otros lugares? —Ricardo preguntó. No estaba listo para dejarlo.

—Nunca he visto Tripedalia en ningún otro lugar, —respondió Harold. —¿Cómo es posible? —preguntó Benjamín.

Harold se encogió de hombros.

Intrigados, los dos científicos insistieron en buscar medusas al lado opuesto de la laguna. No vieron ni una sola. Escéptico de que las medusas estuvieran confinadas en el único lugar donde se habían recogido, Ricardo convenció a Harold a que fuera a un área diferente, y después de eso a otro sitio. No vieron ni una sola medusa. ¿Era el agua diferente de alguna manera de su lugar original? ¿Qué estaba pasando? Harold tenía razón: las medusas vivían sólo en esa limitada región a la que habían visitado primero.

—Extraño, —dijo Ricardo.

—Te lo dije, —respondió Harold.

Mientras regresaban al laboratorio, Ricardo se preguntaba por qué las medusas nadaban en grupos y por qué no poblaban más de un lugar en el manglar. Poco cuenta se dio, mientras Benjamín se quedaba medio dormido en el barco, de las implicaciones y el peligro de hacer estas preguntas.

Capítulo 11

Los tres científicos regresaron al laboratorio a las dos en punto.

—Me muero de hambre, —dijo Harold. No he comido desde el desayuno.

—Harold los llevó a un restaurante local sin aire acondicionado y con sólo unas pocas mesas destartaladas. El aire olía a grasa.

—¿Te gusta este lugar? Ricardo preguntó incrédulo.

—Llevo años viniendo aquí. Grandes hamburguesas.

Harold vio al dueño del restaurante, Juan, un hombre pesado con una gran sonrisa y los tres botones de su camisa desabrochados, exponiendo un pecho peludo.

—Juan, te presento a Ricardo y Benjamín. Han venido a los Estados Unidos a visitar por unos días.

Todos se dieron la mano.

—¿Cómo está Margo? ¿Se ha recuperado de la gripe? —Harold le preguntó a Juan. —Mucho mejor, gracias. Pero Alfredo y Eva tienen el virus ahora, sin embargo, se alegran de no tener que ir a la escuela.

—¿Crees que el picnic del domingo será cancelado? Mucha gente parece estar enferma.

—Tal vez, —dijo Juan. No puedo hacerlo el fin de semana siguiente. ¿Y si lo posponemos hasta la mitad de la semana? ¿Qué tal el miércoles? Cerraré el restaurante. ¿Estás libre?

—No hay problema, le contestó Harold. Los estudiantes se alegrarán de poder posponer el examen que tengo planeado para la próxima semana. No podemos dejar que el trabajo interfiera en la vida, ¿verdad?

Ambos hombres se rieron.

Ricardo se volvió hacia Benjamín y dijo en voz baja: —Imagina que hiciéramos novillos en una tarde de trabajo para asistir a una fiesta.

—Imposible.

Ricardo estaba de acuerdo, pero no estaba contento con ello. Había algo atractivo en dar el mismo peso al juego que al trabajo. ¿De qué se trata la vida de todos modos?

El restaurante empezó a oler menos a grasa y a parecer menos cutre a Ricardo. Al contrario, había algo humano e íntimo en el lugar. La gente contaba. El placer tenía valor. Se preguntaba si Harold estaría más impulsado por la ambición profesional si no hubiera inmigrado a Puerto Rico. ¿Sería él, Ricardo, diferente si viviera aquí? ¿Cuánto tiempo tardaría en gustarle este antro grasiento?

Juan llegó a la mesa para tomar pedidos.

—Denos tres hamburguesas con papas fritas y cocas. Harold se volvió hacia Ricardo y Benjamín. —¿Vale, chicos?

—Me suena muy bien, consintió Ricardo. De hecho, se le antojaba unas papas fritas. Sabía que Lillian lo desaprobaría y hubiera preferido que pidiese una ensalada. Pero Lillian no estaba allí, y todas sus ensaladas y ejercicios no habían mantenido el cáncer a raya. Aún así, si no se sintiera culpable por consumir todo ese colesterol.

—Lo intentaré, dijo Benjamín con ambivalencia.

Los tres se sentaron en la mesa de la esquina, y se escuchaba el chisporroteo de las hamburguesas en la parrilla.

—¿En qué estás trabajando, Benjamín? —Harold preguntó. —No parece saber mucho sobre biología marina.

—Tienes razón en eso. Trabajo en enfermedades oculares, principalmente problemas autoinmunes en la retina. Ahora mismo estoy investigando la retinopatía por disparo de pájaro. Algunos pacientes se quedan ciegos, y eso es grave.

—Me lo imagino, —dijo Harold.

Ricardo asintió con la cabeza.

—También trabajo un poco en el nopal, una distracción que aprendí en Israel, añadió Benjamín con indiferencia.

Los ojos de Ricardo se abrieron de par en par cuando Benjamín mencionó su proyecto encubierto de nopal. Tal vez el entorno tranquilo y anticompetivo había afectado a Benjamín tanto como a él.

—Benjamín está aquí para aprender sobre biología marina, como yo. Hemos sido amigos durante años, —dijo Ricardo, tratando de cambiar el tema.

—Así es, dijo Benjamín. Y estas medusas sí son bastante interesantes.

—¿Tan interesante como el nopal? —Harold preguntó, sin darse cuenta de la importancia de esa pregunta.

—¡Absolutamente! —Benjamín exclamó.

Ricardo vio el entusiasmo de Benjamín por las medusas un poco forzado. ¿Qué pensaba Benjamín realmente de este proyecto de medusas, que eran unas vacaciones, o quizás otro «hobby» , como sus experimentos con cactus?

—Me alegro de que Ricardo me haya pedido que venga aquí con él y haga un trabajo de campo honesto a la bondad. El paisaje es mejor que las lúgubres paredes de mi oficina. Es como una gran vacación entre los manglares, excepto por esos malditos mosquitos.

—Toda mi vida es una especie de vacaciones, —dijo Harold. Cuando conocí a Dolores supe que la carrera de ratas no era para mí. Sólo tenemos una vida, ¿no es así?

—No para mí, —¿Qué no es para ti, Ricardo? —Harold preguntó. —¿Tener una sola vida? ¿La carrera de ratas?

—Estas no son unas vacaciones para mí, por mucho que me guste. Quiero aprender sobre estos ojos de medusa. Son increíbles. Quiero saber lo que ven y lo que...—en lo que piensan, —dijo Benjamín, completando la frase de Ricardo.

—Así es, —dijo Ricardo, un tono defensivo en su voz. Quiero saber si las medusas piensan y si lo hacen, en qué piensan.

Harold se rió. —¿Medusas piensan? Eres un romántico sin remedio, Ricardo.

Ricardo apretó su mandíbula. —No necesitas ojos tan sofisticados como los de las medusas sólo para responder a la luz y a la oscuridad. Hasta las plantas responden a la luz. De todos modos, las medusas rhopalia también tienen cuatro grupos más simples de fotorreceptores además de sus ojos complejos, y esos deberían ser suficientes para detectar cambios en la intensidad de la luz. Me pregunto por qué, entonces, tienen ojos tan sofisticados. Hizo una pausa.

—¿Crees que sólo los humanos piensan y sienten emociones y...bueno, aprecian la vida? ¿Tiene que parecerse un animal a nosotros o un mono o un perro para tener... no sé... una vida psicológica? —Ricardo le apretó la mandíbula. —No necesitas ojos tan sofisticados como los de las medusas sólo para responder a la luz y a la oscuridad. Incluso las plantas responden a la luz. De todos modos, las medusas rhopalia también tienen cuatro grupos más simples de fotorreceptores además de sus ojos complejos, y esos deberían ser suficientes para detectar cambios en la intensidad de la luz. Me pregunto por qué, entonces, tienen ojos tan sofisticados.

Hizo una pausa. —¿Crees que sólo los humanos piensan y sienten emociones y... bueno, aprecian la vida? ¿Tiene que parecerse un animal a nosotros o un mono o un perro para tener... no sé... una vida psicológica?

Se dijo a sí mismo que fuera más despacio. Pero él realmente quería decir lo que estaba diciendo. Así que era impulsivo y apasionado y tal vez fuera de la pared a veces. ¿Y qué? Eso era lo que era.

—¿Crees que las medusas piensan? Harold le preguntó a Benjamín.

—¿Quién sabe? Si lo hicieran, no tendría forma de averiguarlo. No puedes preguntarle a la medusa. ¿Cómo se determina si y cuándo se produce el pensamiento?

—¿No es esa la verdad?, dijo Harold. A veces me pregunto eso sobre Delores. Es una broma. ¿A quién le importa si una medusa piensa? No lo hacen. Créeme.

Ricardo frunció el ceño. Juan trajo las hamburguesas y las patatas fritas, rompiendo el incómodo silencio que había caído sobre el grupo.

—Grasiento, pero rico, admitió Benjamín después de terminar su hamburguesa. Sólo espero no tener un infarto esta noche.

Ricardo recogió el cheque y pagó al cajero antes de que ellos se fueran.

—Gracias, —dijo Harold mientras caminaban por la calle. Si ustedes dos no están cansados, podrías intentar coger algunas gelatinas en el muelle esta noche.

Ricardo se adelantó al comentario. —¿Coger medusas por la noche? ¿Cómo las ves en la oscuridad?

—No es lo mismo que ir al manglar. En primer lugar, es una especie diferente llamada Carybdea marsupialis. Sus ojos se parecen a los de Tripedalia, pero las medusas son tres o cuatro veces más grandes y tienen largos tentáculos blanquecinos. Sólo tienes que hacer brillar una luz en la superficie del agua y esperar a que lleguen a ti. Probablemente estén pensando qué es la luz, añadió, guiñándole un ojo a Benjamín.

Ricardo ignoró el sarcasmo de Harold, aunque se preguntó por qué las medusas se sentían atraídas por la luz. ¿Estaban esos pequeños depredadores, como los llamó Harold, buscando comida? Si no es así, ¿entonces qué?

Cuando regresaron al laboratorio, Harold les dio una linterna para que brillaran en el agua si acaso decidían salir de noche a pescar medusas, y luego se fue a casa a dormir la siesta. Ricardo y Benjamín se quedaron para extirpar la rhopalia que contenía los ojos de la Tripedalia que habían capturado para analizarla más tarde en sus laboratorios en casa. Como Benjamín no tenía experiencia en disección bajo el microscopio, Ricardo se hizo cargo. Afiló las puntas de las pinzas que había traído y hurgó alrededor de la medusa tratando de averiguar cómo extraer la rhopalia que contenía los ojos. Descubrió que podía clavar la punta de sus finas pinzas en las pequeñas cavidades, pellizcar la rhopalia en su tallo y colocarla en un tubo frío. Era un proceso rápido. Benjamín siguió las instrucciones de Ricardo, aunque más lentamente ya que carecía de la coordinación ojo/mano bajo el microscopio que tenía Ricardo. Después de varias horas habían acumulado cientos de rhopalia que conservaron en un tanque portátil de nitrógeno líquido.

Regresaron al motel para un breve descanso antes de volver a salir. Ricardo estaba feliz de que Harold tenia planes. Él y Benjamín iban de aventura solos a explorar los secretos de la naturaleza, sin saber lo que encontrarían, y sin estar en deuda con nadie.

¡Eso fue maravilloso!

Capítulo 12

Después del atardecer, los dos científicos se dirigieron por el sendero inclinado del laboratorio al muelle. Benjamín llevaba la cubeta para recoger las medusas y miraba fijamente al suelo mientras caminaba, concentrándose en el trabajo que tenía entre manos. —Va a ser interesante comparar los ojos de estas medusas nocturnas con los de Tripedalia. Harold dijo que Carybdea era varias veces más grande que Tripedalia, así que supongo que sus ojos serán más grandes y fáciles de disecar.

—No necesariamente, —dijo Ricardo. Los animales más grandes no siempre tienen ojos más grandes. Las ballenas son enormes, pero sus ojos no son proporcionalmente más grandes, al menos eso es lo que he leído.

Mientras caminaban, Benjamín se preguntaba cómo las diferencias de tamaño entre las dos medusas podrían afectar el contenido de proteínas de sus tejidos, cuántas medusas se necesitarían para hacer varios análisis, y así tan sucesivamente.

Ricardo se quedó atrás. El aire exuberante y húmedo le recordaba a los veranos en Argentina. Tropezaba de vez en cuando con las rocas mientras su mente vagaba. Se sentía joven de nuevo, sin la carga de las presiones de la financiación y la burocracia, de ayudar a los estudiantes a encontrar trabajo, de pasar de puntillas por el exigente ojo del Dr. Topping. Por fin estaba viviendo su sueño juvenil y su aventura. El rayo de luna vibraba en el agua, dividiendo la bahía distante en mitades complementarias. Desde la distancia, la tranquila bahía arbolada parecía una postal. Bueno, tal vez no tan tranquila. Imaginó un drama bajo la suave piel del mar: tiburones cazando focas y tortugas buscando medusas. La belleza de la naturaleza a menudo camuflaba la fea realidad de la supervivencia. Por supuesto que no podía entrar en la mente de otra especie, como había querido desde que era un niño, desde Mulligan. Ricardo pensó en el complejo ornitorrinco que «vio» a la presa con su pico sin ojos. ¿Cómo podía un animal que necesitaba ojos para ver entrar en la mente de una especie diferente que podía visualizar su entorno sin ojos? La evolución había hecho imposible que una especie entrara en la mente de otra. Las estrategias de supervivencia tenían que permanecer en secreto para mantener el difícil equilibrio entre la vida y la muerte, que eran sublimes y crueles al mismo tiempo.

Ricardo reflexionaba que la naturaleza resolvía los problemas sin objetivos de misión declarados y sin comités para establecer prioridades. La evolución progresaba sin moralidad ni responsabilidades. La belleza existía sin un observador. La idea de justificar su aventura con las medusas al Dr. Topping o a cualquier otro, incluso a Lillian si aún estuviera viva, parecía ridícula, como tratar de explicar un poema.

Destellos de brillante bioluminiscencia bailaban en la superficie del agua, recordándole la proteína fluorescente verde de medusa que había llevado al Premio Nobel de Química. Esta perfecta fusión de la naturaleza desapasionada y la curiosidad humana las había llevado a ser capaz de detectar las posiciones y movimientos de las proteínas en las células, incluso a una mayor comprensión de cómo se propagan las células cancerosas. Una vez más se recordó a sí mismo que los grandes avances en la medicina solían venían de lugares inesperados. Tal vez sus estudios básicos en realidad estaban cumpliendo con la petición de Lillian. No debe dejar que sus sueños y creencias sean pisoteados.

—Vamos, Ricardo, —instó Benjamín, que ya había llegado al muelle.

—Ya voy, —respondió Ricardo, acelerando el paso.

—¿Dónde podemos enchufar esta lámpara? —Benjamín buscó una toma de corriente para la luz. —¿Cómo hace la gente la ciencia en condiciones tan primitivas?

—¿Prefieres volver a casa? —Ricardo preguntó. Recordó que Harold despreciaba la carrera de ratas. ¿La vida de Harold era menos que la suya o la de Benjamín? ¿Cómo se juzga una vida exitosa? ¿Contando el número de publicaciones u honores recibidos? Ricardo reflexionó, no por primera vez, si había elegido la carrera equivocada. No, ciertamente no. Si hubiera sido poeta o novelista o cualquier otra cosa, habría fantaseado con ser un científico. No había nada más notable que la naturaleza.

—Aquí hay un enchufe, —dijo Benjamín, conectando la lámpara.

—Que haya luz. Y lo había. Ahora veamos si estas medusas realmente nadan hacia la luz.

Ricardo miró fijamente los coloridos reflejos del rayo de luz en la superficie del agua. —Este lugar me hará falta, dijo.

—Es bonito, aceptó Benjamín. Miró a su alrededor e inhaló el aire húmedo del mar. —Me recuerda a Tel Aviv.

—Desearía poder embotellar La Parguera y llevármela a casa, Ricardo dijo.

—¿No sería eso agradable?, —dijo Benjamín.

El hogar siguió resonando en la mente de Ricardo: una casa vacía, cama solitaria, presiones para satisfacer las demandas de su jefe obsesionado con la recaudación de fondos. Una vez que regresó, ¿recuerda la La Parguera que vivieron en ese momento? Lo dudaba. Para conocer a La Parguera uno necesitaba percibir la bahía y el manglar, los cangrejos arrastrándose por las raíces del manglar, sentir el aguijón de los mosquitos, ver a los perros delgados rascando por la comida en las calles, oler a agua salado, y sentir el sol caliente quemándole la piel. Los recuerdos eran reproducciones, no la cosa real. Se opacaron y mutaron y no se podía confiar en ellos. Pero entonces Lillian vino a la mente. Ella no había cambiado en su memoria. ¿O sí?

Los pequeños botes vacíos a lo largo del muelle se mecían suavemente en el agua. La casa de lanchas cerrada parecía una choza abandonada. La versión nocturna del laboratorio marino era muy diferente de su versión diurna, más tranquila y como si una manta cubriera los misterios de la naturaleza.

Los dos científicos coexistían en el mismo ambiente, pero sus mentes en mundos diferentes se sentaron a comer sus bocadillos. Hablaron un poco mientras mantenían la mirada en el agua para que las medusas salieran a la luz. Docenas de pequeños peces se agolparon en el centro de atención del agua. Los calamares pasaban a gran velocidad, visibles en un instante, y desaparecían al siguiente. Sus tentáculos daban la ilusión de una hélice giratoria. Pasaron varias horas, pero no había medusas.

—Lástima, —dijo Benjamín. No parecía tan decepcionado como se sentía Ricardo.

—Por lo menos tuvimos mucha Tripedalia durante el día, —respondió Ricardo. Nuestro avión sale mañana por la tarde, así que será mejor que volvamos y descansemos un poco.

—¡Eh, ¡qué es eso! —exclamó Benjamín de repente.

Una forma angélica y translúcida con hilos blancos como encajes, una rosa de gelatina surgió de las profundidades.

Ricardo miró, traspasado por su majestad. ¿Por qué había tardado tanto en llegar? ¿Vivía directamente debajo del muelle o había viajado desde lejos? ¿Qué tan lejos? ¿Qué esperaba encontrar en la superficie del agua? Y lo más importante, ¿qué vio la medusa y qué haría con la información?

Ricardo sumergió la red en el agua y suavemente la recogió mientras hacía un giro en U para regresar a aguas más profundas. Cinco medusas más siguieron después de un par de minutos, y los ansiosos científicos capturaron cada una de ellas. Al igual que en Tripedalia, estas medusas viajaron en grupos. Ricardo se preguntaba cómo se comunicaban entre ellas.

Pasaron quince minutos, pero no aparecieron más medusas. Benjamín desconectó la luz. Llevaron el cubo que contenía las seis medusas al laboratorio y volvieron al motel. Por la mañana sacaban y congelaban la rhopalia de medusas que contenía los ojos para llevarlas a sus laboratorios a analizarlas.

Capítulo 13

Ricardo se metió Kleenex en los oídos para amortiguar el enervante traqueteo de los ronquidos de Benjamín. Sin embargo, el hecho de que no pudiera dormir no tenía nada que ver con los ronquidos de Benjamín o el ruidoso aire acondicionado de la habitación. Incluso después de un largo día y noche recogiendo medusas, Ricardo se sentía eufórico y lleno de energía. La majestuosidad de Carybdea surgiendo de las profundidades le obsesionaba. La escena se repetía una y otra vez en su mente. Anhelaba contarle a Lillian sobre Harold y las medusas y el manglar. Se acercó a la ventana y se asomó a través de los listones de las persianas venecianas. Era una noche oscura y lúgubre sin estrellas. Un perro callejero olfateó un cubo de basura abierto al otro lado de la calle. La habitación del motel olía a moho. Creyó haber oído a las cucarachas corretear en el baño, pero concluyó correctamente que las cucarachas no hacen ruido, al menos ninguna que los humanos puedan oír.

De repente, abrumado por la ansiedad, Ricardo se acostó de nuevo. Se sintió claustrofóbico, apretado por la oscuridad, como atrapado sin posibilidad de escapar. El ruido esporádico del aire acondicionado de la ventana fue una compañía bienvenida. Benjamín, durmiendo profundamente de espaldas, finalmente había dejado de roncar. Ricardo se imaginaba a sí mismo en un ataúd con las manos cruzadas sobre su pecho, pero no le gustaba la idea de estar muerto. Fingía que estaba dormido, pero eso tampoco funcionaba. Escuchó el tic-tac de su reloj. Si tan sólo pudiera manipular el tiempo y hacer que el sol saliera temprano para ahuyentar a estos demonios nocturnos. Ojalá hubiera traído su Valium a La Parguera.

Pensó en Lillian. Ella era su luz en las oscuras sombras de la noche. Si tan sólo pudiera hablar con ella hasta la madrugada, como lo hizo en el pasado. Ella le acariciaba el brazo y le decía cosas bonitas, lo tranquilizaba, lo amaba. Él la abrazaría.

Siempre supuso que ella le sobreviviría.

Exhausto, Ricardo acurrucó su cabeza entre dos almohadas para bloquear los ronquidos de Benjamín, que habían empezado de nuevo. Cerró los ojos y flotó en un universo ilimitado de la nada. Su ansiedad se desvaneció como si fuera llevado río abajo por una suave corriente. Ya no tenía prisa por la mañana. En la zona del crepúsculo antes del dulce sueño, Ricardo recordó la mano de Lillian en la suya, su carne firme y caliente, no marchita como cuando murió. Imaginó sus labios contra los de ella, húmedos y receptivos como cuando eran jóvenes. ¡Qué bien se sentía!

Una oleada de ira pasó por su cerebro. ¿Qué le dio al cáncer el derecho de arrancarle a Lillian? ¿Qué hicieron las medusas para merecer ser secuestradas de su casa y encerradas en un cubo de metal? Todo fue tan injusto.

Finalmente, Ricardo se dejó llevar por el sueño. Soñó con la misteriosa medusa del muelle. Como mensajeros que se elevan de las profundidades, se propulsan por el agua sin esfuerzo. Los oyó decir: «Estamos vivos». Era como si se dirigieran a un destino conocido, pero a la deriva al mismo tiempo. Eran imposibles de agarrar y se deslizaban entre sus dedos cuando los tocaba. Más grupos de medusas fluían en su sueño. Pulsaban en sincronía como si estuvieran conectadas, pero cada una era una individua, sola, como él. Unas pocas medusas eran adultos grandes; otras eran niños pequeños. Se disolvieron y reformaron, una y otra vez, disolviendo y reformando, fusionando y separando.

Una fauna diversa, incluyendo esponjas, corales, anémonas de mar, estrellas de mar y erizos de mar también entraron en su sueño. Las diversas especies se agruparon con su propia especie, aunque algunos disidentes se pasaron a grupos de otras especies. Los plumíferos marinos se parecían más a las plantas que a los animales. Una maravillosa pluma de mar se levantó mágicamente de su lugar y comenzó a escribir en el agua como si fuera una pluma sumergida en tinta negra de calamar sin ninguna mano que la guiara. Las palabras se disolvieron, ocultando una historia secreta.

—Es un borrón, —le dijo Ricardo a Benjamín en el desayuno de la mañana siguiente, frustrado por no poder relatar su sueño más específicamente. —Pero tal vez los detalles no importan, —dijo. Los sueños suelen ser así – recuerdos y sin embargo no, imágenes sin explicaciones. Era misterioso y hermoso.

Benjamín escuchó a su amigo atentamente y con paciencia.

Mientras terminaban su desayuno en silencio, Ricardo pensó en la Tripedalia que nadaba en grupos en el manglar y en las seis Carybdea que aparecieron una tras otra en el muelle. Recordó cómo las medusas se fusionaban y separaban, se disolvían y reformaban en su sueño, y cómo los invertebrados se aglomeraban con los de su propia especie, salvo algún inconformista ocasional. Por supuesto que no podía explicárselo a Benjamín. Él mismo no lo entendía, pero sabía que se sentía bien.

Capítulo 14

Los seis Carybdea nadaban en círculos en sus cubetas cuando Ricardo y Benjamín volvieron al laboratorio después de desayunar.

—Es un poco lamentable, ¿no?, —dijo Ricardo. —¿Qué es lamentable?

—La medusa. Nadando sin rumbo, sin ir a ninguna parte. Es todo lo que hacen, Ricardo.

—¿Recuerdas nuestra emoción cuando la medusa apareció de repente de quién sabe dónde anoche? —preguntó Ricardo. Como ángeles de las profundidades.

—Sí.

—Eran regios. —Ricardo miró a la distancia. —¿Por qué crees que los seis llegaron en pocos minutos, uno tras otro, después de todas esas horas de espera? Ni uno solo en toda la noche y luego llegaron uno tras otro. ¿Crees que hay medusas esperando que vuelvan?

—Vamos. Recojamos y congelemos sus rhopalia. Tenemos que tomar un avión. Benjamín parecía impaciente con la incesante antropomorfización de Ricardo de estos glóbulos de gelatina.

—Es triste, insistió Ricardo. Secuestramos a estos animales de sus casas sin ninguna idea sobre sus vidas. Peor aún, no nos importa. Han estado en este planeta mucho más tiempo que nosotros. ¿Qué te hace pensar que son tan insignificantes? ¿Porque no pueden hablar nuestro idioma?

—Basta de tonterías, Ricardo; no tenemos mucho tiempo.

El olor a mar salado del laboratorio era como un perfume para Ricardo mientras extirpaba la rhopalia de la medusa. Le encantaba el ambiente marino.

—Debí haber nacido cincuenta años antes cuando no era necesario tener luz de luna para hacer este tipo de investigación básica, murmuró en voz baja.

Después de un momento Benjamín dijo, —¿Luz de luna? Creo que las vacaciones son más acertadas.

Ricardo le disparó a Benjamín una mirada de resentimiento.

—¿Vacaciones otra vez? ¿Cómo es que tú eres el poeta y yo soy el que está aquí para disfrutar? —preguntó Benjamín.

Ricardo tuvo que sonreír. —Me has pillado, —dijo. Pero el hecho era que no había venido a La Parguera de vacaciones. Había sido sincero cuando escribió en su solicitud de viaje que quería extender su investigación a los ojos de medusa. Él realmente creía que sus estudios sobre medusas podrían tener en última instancia alguna relevancia clínica, aunque su curiosidad inmediata era qué secretos evolutivos podrían estar escondidos en esos ojos de medusa.

Mientras Ricardo diseccionaba en silencio, la demacrada imagen de Lillian acribillada por el cáncer entró en su mente. ¿Qué habría pensado ella de su excursión a los pantanos? Por mucho que la amara, y lo hizo con todo su corazón, su muerte había liberado una parte de él. Ahora era su oportunidad de ser un inconformista que se adentra en el espacio prohibido de otra especie. ¿No se había ganado el derecho de hacer lo que quisiera con una vida de conformidad?

De todos modos, no lo despedirían del Centro Científico de la Visión. El Dr. Topping había dicho que era una estrella.

Su solicitud de viaje había sido aceptada y de alguna manera estaba siguiendo sus anteriores descubrimientos. Si querían que se fuera, todo lo que necesitaban era un poco de paciencia para que se fuera, para responder a la llamada de la naturaleza, como todo el mundo hace, aunque esperemos que no lo harán tan dolorosamente como lo hizo Lillian.

Benjamín interrumpió los pensamientos de Ricardo. —Todo listo, —dijo, cuando terminó de empacar sus provisiones. —¿Listo para partir?

—Sí. Un viaje bastante exitoso, ¿no crees? Tenemos muchas muestras que traer. Ricardo se había vuelto a convertir en un científico sobrio.

Capítulo 15

Era tarde en su laboratorio de Washington, y Ricardo estaba cansado después de haber pasado más de dos horas analizando los experimentos fallidos de Pearl. Debería haber resumido su evaluación de su progreso de forma concisa y sugerido cómo podría cambiar de rumbo o considerar nuevos experimentos. Pero le gustaba la presencia de Pearl y no tenía prisa por echarla de su oficina. Compartía con Lillian un rostro de forma triangular y pómulos altos, aunque era más sensual de lo que él recordaba a Lillian a esa edad. El pelo suave y castaño claro de Pearl era más largo que el de Lillian, su tez era más suave y su balanceo más evidente cuando caminaba. A veces Ricardo se sonrojaba cuando Pearl, sus ojos negros como el carbón, le miraba desde sus párpados medio cerrados como una mujer a la que le gustaba demasiado su mentor, ¿o simplemente se burlaba del viejo?

Ricardo vio un destello de falda rosa pasar por la puerta de su oficina, que Pearl no había podido cerrar cuando se fue. No pudo venir de Pearl porque llevaba una bata de laboratorio blanca. Antes de que pudiera parpadear, el color desapareció. Sus pasos femeninos – clic-clac, clic-clac – se desvanecían en la distancia.

El destello de rosa y el constante golpeteo de los pasos en el piso duro interesaron a Ricardo. Dejando su bolígrafo, fue a cerrar la puerta de su oficina como excusa para mirar al pasillo. Se había ido, así que volvió a su escritorio, miró las líneas giratorias azul-verdes de su salvapantallas de ordenador y luego dirigió su atención a un manuscrito inacabado que estaba escribiendo. Su mente se desvió. El destello del rosa y los pasos femeninos revivieron la memoria de Monique.

Monique: su única infidelidad. La conoció un día de julio, a principios de los cincuenta, durante su primer y único viaje a Niza, en la Costa Azul, al sur de Francia. Había pronunciado el prestigioso discurso de apertura en el Congreso Internacional de Bioquímica. Las hermosas mujeres en la playa, en las tiendas y en las calles lo habían deslumbrado. Como estrella de la reunión y en el apogeo de su carrera, Ricardo había estado rebosante de autocomplacencia.

La conferencia había ido perfectamente y sus colegas estaban entusiasmados con su investigación. Después de su conferencia lo llevaron a uno de los mejores restaurantes de la ciudad, donde bebió más que su parte de vino. Cuando regresó al hotel, estaba entusiasmado con el éxito de la conferencia y el vino que había consumido. Sus ojos se posaron en una joven con una falda muy corta que estaba de pie junto al ascensor, y supo que tenía que dar una breve vuelta a la manzana para refrescarse.

Ricardo se divirtió con la música que flotaba en una discoteca al otro lado de la calle. Un hombre en la puerta le hizo un gesto para que entrara. Obedeció. Las mesas estaban ocupadas por parejas coqueteando y disfrutando del ambiente. Se sentó en la barra, pidió una copa de vino tinto y disfrutó de la música – una mujer en el escenario cantaba canciones de cabaré francés. La tensión en sus hombros y espalda se alivió. Después de unos momentos se fijó en la mujer del taburete de al lado. Ella estaba atendiendo un vaso de vino medio lleno.

Él le devolvió su sonrisa tímida. Al principio ella parecía de mediana edad, como él, quizás en sus cincuenta, pero luego se dio cuenta de que la luz tenue le jugaba malas pasadas y que ella era más joven que él, quizás en sus treinta y tantos. Se había aplicado ligeramente sombra de ojos azul y lápiz labial rosa. Sus ojos, azules y grises, eran atractivos. Para evitar la vergüenza de su atracción, fijó sus ojos a sus pies, colgando del taburete. Sus zapatos rosados contrastaban con el suelo oscuro.

Sus ojos empezaron en sus piernas firmes y se subieron hasta parar en la falda rosada que se detenía justo encima de sus rodillas, y luego sus ojos se dirigieron aún más hacia al norte hasta una blusa rosa iridiscente. Su perfume era embriagador. El pelo rubio en la nuca, delgadas hebras de oro, brillaban con la luz tenue.

—No hablo francés, —dijo.

La comisura izquierda de su boca se enroscó ligeramente hacia arriba. —*Non? Ça ne fait rien.*

—¿Hablas inglés? —preguntó.

—*Oui*, un poco. Puso su dedo índice cerca de su pulgar para indicar cuánto. Se dio cuenta de que no llevaba anillo de bodas.

Dijo que era una enfermera en París tomándose unas «pequeñas vacaciones». Le dijo que era una enfermera. Él golpeó su pie al ritmo de la música y terminó su vino; ella sorbió el suyo a su lado. Cuando terminó su vino le pidió al camarero otro, y luego otro después de eso. Se rieron de la torpeza de cada uno en los idiomas extranjeros y bromearon alegremente sobre los clientes de las mesas.

De vez en cuando ella reposaba su mano en el brazo de él. Al principio esto lo hizo sentir incómodo, pero luego lo dejó reposar allí. Ella era atractiva, encantadora, pero había un lado más profundo bajo la superficie que lo atraía. Ella miraba hacia abajo, como si tratara de camuflar la decepción de una manera que le hiciera querer consolarla, aunque no tenía ni idea de para qué.

Le dijo que dio la conferencia principal en el congreso de la ciudad. Ella pareció impresionada y le preguntó de qué hablaba.

—El ojo, —dijo.

Quería más detalles, así que le habló de la córnea y de la distrofia de Fuch. Se inclinó más cerca para escuchar cada palabra. Él compartió con ella su amor por la ciencia y cómo veía la naturaleza como un paraíso lleno de belleza y aventura. La ciencia era más que una herramienta para curar enfermedades, dijo, era un arte. Ella quedó fascinada. Luego le dijo que siempre había querido saber qué pensaban los animales y le habló de su gato Mulligan. Ella se rió y dijo que se había preguntado qué había en la mente de su perro cuando era una niña.

Escucharon a la cantante del cabaré durante otra media hora, y luego le preguntó si quería volver a su hotel con él. Sabía que era incorrecto, pero no podía evitarlo. El vino le había liberado la lengua y estaba en Francia. De alguna manera no era realmente él. Ella se ruborizó y se veía insegura. Le permitió poner su brazo alrededor de su cintura cuando fueron a su hotel, sus tacones altos haciendo clic-clac.

A la mañana siguiente Ricardo se despertó en una cama vacía. Se había quedado dormido y se había perdido varias presentaciones de sus colegas.

Monique se desvaneció en una memoria privada a lo largo de los años, pero nunca desapareció. ¿Quién era ella? ¿Dónde estaba ahora?

Un golpe en la puerta de su oficina sacudió a Ricardo de su sueño.

—Pasa, —dijo, sintiéndose como un niño atrapado con la mano en el tarro de galletas.

—Me voy a casa ahora, —dijo su secretaria. No olvides que tu informe anual debe ser entregado mañana.

—Oh, es cierto. Gracias por recordármelo.

Cuando la puerta se cerró, Ricardo pensó una vez más en Monique. Simultáneamente, vio la foto de Lillian en su escritorio. Nunca le había revelado su escapada. Quizás debería haberlo hecho, quizás no. Fue una de esas elecciones, culpa por admisión o remordimiento por evasión, lo que pende de un hilo. Había elegido la última por la continua postergación.

—Lo siento, —le dijo en voz alta a la fotografía de Lillian. Su disculpa cayó en oídos sordos, como su «promesa» de honrar el último deseo de Lillian. Mientras miraba la fotografía de Lillian, visualizó el lápiz labial rosa de Monique y el dulce rizo de su labio superior, su iridiscente blusa rosa y su brillante falda y zapatos rosados. Todo ese color rosado. Imaginó el clic-clac de sus tacones de aguja martillando rítmicamente en la acera mientras se dirigían al hotel. Entonces recordó la tristeza oculta que había sentido en ella, que no había compartido con él, y su soledad cuando se despertó en una cama vacía.

Capítulo 16

Antes de abordar el informe anual, Ricardo cenó espaguetis y albóndigas y vio las noticias de la noche en la televisión. Un episodio de ceguera en Detroit y videos de salas de emergencia abarrotadas con pacientes ciegos tanteando con miedo lo asustaron. Todos los pacientes tenían fiebre alta y se quejaban de dolor de garganta un día antes de perder la vista. La fiebre y el dolor de garganta desaparecieron al día siguiente cuando se quedaron ciegos. No se sabía todavía si o cuando se recuperaría la vista.

Ricardo cambió de canal para obtener más información y accedió a una entrevista con un médico del Centro de Enfermedades Contagiosas y un representante del Congreso de Connecticut. El médico se abstuvo de hacer afirmaciones sin fundamento, diciendo sólo que aún no se habían realizado pruebas oftalmológicas. El congresista condenó a la comunidad médica por no hacer más para mejorar la salud pública, y mencionó el Centro Científico de la Visión. Como una autoridad autoproclamada en medicina e investigación, el Congresista dijo en voz alta,

—Los científicos reciben enormes cantidades de dólares de los contribuyentes para encontrar tratamientos y vacunas para estas horribles enfermedades, y después de interminables promesas se encogen de hombros y dicen que se necesita más investigación. ¡Piden ser recompensados por sus fracasos! La situación es reprobable. Debemos dejar de financiar a los académicos que usan el dinero de los contribuyentes para estudiar bichos y sabandijas y no sé qué más a cambio de los humanos. Citó estadísticas de cuántos nuevos brotes de enfermedades se habían notificado en el último año y cuánto dinero le había costado al país.

De repente, el congresista dejó de hablar, tragó con fuerza, y pareciendo asustado, dijo: —Creo que me está doliendo la garganta. Necesito irme a casa ahora. Dios los bendiga a todos.

Ricardo esperaba ver otro editorial en el periódico de mañana de Randolph Likens condenando la investigación científica básica. Apagó el televisor y su mente se volvió a la medusa. Parecía que era todo en lo que podía pensar estos últimos días. ¿Alguna vez se quedaron ciegas y si es así, cómo afectó la ceguera a su comportamiento o a su supervivencia?

Al darse cuenta de que lo estaba postergando, encendió su computadora y se sentó a escribir su informe anual. Sólo mirar el formulario de revisión anual en blanco en la pantalla de su computadora lo aburría. —Lo mismo de siempre, lo mismo de siempre, —se dijo a sí mismo. —Qué pérdida de tiempo. Reaccionó de manera similar cada año, y cada año Lillian le había dicho «relájate y hazlo». Aunque asumió que sus informes anuales eran poco más que descremado, su orgullo aún lo empujó a imprimir... ¿Quién? ¿El Dr. Topping? Probablemente. Le molestaba que le importara. Sin embargo, empezó a rellenar el formulario hasta que sonó el teléfono y lo interrumpió.

—Habla Marcus. ¿Tienes un momento, Ricardo?

A Ricardo lo pillaron con la guardia baja. ¿Por qué le llamaría el Dr. Topping a su casa? ¿Se refería al brote de Detroit? No, eso no tenía sentido.

—Espero no molestarle. Como aún no he recibido su informe anual, supuse que posiblemente estaba trabajando en él ahora.

¡Marcus Topping, el eterno director! ¿Tenía a Ricardo en su radar día y noche? Ricardo estaba furioso. Sin embargo, el Dr. Topping dijo que debido a las circunstancias actuales de Ricardo un informe anual reducido sería aceptable. ¡Qué frustrante para Ricardo no saber si estar enfadado o agradecido! Antes de colgar, el Dr. Topping añadió: —Por favor, asegúrese de relacionar claramente su investigación con los avances médicos, especialmente desde que el Comité de Prioridades Científicas señaló la última vez que usted tendía a desviarse de los objetivos establecidos. Ricardo le aseguró que haría todo lo posible con el informe anual. Colgó y decidió ahogarse en cerveza.

Ricardo nunca dejó de apreciar la importancia de los avances médicos, pero habría sido una mentira para él afirmar que sus objetivos de investigación eran el tratamiento de enfermedades. Para Ricardo, la investigación básica significaba plantear nuevas preguntas, añadir profundidad al conocimiento científico y empujar a la ciencia en nuevas direcciones. Para el Dr. Topping y los políticos, la investigación básica significaba buscar las piezas que faltaban de los rompecabezas médicos con el fin de proporcionar tratamientos para las enfermedades. En la mente de Ricardo, quería componer música, mientras que el Dr. Topping pedía notas.

Ricardo trabajó hasta la noche, presentó su informe anual al día siguiente como un empleado obediente y luego llamó a su fiel amigo, Benjamín.

—Estoy harto de estos informes anuales, —se quejó Ricardo. —Quiero volver a La Parguera. Ya casi no me queda rhopalia congelada. Tal vez deberíamos volver allí y recoger más muestras. ¿Qué te parece?

Decepcionado de que Benjamín no respondiera inmediatamente, volvió a preguntar: —¿Quieres volver a La Parguera?

—Tal vez. Depende. Benjamín era evasivo.

—¿Sobre qué?

—No lo sé. Sobre lo que buscamos, supongo. —Ricardo estaba molesto. —Sí, pero...

Benjamín no dejó que Ricardo terminara. —Mira, Ricardo, escuché a los postdoctorados en los pasillos diciendo que deseaban irse de vacaciones al Caribe como yo. Cuando les conté a algunos de mis colegas sobre nuestra investigación de las medusas, sonrieron y sarcásticamente me desearon «buena suerte». Hasta Jim Sash me dijo que era irresponsable que yo jugara con un trabajo irrelevante en mi posición.

—¿Irrelevante? Jim siempre ha sido un amargado miope. Ese no es el punto y lo sabes.

Ricardo se sorprendió por la dureza de su voz.

—Cuando mencioné nuestra investigación sobre las medusas en nuestra reunión anual, —continuó Benjamín con una voz más suave, —la gente parecía aburrida. Nadie me hizo preguntas y, francamente, me sentí incómodo. ¿A dónde va este trabajo de medusas? —Benjamín se detuvo como si de repente lamentara estar decepcionando a su amigo.

—Es una época diferente, Ricardo. ¿Qué piensa la gente de tu investigación sobre medusas en el Centro de Ciencias de la Visión?

—Bueno... —Ricardo comenzó lentamente, —cuando di un informe de progreso de la investigación a algunos colegas sobre las medusas, parecieron interesados y hubo algunas preguntas. Pero tal vez estaban siendo educados. ¿Cómo lo sabría? Admito que el Dr. Topping no parece muy entusiasmado con las medusas, pero ese es Marcus para ti.

—Bueno, no me sorprende. Está bajo mucha presión para asegurar los fondos. Mira, me encantó ir a La Parguera contigo, y fue interesante seguro, pero fue un viaje secundario para mí.

—Vamos, Benjamín. ¡La visión de medusa es una mina de oro sin explotar!

Ya lo sabes.

—Mi beca necesita ser renovada, tengo un montón de manuscritos sin terminar en mi escritorio, prometí dar algunas conferencias, estoy enseñando un curso... de todos modos, sigue y sigue. Estoy muy, muy ocupado. No tengo ni idea de hacia dónde se dirige la investigación de las medusas, —admitió Ricardo, volviendo a la pregunta anterior de Benjamín.

—Yo tampoco, —dijo Benjamín. —Y consume tiempo, mi más preciado recurso. Además, Mattie dice que debería prestar más atención a los nietos. Ellos están creciendo más rápido de lo que yo esperaba. Gloria ya está entrando en segundo grado.

—¿Cómo va lo de los nopales? Ricardo preguntó, ignorando el tema de Gloria.

—En realidad, ahora que lo preguntas, he estado haciendo algunos experimentos con nopal. Pero... debo decir... —Benjamín se estancó.

—Dime, ¿o no confías en mí para mantenerlo en secreto?

—Por supuesto que sí. Sólo que no estoy seguro... —Benjamín estaba siendo cauteloso otra vez.

—...que saldrá como esperabas? Esta vez le tocó a Ricardo terminar la sentencia por él.

—Tal vez, —admitió Benjamín. ¿En serio?

—He hecho un montón de diferentes extractos de las palas de nopal y, lo creas o no, me he inyectado con ellos. Es una locura, lo sé, pero necesito un ensayo para averiguar qué da la sensación peculiar después de haber sido clavado por esas espinas.

—¡Dios mío, Benjamín! ¿No tienes miedo de tener algún tipo de reacción alérgica o de ser envenenado?

—Un poco. —Benjamín dudó. Ricardo no interrumpió esta vez.

Benjamín continuó. —Después de la inyección de ayer no pude dormir en toda la noche. Mi mente estaba vagando por todas partes. Nunca me sentí tan cerca de Mattie en mi vida. Tenía todo tipo de ideas sobre mis experimentos, sobre mis hijos, sobre todo. Me sentía como si fuera otra persona y yo mismo al mismo tiempo. ¿Cómo puedo decirlo? Era como estar conectado a todos y a todo, incluso a las cosas no vivas. Me sentía físicamente atado a las personas y a los objetos. Las sillas, el sofá y las mesas, todos los muebles parecían extensiones de mi cuerpo, como si fuera parte estructural de mi entorno, y cuanto más pensaba en ello, más sentido tenía.

—¿Cómo es que eso tiene sentido?

—Bueno, la sensación era una nueva vista hacia la realidad, una realidad más profunda. Mis muebles, mi casa, mi coche, mi entorno son partes integrantes de mi vida. Yo les suministro una necesidad tanto como ellos a mi. Sin mí tendrían tan poca importancia, así como yo estaría perdido sin ellos. ¿Sabe lo que quiero decir? ¡Estoy empezando a sonar como tú!

—No del todo, pero casi.

—Tampoco se detuvo cuando finalmente me fui a dormir, continuó Benjamín. ¿Recuerdas tu sueño de las medusas en La Parguera? Bueno, anoche soñé que podía hablar con el nopal. Cuando me desperté, Mattie me preguntó qué estaba soñando ya que seguía murmurando en sueños. Se rió cuando se lo dije. Dijo que debería dejar de jugar con el nopal.

—¿Vas a dejar de trabajar en el nopal?

—Hay algo especial en ellos. Lo siento, dijo Benjamín.

Ricardo sabía que Benjamín no dejaría su proyecto. Le preguntó cómo lo iba a llevar a cabo.

—El agente activo parece pequeño por cromatografía y es destruido por varias enzimas que digieren las proteínas, así que es casi seguro que sea una proteína pequeña.

—¿Y tu único ensayo es inyectarte diferentes preparaciones?

—Sí. Ahora quiero aislar la proteína pura. Desearía poder hacerlo.

—Sí. Ahora quiero aislar la proteína pura. Ojalá pudiera encontrar otra forma de probar esta sustancia además de inyectarme. Tal vez podría inyectar a un perro o a un gato y observar algún cambio de comportamiento.

—¿Tienes un nombre para esta sustancia mágica?

—Cacteína, por el momento. Parece pegajosa y combina los hechos de que es de un nopal con es una pequeña proteína. Puede que tenga que cambiar el nombre si resulta ser otra cosa.

Ya sea que se tratara de escuchar la confianza de Benjamín o que Benjamín lo hubiera excluido de la obra del cactus, Ricardo se sintió como una hormiga aplastada bajo un pulgar pesado.

—Suena genial, Benjamín. Me tengo que ir. Alguien está esperando para hablar conmigo, mintió. Mantenme informado de tus progresos.

Ricardo no logró mucho el resto del día. La Cacteína era como una espina en su cerebro. ¿Era un nuevo producto químico que desentrañaría los misterios del sistema nervioso o encontraría una aplicación médica? ¿Estaba la Cacteína presente en otros cactos, plantas o animales? ¿En qué se diferenciaba de la mezcalina, que se sabe que está en algunos cactus, o de otros narcóticos, como el LSD o la marijuana? ¿Estaba en las medusas? Benjamín tenía una historia que contar, una historia nueva y original, mientras que él no tenía más que sueños ociosos y fragmentos de datos sobre las medusas. Benjamín estaba en el epicentro de la acción mientras Ricardo estaba afuera mirando hacia adentro. No se sentía bien ser eclipsado por su amigo. Necesitaba volver a La Parguera lo antes posible.

Ricardo volvió a solicitar fondos para el viaje, justificando el segundo viaje en la necesidad de rhopalia adicional para completar sus experimentos, los cuales, según él, eran «prometedores».

—¿Qué tan prometedor? —El Dr. Topping preguntó.

Ricardo exageró sus datos inconcluyentes. —Creo que he localizado uno de los dos genes de las medusas que pueden estar relacionados con los que se asocian con la distrofia de Fuch. Era cierto que había encontrado un posible gen de medusa que era similar al gen del ratón. Luego añadió: —Sigo siendo optimista sobre la búsqueda de una medusa equivalente a la hormona de crecimiento para las células endoteliales de la córnea, pero eso va mucho más lento.

Ciertamente lo fue. Ricardo no había hecho ningún progreso en eso.

—Necesito más muestras. No puedo sacar ninguna conclusión significativa en este momento.

Una vez más, Ricardo recibió permiso para ir a La Parguera. Mientras Ricardo estaba ansioso por continuar sus estudios sobre medusas, también se sentía triste irse sin Benjamín. Algo no estaba del todo bien en este asunto.

Capítulo 17

Harold se concentraba en su trabajo en la computadora cuando Ricardo entró en el laboratorio de La Parguera. La mitad de una barra de chocolate estaba en el escritorio de Harold, como de costumbre. Los microscopios de disección, las botellas de productos químicos medio llenas en los estantes y los frascos que contenían especímenes marinos habían perdido su brillo. La novedad había desaparecido.

—¿Ricardo? Me has asustado. Me alegro de verte. ¿Dónde está Benjamín?

—No pudo hacerlo. Tenía demasiado que hacer.

—Qué pena, dijo Harold. Tenía ganas de verle de nuevo.

—Sólo estoy aquí por un par de días.

—Estoy ocupado con los plazos de nuestros informes anuales y toda esa mierda y por eso no puedo salir en el barco contigo esta vez.

—No hay problema. Planeo recolectar en nuestro lugar habitual en el pantano de manglares. Sé dónde está.

—¿Sólo conseguir más ojos?

—Sí, pero tal vez intente algunas otras cosas también. No estoy seguro.

—¿Qué otras cosas?

Esa fue la pregunta difícil. Recoger más Rhopalia fue la parte fácil, pero no fue suficiente. Necesitaba encontrar una historia – una historia de medusas – que mostrara al Dr. Topping, al Comité de Prioridades Científicas, a sus colegas, y, lo más importante, a él mismo, que sus días creativos no habían terminado, que todavía era una fuerza a tener en cuenta. Y luego estaba Benjamín y su maldito nopal. Por mucho que Ricardo quisiera negarlo, tenía envidia. La rivalidad estaba trascendiendo su amistad. Ricardo quería igualar a Benjamín, o superarlo, y las medusas parecían ser su única opción. Además, estaba su orgullo. Había predicado la importancia de arriesgarse en la ciencia, la importancia de la investigación sin destino y el estudio de las especies que otros ignoraban – el ornitorrinco en el pasado, y ahora las medusas. Esta parecía ser su última oportunidad de demostrar que estaba en lo cierto.

Todo lo que tenía era una intuición de que las medusas guardaban secretos importantes, pero su interés en la percepción de las medusas era abstracto e indefinido. Si un joven investigador se le acercaba con ideas tan difusas para un proyecto de investigación, le decía que cristalizara y agudizara las preguntas. La investigación sin destino no era una investigación indisciplinada.

—¿Hay algún barco que pueda sacar? Estoy ansioso por empezar, dijo Ricardo, ignorando la curiosidad de Harold sobre lo que iba a hacer esta vez con la medusa.

—Sí. Buena suerte con lo que vayas a hacer.

—Gracias.

Necesitaba suerte.

Ricardo vio un viejo osciloscopio que no había visto antes en la esquina del laboratorio. Lo colocó en el banco y limpió el polvo con la mano. Parecía arcaico con sus esferas oxidadas y sus viejos cables. Recordaba haber usado un osciloscopio cuando aún era un estudiante y se preguntaba cómo podría usarlo.

Ricardo recogió la red de inmersión, una botella de agua fresca y un cubo, y se dirigió al barco con motor fuera de borda, silbando mientras caminaba hacia el muelle en medio de una brisa cálida.

Después de unas horas en el manglar, Ricardo volvió al laboratorio con un cubo lleno de medusas. Las distribuyó en cuatro tazones de agua, y luego transfirió una medusa del tazón a una placa de Petri bajo el microscopio de disección. Qué placer trabajar en el laboratorio sin las molestas obligaciones que tenía en el Centro de Ciencias de la Visión. Los pensamientos sobre Benjamín y su nopal se fundieron en el fondo. Sólo existía el momento presente, y era sólo suyo. Se maravilló de la vista ampliada del rhopalia en el microscopio con los dos complejos ojos en ángulo recto entre sí y los dos grupos especializados de células fotorreceptoras a cada lado de los ojos, exactamente como se muestra en el libro sobre la visión de los invertebrados esa noche en que supo por primera vez que las medusas tenían ojos. Además, el estatocisto, el órgano que orientaba a la medusa diciéndole hacia arriba y hacia abajo, estaba en el extremo del rhopalia tal como se suponía que debía estar. «Magnífico», Ricardo murmuró para sí mismo. Cientos de millones de años de evolución habían producido un aparato sensorial biológico – el rhopalia de la medusa – tan notable, si no más, que cualquier cosa que Ricardo pudiera pensar de lo que el hombre creó. ¿Cómo era posible que la medusa rhopalia apenas hubiera sido investigada? Pocos sabían de su existencia, y aún menos se preocupaban por ella. A Ricardo le importaba. Se preocupaba mucho.

Se recostó en su silla, se frotó los ojos y miró las servilletas de papel esparcidas por el suelo, las pipetas de vidrio usadas, la balanza con unos pocos granos de sal derramados en la bandeja de pesaje, el bolígrafo negro en el cuaderno manchado de café lleno de diagramas, todas las trampas de la ciencia desordenada en acción. Ricardo se sentía en casa en este pequeño rincón del mundo sin pretensiones donde podía admirar los increíbles milagros de la naturaleza. Pero, todavía necesitaba una idea novedosa, una nueva historia que contar, su historia igual de interesante que la de la Cacteína. No podía esconderse detrás del maquillaje de la naturaleza para siempre; necesitaba actuar. Regresaría por la noche para recoger la rhopalia de su pesca del día para llevarla a casa para su análisis, y luego trataría de trazar un camino para investigaciones posteriores, un camino que podría desarrollar hasta convertirse en su propio relato.

Capítulo 18

Ricardo volvió al laboratorio esa noche refrescado después de una ducha y una cena rápida. «Hola, pequeños», dijo, saludando a las medusas que palpitaban en los cuencos. Se sentó en el taburete junto a la mesa y cerró los ojos. Todo se sentía más solitario por la noche, y más personal.

—Te extraño, suspiró, hablando en voz baja al fantasma de Lillian.

—Yo también, —respondió ella.

Qué maravilloso es que aún pueda estar con ella en su mente.

—Tanto, —continuó. —¿Qué has hecho hoy? ¿Proteger a un niño maltratado?

Ricardo imaginó una adolescente anoréxica, delgada como el papel, con ojos como cavernas vacías. Lillian había ayudado a muchos de esos chicos.

—Tengo miedo de que muera, respondió Lillian.

Ricardo abrió los ojos y Lillian desapareció, pero retuvo su imagen en su mente. ¿Todos los animales con ojos formadores de imágenes retenían rastros de lo que veían? ¿Las medusas? Imaginó que rastrear la memoria visual hasta las medusas sería una historia más notable que la de la Cacteína. ¿Pero cómo podía identificar la memoria visual de una medusa? Nadie sabía lo que veía una medusa, y mucho menos lo recordaba.

Ricardo imaginó a Benjamín sentado en el taburete al otro lado de la mesa. —¿Qué ven las medusas? —Ricardo preguntó. Hablar con Benjamín le ayudó a pensar.

—Tú. El laboratorio. El uno al otro.

—¿En serio? ¿Cómo lo sabes? ¿Recuerdan las imágenes?

—No se acuerdan, Ricardo. Son medusas. No tengo tiempo para esto. Tengo un trabajo importante que hacer, —dijo Benjamín, antes de desaparecer de la mente de Ricardo.

Pero, Ricardo conjeturó, sólo porque Benjamín no se acordara de las medusas, no significaba que tuviera razón.

Ricardo encendió la radio para hacerle compañía y escuchó magníficas voces cantando Don Giovanni. Tarareó junto con la música mientras sacaba una medusa del tazón y la colocaba en una placa de Petri bajo el microscopio de disección para extirpar la rhopalia. Estaba feliz de que la medusa no sangrara. Ricardo recogió rhopalia de la mayoría de las medusas y las congeló para llevar las muestras a su laboratorio.

—Bien, papas fritas, —dijo a las pocas medusas que se salvaron después de dos horas de trabajo. —¿Qué voy a hacer contigo? Puso un dedo en un tazón que contenía tres medusas. —Hermoso, él susurró, tanto por la obra maestra de Mozart como la gracia de la medusa. Se preguntaba si la medusa sentía el ritmo cuando movía su dedo al ritmo de la música, de la misma manera que Helen Keller absorbía la música a través de las vibraciones cuando ponía su mano en un violín para tocarlo. En su poco conocido libro, la formación de moho vegetal a través de la acción de las lombrices y la observación de sus hábitos, Darwin concluyó que las lombrices de maceta colocadas en un piano respondían a las vibraciones de las notas cuando se pulsaban las teclas.

Ricardo halló un cuenco en seguida que contenía cuatro medusas; dos estaban acurrucadas juntas y se imaginó sus tentáculos entrelazados. Recordó cuando Lillian dijo que dos medusas adyacentes en el acuario de Baltimore eran amantes. Tal vez ella tenía razón, pensó Ricardo. El par de medusas distantes en el tazón nadaban hacia los amantes. ¿Se unían a la fiesta o montaban un ataque, o ninguna de las dos cosas? ¿Cómo podía tener alguna idea de la dinámica social que se desarrollaba en el tazón?

Ricardo imaginó que vio a Lillian en la pecera con la medusa, agitando sus brazos sensualmente como si fueran tentáculos. —Ven, únete a mí, le hizo un gesto. Él deseaba poder hacerlo. Qué extraña la sensación de estar habitando dos mundos simultáneamente: el suyo y el de la medusa.

Salisbury susurró en la memoria de Ricardo. —Eres un artista y un científico, Ricardo, como yo.

Allí se le vino la voz de Lillian. —No dejes que el artista triunfe sobre el científico, —dijo ella. —Tengan cuidado.

Ricardo miró el osciloscopio y tuvo una idea. Conectó el osciloscopio a una toma de corriente, removió hábilmente la medusa más grande del tazón que estaba a su lado y la colocó en una placa de Petri bajo el microscopio de disección. Insertó el extremo de un cable fino que se extendía desde el osciloscopio en uno de los ojos de la medusa; una línea electrónica saltó sobre la pantalla y se tambaleó mientras la medusa empalada yacía indefensa en la placa.

—Bien. Algo sigue funcionando en esta vieja máquina. —dijo.

Luego, Ricardo colocó delicadamente las medusas de nuevo en el tazón, con cuidado de no desenganchar el extremo del cable en su ojo. La línea de la pantalla se extendió y formó picos equidistantes como si estuviera graficando algo. Pero, ¿graficar qué? La medusa no parecía estar dañada, pero Ricardo se preocupó de que pudiera tener dolor. Las distancias entre los picos se volvieron irregulares y parpadeaban cuando la medusa pulsa en el recipiente.

Ricardo no tenía ni idea de lo que estaba pasando. El científico racional que había en él advirtió que el anticuado osciloscopio no era fiable, y/o el cable, aunque delgado, podía haber penetrado más que el ojo, complicando cualquier interpretación que pudiera hacer de los datos. El artista optimista e imaginativo de Ricardo consideró que las líneas dinámicas del osciloscopio podrían representar el ojo de la medusa respondiendo de manera diferente a las diferentes vistas del laboratorio a través del recipiente de vidrio.

Miró fijamente la brillante pantalla del osciloscopio, debatiendo si escuchar al científico escéptico o al optimista artístico en su interior. Recordó que solía felicitar a los becarios de postdoctorado cuando no podían entender sus datos y no sabían qué hacer a continuación, y les dijo que finalmente estaban en condiciones de descubrir algo nuevo. Si eso solo fuera cierto, pensó ahora, de repente lleno de compasión por sus estudiantes, y sintiéndose tonto.

Ricardo sacó el cable de la medusa y desconectó el osciloscopio. La medusa siguió nadando en el cuenco como si nada hubiera pasado. Era hora de volver al motel y dormir unas horas.

Al día siguiente Ricardo volvió al Centro Científico de la Visión con otro lote de rhopalia congelada para sus análisis. Sin embargo, lo más importante es que sintió que había ingredientes difíciles de encontrar para una historia que podría escribir, una historia de medusas, pero ¿cuál era exactamente esa historia? Todavía le faltaba hallar a la Cacteína suya.

Capítulo 19

—Paul, ha pasado una eternidad desde que hice electrofisiología y estoy seguro de que la técnica ha cambiado enormemente desde mis días de estudiante graduado, —dijo Ricardo por teléfono al día después de haber regresado a su laboratorio en Washington. Paul Sing, un colega del Centro Científico de la Visión era un experto en grabaciones electrofisiológicas de las retinas de roedores.

—Necesito su ayuda.

—Claro. ¿Qué pasa?

—He estado trabajando mucho de noche, a la luz de luna. ¿Podemos reunirnos para almorzar?

—¿Luz de luna? Ahora tengo curiosidad. ¿Qué tal si nos encontramos en la cafetería al mediodía?

Ricardo llegó a la cafetería diez minutos antes. Cuando llegó Paul, cogieron sándwiches y se sentaron en una mesa del rincón.

—Háblame de este trabajo nocturna. ¿Haciendo ginebra?

—No. Esto es más importante.

—¿En serio? ¿Más importante que la ginebra? Entonces ha de ser grande.

—En realidad, aún no estoy seguro de lo que es exactamente, pero espero que sea grande.... Se trata, bueno, digamos, de la evolución de la visión en este momento, pero en última instancia espero que también se trate de la evolución de la memoria visual, y de... no sé, lo que sea. Como deseaba tener una mejor comprensión de lo que buscaba.

—Tranquilo, Ricardo. Empieza por el principio. ¿De qué animal estás hablando?

—¿Prometes que no te reirás?

—Promesa.

—Medusa.

—Lo prometí, así que no me reiré, ¿pero te escuché correctamente? ¿Dijiste medusa?

—Sí. Y luego Ricardo le dijo a Paul que las medusas tienen ojos complejos con un lente y una retina.

—¿Tienes permiso para ir a Puerto Rico a estudiar los ojos de las medusas? dijo Paul incrédulo.

—Pocas personas han estudiado los ojos de las medusas, por increíble que suene. Propuse buscar versiones de medusas de la hormona celular endotelial de la córnea que descubrí en ratones, así como versiones de los genes que encontré que están asociados con la distrofia de Fuch. Esas son preguntas legítimas.

—Entonces, ¿qué quieres de mí?

Ricardo relató sus observaciones de que las medusas nadaban en grupos y que la luz las atraía por la noche y que había tratado de hacer grabaciones del ojo de la medusa con un viejo osciloscopio.

—Necesito ayuda para interpretar los datos del osciloscopio.

Paul entrecerró los ojos como si estuviera buscando qué decir.

—¿Un osciloscopio? No he visto uno de esos en años. ¿Cómo podría saber lo que está pasando?

Ricardo lo presionó más. —No lo entiendes, Paul, quiero saber qué ve una medusa y si recuerda la información para usarla en el futuro. Es descabellado, lo sé. Busco un punto de entrada para estudiar la evolución de la memoria visual y el pensamiento. Allí, se dijo a sí mismo, se está aclarando.

—Vaya, Ricardo. ¿Has estado bebiendo?

¿Bebiendo? La pregunta de Paul provocó una pregunta diferente. ¿Y si tomó un poco de la milagrosa Cacteína de Benjamín? ¿Afectaría eso a su capacidad de entender las medusas? Benjamín dijo que desbloqueó alguna habilidad para conectarse con seres externos. Con las medusas, se preguntó... Loco, pero aún así...

Ricardo no notó que Paul lo miraba de forma extraña.
—¿Ricardo? ¿Hola?

—Oh, lo siento. Aún no he resuelto mis ideas. Eso era cierto.

—¿Estás seguro de que sabes lo que haces, Ricardo? No puedo imaginar a cualquier interesado en medusas en estos días. Es un territorio peligroso. ¿Recuerdas cómo Sam Sharpe fue presionado para dejar el Centro Científico de la Visión cuando el Comité de Prioridades Científicas le dio una muy mala crítica por estudiar, qué? Recuerdo que no fue nada médico.

—Pingüinos. Estaba haciendo una investigación fascinante. Si tú lo dices, Ricardo.

Ricardo pensaba que la visión en las aves anfibias era particularmente interesante. Se sentía frustrado de que los corazones de otros científicos pudieran estar en el mismo lugar que el suyo, pero que todos se sometieran a las presiones de los tiempos.

—Tengo curiosidad, Paul. Quiero saber lo que es ser una medusa. Ricardo evitó decir que también estaba buscando su propia versión de Cacteína.

—Estás realmente enganchado, ¿verdad? Ricardo asintió.

—Mira, no estoy cerca de la jubilación y no quiero que me expriman. Pero, me pregunto...

—¿Te preguntas qué?

—He oído hablar de un nuevo ordenador desarrollado por la NASA. Creo que convierte datos digitales en imágenes y gráficos. Conozco a Frank Pizzaro que trabaja allí. Quizá quieras hablar con él.

Ricardo le rogó que llamara a su amigo de la NASA, lo que Paul hizo, en ese momento y allí en su teléfono celular. Ricardo fue a la NASA al día siguiente.

—Es pequeño pero poderoso, dijo Frank. El software fue escrito por el Departamento de Defensa para descifrar códigos. Puede generar imágenes tridimensionales incluso de los datos más extraños. Todavía lo estamos ajustando.

—Suena interesante, —Ricardo dijo, desmintiendo su emoción.

—¿Paul me dijo que estás estudiando las medusas?

—Así es.

Frank parecía escéptico. —¿Cómo quiere usar nuestra computadora?

—No estoy seguro. Supongo que necesitaría algunos electrodos que puedan unir la computadora a la medusa como inicio. ¿Es eso posible?

—No hay problema. Los electrodos son pequeñas computadores en sí mismos y están modelados para poder ser grabados por las células nerviosas. Son muy delgados y a prueba de agua, cuando tenga la computadora la configuración adecuada, los electrodos se comunicarán de forma inalámbrica con la computadora. Es muy sensible.

—Vaya. Genial, —dijo Ricardo. —Repetiré lo que hice con un osciloscopio, pero usando tu ordenador. ¿Tiene sentido?

—No estoy seguro. ¿Medusas? Apenas son animales.

Ricardo atribuyó el comentario condescendiente de Frank a la ignorancia sobre la biología. —No puedo decirles cómo interpretaré o usaré la información que aún no tengo, dijo. Pero me encantaría probar su computadora.

—Suena un poco incompleto para mí, pero qué diablos. Por favor, no lo guardes mucho tiempo. Y no se lo digas a nadie. Se supone que no debe circular todavía.

—¿Qué pasa si obtengo algunos datos que quiero publicar? ¿Con medusas?

Al día siguiente Ricardo llamó a Benjamín y le habló de los datos del osciloscopio. Estaba deseando contarle lo de la computadora de la NASA, pero le había prometido a Frank que lo mantendría en secreto.

—Creo que los ojos de las medusas están respondiendo a diferentes puntos de vista a su alrededor, dijo Ricardo, haciéndose eco de lo que imaginaba que Benjamín decía esa noche en La Parguera.

—Hmmm, —dijo Benjamín. Casi me dan ganas de volver a La Parguera contigo y verlo por mí mismo.

Ricardo no estaba seguro de querer que eso sucediera más.

—¿Puedo pedirte un gran favor? —preguntó con aprensión.

—Claro. Era esa voz cálida de su viejo amigo. —Tengo curiosidad, estoy preocupado por estas medusas.

—Lo entiendo.

—Recuerdo que dijiste que la Cacteína te dio nuevos conocimientos, te hizo sentir conectado con la gente e incluso con los objetos. Quiero intentar conectar con medusas, lo que sea que eso signifique. Sé que estoy agarrando pajillas, pero necesito ayuda. Si pudiera probar tu poción mágica de nopal en La Parguera, tal vez podría... experimentar... ser una medusa. Ricardo dudó. ¿Te parece una locura?

A Ricardo le temblaban las manos. No se preocupó por sonar lejano ya que Benjamín lo conocía bien, pero preguntar por Cacteína era otro asunto: eso era invadir el espacio sagrado de Benjamín.

—¿Quieres un poco de Cacteína?

—Si no te importa. Sólo un poco. Ni siquiera estoy seguro de que lo haría ...inténtalo.

—¿Crees que la Cacteína podría permitirte entrar en el mundo de medusas?

—Supongo que eso es lo que quiero decir. No puede hacer daño, ¿verdad?

—Supongo que no. No estoy seguro de lo que experimentarías, pero en realidad sería un experimento interesante.

—¿En serio? Yo también lo creo, —dijo Ricardo.

—Está bien. ¿Por qué no? estuvo de acuerdo Benjamín. Pero por favor, escribe tus sentimientos y pensamientos cuando lo uses. Te enviaré algo de mi preparación. Mantenlo congelado. ¡Y no le digas a nadie sobre la Cacteína! Necesito publicar primero. Lo entiendes, ¿verdad?

Ricardo lo hizo. Parecía que estaba coleccionando secretos.

Capítulo 20

El día después de que Ricardo le pidió prestada la computadora de la NASA a Frank, y deseoso de volver a La Parguera, solicitó una vez más fondos para el viaje. Justificó el viaje afirmando, como antes, que necesitaba más muestras para terminar el proyecto aprobado sobre los ojos de medusa. El Dr. Topping se encontraba fuera de la ciudad asistiendo a una conferencia, y por eso el sobrecargado director en funciones aprobó la solicitud de viaje. No tenía motivos para cuestionar las aprobaciones previas que el muy respetado Ricardo había recibido del Dr. Topping.

Ricardo entró en el laboratorio de Harold en La Parguera con la computadora de la NASA bajo el brazo. El anticuado laboratorio parecía más brillante que la última vez que había visitado, y Ricardo se sentía optimista.

—Aquí estoy otra vez, —le dijo a Harold, que estaba corrigiendo los exámenes de los estudiantes cuando Ricardo entró en la oficina.

—Hola, Ricardo. Te ves optimista. ¿Benjamín no está contigo?

—No. Está muy ocupado. Me dijo que lo saludara.

—Lástima que no haya podido venir. Está haciendo cosas importantes...¿cómo se llama... retinopatía por disparos de pájaro?

—Retinopatía. Ricardo corrigió. Sí, podría ayudar a mucha gente si logra avanzar en el tratamiento de la enfermedad.

—Sí. Un tipo listo. Siento no poder ayudarte a recoger medusas esta vez, pero Robin me dijo que está libre. ¿La recuerdas? Le encantaría ganar unos cuantos dólares si quieres que te ayude. Tiene experiencia en coleccionar.

La alegre personalidad de Robin hizo que Ricardo olvidara su edad mientras recolectaban medusas, pero su aguda visión que vio varias veces pequeñas medusas translúcidas nadando en la distancia le recordó que no era un pollito. Ricardo dudaba que ella no se diera cuenta de sus miradas cuando fingía rascarse los bichos del cuello o revisar su reloj o admirar las pintorescas vías fluviales bordeadas de manglares.

Con la ayuda hábil de Robin, pronto tuvieron suficientes medusas para refrescar su suministro de rhopalia y aún les quedan algunas para sus experimentos con la computadora de la NASA. Después de dos horas quiso volver al laboratorio. Parecía decepcionada porque cada hora de recolección significaba más dinero en su bolsillo. Al darse cuenta de esto, le pagó considerablemente más de lo que esperaba, tanto para ver su sonrisa como para ser generoso.

—Sólo avíseme si necesita más ayuda, dijo.

Poco después de su regreso, el cielo se oscureció, seguido de una lluvia torrencial. Los gorros blancos decoraron el agua ominoso obscuro.

Después de esperar la borrasca en el laboratorio, Ricardo regresó al motel para un breve descanso. Molesto por la tarde perdida cuando se despertó cerca de la hora de la cena, se duchó, comió una hamburguesa en el restaurante grasiento favorito de Harold y fue al laboratorio. La luna llena en un cielo claro le levantó el ánimo. Era hora de probar la computadora de la NASA.

Con la tarde delante de él, Ricardo se puso a trabajar. Encendió la computadora de la NASA y manipuló los ajustes para que los electrodos se comunicaran inalámbricamente con la computadora. Colocó una medusa en una placa de Petri bajo el microscopio, y cuidadosamente empaló uno de sus ojos con el fino electrodo. Tuvo cuidado de deslizar la punta del electrodo alrededor de la parte posterior del ojo para que no bloqueara la línea de visión, e hizo todo lo posible por no entrar profundamente en la retina para no dañarla, o al menos hacer un daño mínimo. No tenía ni idea de lo frágil que era el ojo de la medusa ni de lo que podía soportar. Una vez que estuvo satisfecho de que el electrodo estaba firmemente implantado y el ojo todavía parecía sano, transfirió la medusa empalada a un recipiente lleno de agua.

Inmediatamente comenzó a hundirse. —Vaya, ¿qué hice? —dijo suavemente y arrugó la frente, pero suspiró con alivio cuando la medusa comenzó a moverse antes de llegar al fondo. ¡Qué hermosa era con sus leves pulsos! Después de unos segundos la pantalla de la computadora se iluminó con líneas brillantes y multicolores que bailaban ante sus ojos. Metió la mano en el cuenco y golpeó suavemente el electrodo para asegurarse de que aún estaba sólidamente implantado en la parte posterior del ojo para eliminar la posibilidad de que las líneas de la pantalla de la computadora fueran el resultado de una conexión suelta entre el electrodo y la retina.

La medusa pálida se movía lentamente alrededor del recipiente. Aparecieron líneas y puntos en la pantalla de la computadora. No había imágenes en la pantalla. En algún lugar de estas líneas de datos se escondía su Cacteína, su descubrimiento aún por hacer, aunque no tenía ni idea de lo que podría ser. Entró en la oficina de Harold para robar un pedacito de chocolate, que supuso que estaría en el escritorio, como de costumbre. A Harold le encantaba el chocolate.

De repente, un pensamiento pasó por su mente: tal vez una medusa necesita un tipo de cerebro para interpretar las señales de los ojos que aparecen como líneas y puntos en la pantalla de la computadora, tanto así como él, Ricardo, necesita un cerebro para interpretar el sabor del chocolate. ¿Un cerebro de medusa? Recordó que le mencionó esa posibilidad al Dr. Topping en parte como broma y sin creerlo realmente. El único sistema nervioso organizado en las medusas que Ricardo conocía era el circuito neural que rodea la línea media, y se suponía que controlaba el movimiento. ¿Pero qué más podría hacer el circuito neural? No conocía ningún estudio sobre el circuito neural desde el punto de vista de la percepción. Estaba decidido a considerar todas las posibilidades, sin importar lo remoto que fuera.

Ricardo sacó la medusa de la cubeta y la colocó bajo el microscopio de disección, teniendo cuidado de no perturbar el electrodo de su ojo. Introdujo un segundo electrodo en el centro de la medusa donde se encontraba el circuito neural. En el momento en que el electrodo perforó el circuito neural, apareció en la parte inferior de la pantalla una línea negra horizontal con púas que se proyectaban, acompañada de un zumbido sordo acentuado con chasquidos y pitidos de la computadora.

Ricardo se rascó la cabeza.

—Entra, pequeño, —dijo, mientras colocaba la medusa de nuevo en el recipiente. —Enséñame algo nuevo. ¡Whoa! —Ricardo exclamó cuando una imagen borrosa de los estantes del laboratorio cerca de la medusa apareció sobre la línea horizontal de la pantalla de la computadora. A medida que la medusa rodeaba la medusa, una serie de imágenes distorsionadas como si se vieran a través de una lente curva aparecieron en la pantalla. Primero reconoció el medidor de pH de la mesa, luego la centrifugadora junto al medidor de pH. Después de eso vio una imagen de la puerta abierta de la oficina de Harold. Estas imágenes móviles parecían un video de lo que la medusa debería ver desde el interior del tazón. Ricardo estaba extasiado. El hallazgo realmente notable fue que las imágenes no aparecieron en la pantalla de la computadora hasta que grabó simultáneamente desde el punto del ojo y el circuito neural. Parecía que el circuito neural era necesario para traducir las señales del ojo en imágenes visuales reconocibles. ¿Un «cerebro de circuito neural»?

Para verificar esta asombrosa posibilidad, Ricardo quitó el electrodo del ojo, dejó el electrodo en el anillo nervioso y volvió a devolver a la medusa en el agua. Las imágenes del laboratorio desaparecieron. La mente de Ricardo estaba en llamas. Sí! Las imágenes visuales del laboratorio sólo estaban presentes cuando la computadora recibía impulsos del ojo y del anillo nervioso juntos.

—Debe ser la primera vez en la historia de la ciencia, dijo en voz alta, incapaz de contener su emoción. Quizás estaba leyendo demasiado de los datos y traspasando los límites de la disciplina científica. Pero la posibilidad de que el anillo nervioso de la medusa interpretara la información visual para generar una imagen – pensar que el circuito neural de la medusa podría estar actuando como un cerebro le quitaba el aliento. Se hinchó con orgullo y ambición. Benjamín puede tener Cacteína, pero Ricardo ahora tenía ojos de medusa que veían imágenes a través de un cerebro incrustado en su anillo nervioso. Eso pondría a la medusa y a Ricardo en el mapa.

Mientras esta notable historia se cristalizaba en su mente, Ricardo se preguntó cómo la visión afectaba a las medusas y si recordaban lo que veían. ¿Cómo podía probar si las medusas retenían una memoria visual? Necesitaba ser una medusa para saber lo que recordaba.

Ricardo dirigió su atención a la línea horizontal puntiaguda debajo de las imágenes. Afortunadamente, Frank le había dado a Ricardo un puñado de electrodos, cada uno de ellos un pequeño ordenador que interactuaba de forma inalámbrica con la computadora. Por lo tanto, colocó una medusa fresca bajo el microscopio de disección, introdujo un nuevo electrodo en su anillo nervioso, y puso la medusa en el recipiente con la medusa doblemente empalada. La computadora ahora recibiría información de tres electrodos: los dos que empalaron el ojo y el circuito neural de la primera medusa, y el tercero que empaló el circuito neural de la otra medusa. Jugueteó con el software de la computadora para dividir la pantalla y así poder ver aparte los impulsos generados por cada medusa. Al principio, cada lado de la pantalla dividida mostraba diferentes patrones de picos, y aparentemente emitía diferentes sonidos, aunque los sonidos eran confusos ya que ambos venían simultáneamente a través del único altavoz. Sin embargo, cuando las dos medusas pasaron una al lado de la otra, los patrones de línea y los sonidos se sincronizaron; cuando las medusas se separaron, tanto los patrones de púas como sus sonidos tan aleatorizados. Las medusas parecían comunicarse de alguna manera cuando estaban una al lado de la otra.

Ricardo notó otro fenómeno desconcertante. Cuando las dos medusas estaban juntas la una con la otra, la que tenía electrodos tanto en el ojo como en el anillo nervioso generó una imagen oblonga y amorfa con protuberancias que sustituyó a las imágenes de laboratorio, y un par de veces la imagen amorfa cambió a una serie de imágenes más complejas y abstractas. Cuando la medusa se separó, las imágenes abstractas desaparecieron y las imágenes de laboratorio aparecieron en el lado de la pantalla que recibió las grabaciones de la medusa doblemente empalada.

Ricardo se alejó de la pantalla de la computadora, perplejo, y tomó un sorbo de soda de ginebra caliente de una lata ya abierto hace rato.

¿Podrían las medusas verse entre sí si pudieran ver los objetos fuera del recipiente? ¿Era el ambiente como un cuadro impresionista para la medusa solo reconocible a distancia? Tal vez fue una evolución que les diese tiempo para escapar de sus depredadores. Y, ¿cuáles eran las imágenes amorfas en la pantalla si las medusas estaban tan cerca unas de otras?

Mientras Ricardo se desconcertaba por sus hallazgos, escuchó la voz consoladora de Lillian en su mente: «Eres inteligente. Algo hará clic, ya lo verás». Ella había tenido razón en su juventud; esperaba que volviera a tener razón.

Fue entonces cuando Ricardo recordó a la Cacteína.

Capítulo 21

Cuando se fue a Puerto Rico, Ricardo sabía que probaría el cóctel de nopal ese de Benjamín; sólo era cuestión de tiempo. La euforia provocada por sus extraordinarias observaciones y su frustración por su incapacidad para interpretarlas se unieron en este momento – de hecho, bastante oportuno – para probar la Cacteína. Recuperó la muestra del refrigerador, llenó una jeringa e inyectó el extracto en su muslo. Esperó. Nada. Después de unos diez minutos, sus ojos se pusieron ásperos y se sintió somnoliento – no era el resultado que esperaba ni el que quería. Cuando se quiso quitar el sueño, se quitó un pequeño bicho del brazo.

—Lo siento, —se disculpó con el insecto aturdido.

Ricardo miró a las dos medusas en el recipiente y decidió ponerles Mutt y Jeff, como los personajes de los cómics. El ojo empalado de Mutt se enfrentó al pH-metro del banco junto a su bol, revelando una imagen borrosa en la pantalla de la computadora. Un momento después, una imagen de la balanza reemplazó a la del pH-metro. Era lo mismo que Mutt veía con los objetos en el laboratorio. Mutt cambió su rumbo de repente y nadó hacia Jeff. Tan pronto como Mutt se enfrentó a Jeff, una forma oblicua, con bultos, reemplazó las imágenes del laboratorio en la pantalla. La imagen oblonga tenía una textura aterciopelada, similar al musgo, y muchos pequeños poros cubrían la superficie. Los poros eran tan pronunciados que Ricardo no entendía por qué no los había notado antes.

Mientras Ricardo se preguntaba por qué a Mutt le parecía la forma oblonga en lugar de Jeff, sus ojos se dirigieron hacia las estanterías - a los especímenes marinos nadando en botellas llenas de formaldehídos. Había estrellas de mar, algunas con pocos y otras con muchos brazos, caracoles con y sin concha, gusanos redondos y planos, una langosta, unos pocos peces pequeños y muchas otras especies. Ricardo vio una botella que contenía una esponja que se asemejaba a la imagen gris-marrón y porosa de la pantalla. Fue a la estantería para ver más de cerca. La imagen de la pantalla y la esponja de la botella se veían similares y tenían la misma textura aterciopelada, aunque el color de la esponja embotellada estaba más desteñido que el gris-marrón de la imagen en la pantalla. ¿Cómo pudo Mutt ver tal detalle desde tan lejos? Además, el ojo empalado de Mutt ni siquiera estaba enfrente de la esponja de la estantería. Estaba mirando a Jeff.

Ricardo empezó a pasearse de un lado a otro, reflexionando. Justo cuando creía que nunca tendría sentido sus resultados, vio, pegado a la pared, el dibujo en lápiz de un árbol con múltiples ramas dibujado por el sobrino de Harold de cuatro años. De repente, a Ricardo se le cayó la mandíbula.

Otra vez le hecho un ojo a la esponja embotellada y de nuevo a Mutt y Jeff y exclamó: —Cuando Mutt mira a Jeff ve una esponja, ¡el antepasado evolutivo de Jeff! ¡Mutt ve el árbol evolutivo!

Instantáneamente, Ricardo se transformó de un científico desconcertado con una carrera agotada a un científico vigorizado y listo para escribir una historia extraordinaria. Había descubierto que la «humilde medusa» procesaba imágenes visuales usando un «cerebro» difuso dentro del anillo nervioso. Pero eso no era ni siquiera la parte más extraordinaria. La medusa vio a un antepasado – una esponja – de su propia evolución cuando miraba a otra medusa. Él interpretó que eso significaba que la medusa almacenaba una memoria visual de eventos pasados, incluso de la evolución.

Ricardo quedó brevemente impresionado por estos notables hallazgos y luego, inesperadamente, pensó en uno de los retratos abstractos de Papi. No había reconocido a Carlos en el retrato cuando lo vio por primera vez de niño. El cuello verde pellizcado y pegajoso, el pelo naranja brillante sobre una cabeza ovalada de color carne, los hombros inclinados con planos extendidos para los brazos, y las manos zambullidas proyectando zarcillos retorcidos como dedos no se parecían en nada a Carlos. Sin embargo, después de vivir con el cuadro durante varios meses reconoció que enterrado dentro de la anatomía impropia, el cuadro revelaba el carácter inconexo de Carlos más que sus rasgos físicos. —Bien por ti, —había dicho Papi. —Los misterios se disuelven cuando ves la verdad subyacente. La epifanía de Ricardo de medusas que visualizaba la evolución pasada resonó con la intuición de su infancia y le dio la confianza de que había revelado una verdad profunda, una verdad asombrosa, de la visión y hasta la memoria de las medusas.

Sin embargo, las imágenes cambiantes que ocasionalmente interrumpían la imagen oblonga generada cuando Mutt miraba a Jeff aún molestaban a Ricardo. Comparó las imágenes que habían pasado por la pantalla con las diversas especies de los estantes. Los parecidos eran sorprendentes. Reconoció la hemi-cordio, Amphioxus, y quizás una larva de chorro de mar tunicado entre las imágenes que habían destellado en la pantalla de la computadora; ambas especies se conocen como escalones de la evolución de los vertebrados provenientes de los invertebrados. Pero eso causa un enigma. Los hemicordios y los tunicados evolucionaron *después* de las medusas, igual que la mayoría de las especies representadas por las imágenes que cambiaron tan rápido. Desanimado momentáneamente, Ricardo estaba dispuesto a descartar la idea de que Mutt viera un antepasado de la evolución de Jeff y a aceptar que estas imágenes de animales en la pantalla de la computadora eran diseñados sin sentido generados por la computadora.

Luego recordó a Harold hablándole sobre el carácter depredador de las medusas, y que se podían ver en sus estómagos los minúsculos crustáceos y peces ingeridos. Cuando Ricardo miró de cerca, pudo ver dichos bocados indigeribles en el estómago de Jeff, así como en los estómagos de algunas de las medusas de los otros cuencos. Tal vez todavía podía rescatar su teoría. Tal vez las medusas grabaron imágenes de secuencia, como videos, en vez de imágenes estáticas de los caminos evolutivos. Cuanto más avanzada fuera la especie que la medusa miraría, más imágenes de los ancestros evolutivos aparecerían en la pantalla de la computadora. Si ese fuera el caso, cuando Mutt miraba algunas partes de Jeff, la pantalla de la computadora mostraría sólo una especie parecida a la esponja, que representaba al ancestro evolutivo de Jeff; pero cuando el ojo de Mutt se enfocaba en el estómago de Jeff, la pantalla de la computadora mostraba los ancestros de los contenidos indigeribles, es decir, los crustáceos y los peces pequeños que Mutt veía.

Ricardo comprendió que era absurdo, por lo que se conoce actualmente en la ciencia, pensar que las medusas conservaban una memoria visual de su propia evolución, pero al menos eso formaba parte de la historia pasada de la especie que uno podría imaginar registrada en los genes. Si todas las especies heredaron las secuencias de ADN de sus antepasados, lo que fue evidente, tal vez era posible que las especies también almacenaran imágenes de sus antepasados. ¿Pero cómo podrían las medusas tener una memoria visual de los ancestros evolutivos de las especies que evolucionaron después de ella? Eso significaría que la medusa registró eventos futuros con respecto a su propia evolución.

Ricardo temía una vez más que su teoría estaba en peligro y que podría tener que abandonarla. Sin embargo, para rescatar su hipótesis esta vez, racionalizó que, dado que las medusas estaban entre los primeros animales complejos en evolucionar, tenían amplia oportunidad como especie de presenciar la evolución de las especies marinas que evolucionaron después de ellas. El hecho de que no pudiera conceptualizar inmediatamente cómo podrían hacer esto o qué ventaja de supervivencia podrían obtener las medusas grabando imágenes de sus antepasados no debería obligarle a abandonar su hipótesis. ¿Dónde estaría la ciencia si las hipótesis se desecharan porque no se entendieron completamente cuando se concibieron? ¿No era verdad que se acercaba la ciencia a la verdad al modificar las ideas según aumentaban los datos? Las hipótesis no venían preempacadas.

Ricardo se convencía cada vez más de que las medusas graban «videos» de la historia evolutiva de las especies en su línea de visión. Habían desarrollado un tipo de memoria visual mas dinámica y compleja que la que poseían los humanos. Una especie más antigua no significaba una menos sofisticada, como le había dicho a Lillian hace muchos años. Todo lo contrario: más tiempo para evolucionar le daban a una especie más tiempo para desarrollar formas sofisticadas de interactuar con su medio ambiente.

—Las medusas ven el pasado y el presente al mismo tiempo, —murmuró Ricardo, asombrado por sus propias especulaciones.

Tan hermosa era su visión que tenía que ser cierta. Tenía un ordenador lleno de imágenes concretas obtenidas mediante experimentación que apoyaban su hipótesis – eso de que las medusas perciben la evolución. Los datos no fueron fabricados. Dependía de él escribir la historia

Finalmente, Ricardo dirigió su atención a esos extraños sonidos generados por las medusas. Recordó que Lillian le decía que debería escuchar más y hablar menos. Había mucho que aprender si escuchaba, y en este caso oyendo a las medusas. Así que Ricardo se concentró en los discordantes chasquidos y pitidos que venían de la computadora. Después de unos momentos los ruidos se fusionaron y comenzaron a sonar armoniosos y naturales. Se sintió entre amigos como lo había hecho en su sueño de medusas en su primer viaje a La Parguera. Los dedos de los pies y de las manos comenzaron a pulsar en sincronía con las medusas de los recipientes. Saboreó este momento quimérico en el que se imaginó a sí mismo como parte hombre y parte medusa, el espectador y lo visto. Había violado la regla natural de vivir dentro de su propio nicho e ignoró la invisible señal de «No pasar» que se encontraba en el borde del universo de las medusas.

Tuvo que documentar sus observaciones mientras estaban frescas en su mente, y escribió el siguiente resumen:

La Parguera, Puerto Rico, 18 de julio de 2047: Esta noche, con la ayuda de una tecnología informática avanzada, entré en la mente de las medusas, por así decirlo, y descubrí que las medusas utilizan su circuito nervioso para integrar las señales electrónicas de sus ojos para percibir los alrededores, lo que sugiere que el cicuito nervioso es una especie de cerebro. Y, aún más notable, este «cerebro» parece percibir imágenes, aunque algo abstractas, de especies que comprenden la historia evolutiva de cualquier organismo marino que el ojo de la medusa ve, incluso una especie que evolucionó después de que la medusa evolucionara. Estas imágenes cambian de una a otra de una manera que es consistente con el camino evolutivo de la especie que la medusa, ¡lo que sugiere que las medusas ven videos de la evolución! Cómo se registran esos recuerdos visuales sigue siendo un capítulo no escrito en esta extraordinaria historia.

Ricardo se reclinó en su silla sintiéndose tranquilo y excitado a la vez, queriendo meditar y gritar al mismo tiempo.

¿Fue esta la emoción que otros sintieron inmediatamente después de haber hecho un gran descubrimiento?

Ricardo cerró su cuaderno y comenzó a reflexionar sobre las aplicaciones prácticas de sus descubrimientos, las cuales anticipaba que serían necesarias para justificar su investigación ante el clima político del momento. Sus hallazgos podrían provocar la división de la memoria a largo plazo en componentes genéticos y no genéticos. Especuló que las vías evolutivas registradas por las medusas podrían servir de guía para seleccionar modelos animales razonables – los más cercanos a los humanos – para la investigación médica, especialmente si otras especies de evolución más recientes también fueran capaces de visualizarla. Así, sus descubrimientos abrirían una nueva rama de investigación. Comprender en detalle cómo las medusas registraban la información visual podría proporcionar nuevas formas de prevenir o tratar la amnesia o, mejor aún, la demencia y la enfermedad de Alzheimer. También podía dar lugar a innovaciones en la tecnología informática.

—La imaginación es el único factor limitante para la aplicación práctica de los conocimientos básicos, —murmuró para sí mismo. Sus experimentos eran una bonanza que podía ser aplicada de muchas maneras.

Ricardo miró su reloj. Eran ya las cinco de la mañana, casi el amanecer. Acunó su cabeza con los brazos cruzados sobre la mesa y cerró los ojos.

—Dr. Sztein... Dr. Sztein,

—¿Qué? ¿Quién está ahí? ¿Dónde estoy?

—Es Robin. Despierta. Debes haberte dormido.

—¿Qué hora es?

—Son las nueve en punto. Tengo que ir a clase. El profesor Freeman debería llegar pronto.

Ricardo quitó los electrodos de las medusas, que pulsaban pacíficamente en los cuencos, y luego Harold entró en el laboratorio.

—¿Ya estás aquí? Pareces cansado. ¿Trabajaste hasta muy noche?

—Sí, yo diría que sí, —contestó Ricardo. Diseccioné un montón de rhopalia para llevármela conmigo. Deberían mantenerme ocupado por un tiempo. Se preguntaba si Harold podía oír los latidos de su corazón. También obtuve algunos datos interesantes de la actividad nerviosa de estas medusas y terminé quedándome dormido en el laboratorio. Robin me despertó.

—En serio. ¿Qué has averiguado?

—No estoy seguro de lo que significa todo esto todavía. Tengo que pensarlo. Yo... Ricardo se detuvo en medio de la frase, recordando las advertencias de Lillian sobre hablar demasiado.

—¿Tú qué? —preguntó Harold.

—Tuve un viaje productivo. En serio. ¿Qué has averiguado?

—No estoy seguro de lo que significa todo esto todavía. Tengo que pensarlo. Yo... Ricardo se detuvo en medio de la frase, recordando las advertencias de Lillian sobre hablar demasiado.

—¿Tú qué? —preguntó Harold.

—Tuve un viaje productivo. Ricardo no se sentía satisfecho con esta respuesta, pero sí con su autocontrol.

Harold le deseó suerte con sus experimentos y se regresó a su oficina. Ricardo colocó la computadora de la NASA y los electrodos en el estuche acolchado, tomó su bote de rhopalia congelada y volvió al motel para comprobarlo. Su avión salir hacia Washington esa tarde.

Capítulo 22

Las multitudes se arremolinaban alrededor del aeropuerto de San Juan. Las rhopalia, congeladas y bien puestas en un contenedor aislado que cabían bastante cómodamente en su bolso, y Ricardo esperaba en la línea de seguridad. Como tenía tanto su pasaporte del gobierno de los Estados Unidos. como su placa de identificación como científico en el Centro Científico de la Visión, no esperaba ninguna dificultad; nunca antes había tenido ningún problema en traer muestras a casa.

Esta vez, sin embargo, el inspector estaba examinando las maletas de los pasajeros con más rigor, casi como si estuviera enfadado. Cuando el equipaje de mano de Ricardo pasó por la máquina de rayos X, el inspector parecía desconcertado.

—Abra el bolso, por favor, —dijo el funcionario.

Ricardo cumplió.

—¿Qué hay dentro de ese contenedor?

—Sólo unos pocos especímenes científicos – nada vivo – me los llevo a mi laboratorio del gobierno en los Estados Unidos. Ricardo sacó su tarjeta de identificación.

—Soy un científico y colaboro con el profesor Freeman en la Estación Marina de la Universidad de Puerto Rico en La Parguera.

—¿Ah, sí? ¿Especímenes?

—De hecho, son ojos de medusa. Eso ciertamente calmaría al hombre. ¿Qué tan amenazantes pueden ser los ojos de medusa?

—Tienes que estar bromeando, respondió el inspector con una sonrisa sarcástica.

Ricardo apretó los labios.

—Las medusas tienen ojos. Hizo una pausa, dándose cuenta de que el funcionario no podía creer que las medusas tuvieran ojos, ¿quién lo haría? Para añadir credibilidad, Ricardo añadió: —Casi nadie lo sabe.

—¿Qué diablos vería una medusa? Ahora me dirás que las medusas tienen medio cerebro. Abre el contenedor, dijo el inspector.

—Los especímenes se descongelarán y se arruinarán, —dijo Ricardo, medio cerebro es aún más de lo que tiene este inspector, pensó.

—Abre el contenedor o déjalo aquí, —exigió el funcionario. Con cada intercambio su voz aumentó un decibelio. No puedes llevarlo en el avión hasta que vea lo que hay en él.

Ricardo apenas lo escuchó, ya que sus pensamientos se desviaron hacia los inexplicables sonidos que escuchó en la computadora de la medusa. Se imaginó que debían ser un código de algún tipo. ¿Por qué los chasquidos y sonidos aleatorios de Mutt y Jeff se mezclaron tan agradablemente cuando estuvieron juntas las medusas?

—Bastante extraño, dijo en voz baja al aire, y luego murmuró para sí mismo, —Si una medusa tiene un cerebro, ¿qué está pasando en él?

—¿Qué? —preguntó el inspector, con aspecto confuso. Te dije que abrieras el contenedor. Ya casi estaba gritando.

—Ya, si insistes, —Ricardo destapó el contenidor y retiró el pequeño tubo con la rhopalia congelada, que inmediatamente comenzó a descongelarse.

—¿Por qué está tan negro el material del tubo?

—El tejido negro es el pigmento que está en todos los ojos, incluso en los nuestros. Por eso tus pupilas se ven negras. Ahora hablaba Ricardo, el maestro.

—Estos ojos de medusa están arruinados ahora. No puedo usarlos para mis experimentos. Sólo consérvalos. Ricardo ya no estaba enfadado, tenía una nueva misión. Aunque necesitaré que me devuelvan mi bote. Ricardo arrojó los ojos arruinados en la bandeja que acababa de pasar por la máquina de rayos X, reemplazó el bote vacío en su bolsa y se fue. El inspector, que parecía desconcertado, vio impotente cómo Ricardo se marchaba para volver a La Parguera. A Ricardo no le importaba lo que el inspector pensara. No le importaba que no apareciera al día siguiente en su laboratorio como estaba previsto. Al Dr. Topping no le importaba si volvía un día o dos más tarde, y probablemente ni siquiera lo sabría. El Centro no era su problema en este momento.

Las medusas giraban por su cabeza. Quería saber por qué los patrones de púas se sincronizaban cuando Mutt y Jeff estaban juntos. ¿Qué significaba que se «cantaran» el uno al otro? ¿Tenían realmente un cerebro, o tal vez medio cerebro como lo sugirió tan sarcásticamente el inspector? Qué irónico que el funcionario enojado le haya dado la libertad de volver una vez más a La Parguera.

Capítulo 23

Ricardo volvió al motel. Guardó su maleta en su habitación y dejó un mensaje de voz a su secretaria para que lo detuviera al menos un día más. Eran las ocho de la tarde cuando entró al laboratorio, y Harold no estaba. En su escritorio, como de costumbre, exámenes medio corregidos y, una barra de chocolate a medio comer.

El ambiente húmedo y tranquilo del laboratorio tenía ese olor a aire salado que tanto le encantaba. La sal del agua de mar evaporada obstruía las ventanas. Ricardo se estaba convirtiendo en un búho y le gustaba. Lo ayudaba con su insomnio durante las largas y solitarias noches.

Afortunadamente, Harold aún no había descartado las pocas medusas de los botes. A pesar de haber sido pinchados repetidamente, Mutt y Jeff todavía parecían sanos.

—Sois unos cabrones resistentes, —dijo. No me extraña que hayan sobrevivido tanto tiempo en este planeta.

Ricardo se maravilló de cómo se sentía tan en casa en el laboratorio de Harold en La Parguera tan lejana, ahora casi un nombre extranjero para él. Quizás era el sabor latino de la ciudad lo que le recordaba a su Buenos Aires natal. El Dr. Topping y las obligaciones profesionales no existían en La Parguera. La sensación de libertad era embriagadora.

El regreso de Ricardo a La Parguera esa tarde se sintió como un acto audaz y heroico. Deseaba poder decirle a Lillian que esta vez su naturaleza impulsiva tenía sus beneficios. Se rió a carcajadas cuando imaginó que el aturdido inspector no sabía qué hacer con la rhopalia que se estaba descongelando ante sus ojos.

De vuelta al trabajo, advirtió a la medusa, decidido averiguar qué significaban todos los sonidos. ¿Pero cómo hacerlo? Empezaría por confirmar sus resultados pasados.

—Oh, hola. Pensé que habías vuelto a Washington, —dijo Robin, mirando al laboratorio a través de la puerta abierta.

—¡Robin! ¿Qué haces aquí tan tarde? —Ricardo dijo, sorprendido y feliz de tener compañía.

—Sólo estaba devolviendo un libro que tomé prestado de una oficina. Ella entró en el laboratorio. Vi la luz encendida así que...

—Decidí prolongar mi estancia un día más, —dijo Ricardo, tratando de sonar casual.

—¿En qué estás trabajando? Robin preguntó. Se acercó a Mutt y Jeff.

—Sólo algunos experimentos que estoy haciendo. Yo...

Robin lo interrumpió. —¿Estás estudiando la reproducción de las medusas?

—¿Reproducción? ¿Por qué dices eso?

Señaló a Mutt. —Porque ella es macho. ¿Ves las finas rayas blancas a lo largo de la campana? Debe haber gastado su esperma porque sus gónadas apenas son visibles. Luego señaló a Jeff. —Y ella es una mujer. ¿Ves los ovarios de color naranja tenue y los embriones de color naranja pálido en el interior?

Ricardo estaba aturdido y avergonzado. ¿Cómo no se dio cuenta de eso?

—Buena observación, Robin. Ni siquiera pensé en eso. No dijo nada más, pero su mente se aceleró. ¿Masculino y femenino? ¿Música cuando estaban uno al lado del otro? ¿Patrones sincronizados de picos? ¿Qué significaba todo esto? Sexo. ¿Podría la «música» ser una serenata de cortejo y, de ser así, qué pasaría si colocara dos machos o dos hembras en el cuenco en lugar de un macho y una hembra?

—¿Vas a trabajar mucho más tiempo? Robin preguntó.

Ricardo, preocupado, encorvado sobre el pequeño charco de medusas en otro tazón, buscando un macho sano para usar en sus experimentos.

—¿Hola? ¿Vas a llegar tarde?

—Oh, lo siento. No estoy seguro. Ricardo quería que lo dejaran en paz para seguir con sus experimentos.

—Avísame si quieres ayudar a recoger más medusas mañana, añadió.

—Gracias. Puede que lo necesite ya que el tonto inspector del aeropuerto arruinó la rhopalia que había recogido.

Robin se despidió con la mano mientras salía por la puerta.

Ricardo colocó la computadora de la NASA en el banco y miró con renovado interés a Mutt y a Jen... ¡ya no a Jeff! Se rió de la absurda idea de que Mutt le diera una serenata a Jen cuando la miró. Recordó que Lillian se ejercitaba en el gimnasio con una sudadera holgada, gafas con montura de cuerno, pantalones cortos demasiado largos que le llegaban a las rodillas y zapatillas desgastadas sin calcetines. Tenía ese algo especial, ojos sonrientes que tímidamente sugerían riquezas bajo la superficie. Ricardo conocía bien la atracción magnética entre el hombre y la mujer. ¿Pero qué sabía nadie de la atracción de las medusas?

Qué suerte que Robin había venido.

Necesitaba repetir su experimento con Mutt y Jen para confirmar la sincronización de los sonidos cuando estaban cerca el uno del otro, y luego realizaría grabaciones similares de

Mutt y de una medusa macho. Volvió a insertar los electrodos en Mutt y Jen más o menos donde habían estado y se sintió aliviado de poder repetir los mismos resultados que antes: las imágenes de laboratorio en la pantalla de la computadora se volvieron abstractas, los patrones de picos aleatorios se sincronizaron y los sonidos desarticulados se armonizaron cuando las medusas nadaron unas junto a otras. —Increíble. Genial, —dijo en voz alta. La repetición de los experimentos y los resultados son cruciales y nunca están garantizados.

Luego, reemplazó a Jen con una medusa macho. Cuando las dos medusas se separaron, las imágenes del laboratorio y los picos aleatorios aparecieron en la pantalla de la computadora, como se esperaba, y escuchó clics y pitidos aleatorios. Pero esta vez cuando los dos machos de medusa se acercaron el uno al otro, los patrones de picos generados por cada medusa saltaron salvajemente y fueron acompañados por chirridos en lugar de armonía.

Se preguntaba si la diferente reacción de Mutt hacia un macho o una hembra era una casualidad.

Necesitaba probar el efecto de medusas adicionales en Mutt. Por lo tanto, colocó en el recipiente dos machos diferentes con Chucho, y luego dos hembras diferentes. Mutt generó pitidos discordantes de bajo nivel cuando se enfrentó al primer macho, pero excepcionalmente fuertes y desagradables chillidos en respuesta al segundo macho, más grande. En contraste, Mutt generó sonidos tranquilizantes cuando la primera hembra pasó nadando, pero permaneció en silencio cuando estaba junto a la segunda hembra. Desconcertante. ¿Por qué Mutt reaccionaría de forma diferente a una medusa vecina dependiendo de su género y también de otra cosa, sea lo que sea? ¿Su personalidad? ¿Qué diría Benjamín, que siempre interpretó los datos con cautela, sobre estos hallazgos?

Pensar en Benjamín le recordó a Ricardo que le quedaba al menos una dosis de Cactácea. —¿Por qué no? —se dijo suavemente a sí mismo, y luego se inyectó el extracto en el muslo.

Diez minutos más tarde Ricardo se sintió sereno y fuertemente conectado con su entorno, ya que era la primera vez que se inyectaba la Cacteína. Apagó las luces e imaginó los diversos sonidos de la computadora como un lenguaje de medusas. Cómo quería unirse a su sociedad y saber lo que se decían unos a otros.

Las medusas pulsantes bailaban en su mente como seres vivos compañeros en lugar de sujetos experimentales. El ojo de su mente vio la cara de Robin en una medusa. Imaginó intercambios coquetos entre dos medusas como un dúo de amor en una ópera, y los tentáculos de Mutt y Jen enredados en un tierno abrazo. ¡Qué historia tenía que contar!

Ricardo volvió a encender la luz y se fijó en los pequeños puntos naranjas – embriones – que llenaban la cavidad de Jen. Ella habría liberado a sus bebés en el manglar de La Parguera si no la hubiera recogido para realizar sus experimentos. Pensó en Lillian y en todos sus abortos y se sintió triste.

Ricardo se quedó dormido, lleno de preguntas. ¿Cómo sienten emociones las medusas? ¿En qué se diferencian de las emociones humanas? ¿Cómo se comunican entre ellas? Estaba seguro de que lo hacían. ¿Qué hace que a una medusa le guste o no le guste otra medusa? ¿Qué significa «gustar» o «no gustar» para una medusa?

Las 8:30 de la mañana. La luz del sol entraba por la ventana. Ricardo se frotó los ojos y se estiró, rígido por dormir en una silla de madera por segunda vez en otras tantas noches. Se preparó una taza de café con la cafetera del laboratorio y dejó una nota de despedida en el escritorio de Harold: —Volví para hacer algunos experimentos más. Siento no haberte visto. Por favor, despídete de Robin por mí. Gracias por todo.

Ricardo se fue del motel sintiéndose tonto por haber pagado una habitación que no usó. Esta vez no tuvo problemas para pasar por la seguridad, ya que no llevaba ninguna rhopalia en su equipaje. No las necesitaba. Su trabajo ahora era de publicar los resultados de sus extraordinarios experimentos. Todo lo demás estaba congelado.

Capítulo 24

Después de saludar a su secretaria, Ricardo entró en su oficina. Había hecho un borrador para su artículo sobre el avión y estaba ansioso por empezar a escribir.

Pero su corazón se hundió cuando abrió su computadora a ver una larga lista de correos electrónicos: un curso de repaso obligatorio con largas instrucciones de qué hacer y a quién contactar en caso de sospecha de terrorismo; un recordatorio para asistir al entrenamiento anual obligatorio de la ética; la hora y el lugar de la reunión del comité de promoción del Centro; un taller sobre cómo evaluar al personal del laboratorio; una solicitud de alta prioridad para una sinopsis de su investigación durante el último año para el Dr. Topping para incorporar en su informe al Congreso; instrucciones sobre cómo escribir un párrafo de sus contribuciones de investigación durante el último año para la oficina de desarrollo; peticiones de revisión de tres becas otorgadas por fundaciones privadas y dos manuscritos para revistas científicas; peticiones de anticuerpos y clones de ADN que se habían hecho en su laboratorio.

Se desconectó de su correo electrónico y miró fijamente al espacio, preguntándose qué pasaría si simplemente ignorara estos correos electrónicos. Pensó en el pantano de manglares, en las medusas que palpitan en el agua salobre, y en Harold, que nunca parecía acosado y se jactaba de que tenía sus prioridades en orden.

Pearl se acercó y miró en la oficina de Ricardo.

—Bienvenido de nuevo.

—¿Tienes un segundo?

Ricardo no estaba de humor para ser buen mentor, pero siempre le daba una alta prioridad a sus estudiantes y le preguntó qué es lo que tenía en mente. Entró en la oficina llevando una película de rayos X, señaló una mancha negra en ella y dijo que había pensado – siendo positiva – que la proteína que representaba desaparecería cuando alimentara a las células de la córnea con un agente oxidante.

—Pero sigue ahí, —dijo, luciendo decepcionada y confundida.

La tendencia de Pearl a insistir en que sus predicciones experimentales se realizaran le frustró.

—¿Por qué estabas tan segura de que el agente oxidante se desharía de la proteína, Pearl? preguntó con un poco de molestia. Tan pronto como las palabras salieron de su boca, se arrepintió de su tono. ¿No estaba él también estirando la interpretación de sus datos de medusas?

—Lo siento, Pearl. ¿Por qué no subes la dosis de oxidante y repites el experimento? No estaba seguro de que fuera el mejor consejo, pero pensó que no podía hacer daño. Muchas veces se olvidaba de tomar el tiempo para confirmar sus resultados experimentales. Él se comprometió a revisar su proyecto en detalle la semana siguiente.

Después de responder a algunos correos electrónicos, Ricardo llamó a Frank Pizzaro de la NASA. No iba a dejarse desviar de su medusa por mucho tiempo.

—Frank, tu ordenador es fantástico. Tengo todo tipo de datos de medusas almacenados en él, pero necesito tu ayuda para conseguir diapositivas en Power Point y copias impresas de los datos. No sé cómo hacerlo con este programa y no tengo la impresora adecuada.

—¿Qué tal esta tarde después de las tres?

Frank estaba impresionado con los resultados de Ricardo y no pensó que pudieran ser explicados por un aparato experimental. Pensó que los chasquidos y pitidos de los que Ricardo le habló -Ricardo no había activado el programa para almacenar sonidos para no poder reproducirlos – eran «extraños».

A Ricardo le pareció que lo «extraño» constituía algo que un científico no podía explicar, como medusas que se congregaban en un punto del manglar o una proteína celular que no desaparecía como se esperaba en ciertas condiciones. Se suponía que todo encajaría dentro de la frágil estructura del conocimiento actual; no importaba que tantos resultados experimentales y observaciones que eran «extraños» se convirtieran inicialmente en algo común con más conocimiento.

Al final de su sesión juntos, Frank dijo, —No sé lo que todo esto significa, pero en general estos datos parecen interesantes. Estoy impresionado.

Impresionado. Eso es lo que Ricardo quería oír. Ignoró que Frank también dijo que no sabía lo que significaba todo esto. Ricardo se abstuvo de compartir su idea de que las medusas registran la evolución.

—Gracias, —dijo Ricardo. Puso las resmas de las copias impresas que habían impreso y la pequeña memoria USB llena de los datos en su maletín y volvió a su laboratorio, deseoso de llamar a Benjamín.

—Cálmate, Ricardo. No puedo seguirte. ¿Las medusas se reconocen y se comunican? ¿Ven videos de la historia evolutiva de los animales que miran? Eso suena ridículo.

Ricardo se esforzó por mantener la calma y hablar despacio. Lillian le había advertido muchas veces que dejara que los demás llegaran a sus propias conclusiones, que no fuera prepotente.

—Aquí está la primicia, Benjamín. Frank, el tipo que me prestó la computadora, dijo que estaba impresionado con su capacidad electrónica.

Por cierto, no le digas a nadie sobre la computadora de la NASA. Se suponía que no debía contarle a nadie sobre eso, pero ¿cómo podría contarte sobre mis experimentos si no lo hago? No creo que haya ninguna duda de que las medusas ven imágenes de lo que está delante de sus ojos cuando nadan. ¿Por qué tienen ojos con lentes si no pueden ver?

—Las lentes podrían usarse para magnificar la luz, —dijo Benjamín. En cualquier caso, puedo creer que las medusas ven imágenes. Sin embargo, no estoy tan seguro de que las medusas interactúen o se atraigan entre sí. Y lo de que las medusas vean la evolución, suena a fantasía.

—Bueno, tal vez, pero...

Benjamín no dejó que Ricardo terminara.

—Tal vez que una medusa genera algún tipo de campo eléctrico a su alrededor que afecta las imágenes de las medusas que están a su lado y diferentes medusas generan campos de diferente intensidad, especialmente en cautiverio, o incluso dependiendo del género. ¿Quién sabe lo que está pasando?

—Bien. ¿Pero no podrían ser los campos eléctricos el lenguaje con el que se comunican? Ricardo reconoció que Benjamín tenía puntos válidos y tomó nota para ser cauteloso cuando escribió su manuscrito, pero se decepcionó por la negatividad y la falta de imaginación de Benjamín.

—Por cierto, usé a la Cacteína cuando estaba en La Parguera. Es algo muy especial.

—De verdad. —Benjamín se animó. —¿Cómo te afectó?

—Tal y como dijiste. Me sentí conectada con todo lo que me rodeaba y especialmente con las medusas. Fue como si me hubiera metido en la mente de la medusa. De hecho, me sentí como si fuera una medusa. No estaba drogado ni nada de eso. Es sólo que de repente todos mis datos, los diseños en la pantalla y las sincronizaciones de los patrones de picos, parecían tener sentido. Estaba convencido de que hay mucha interacción entre estas criaturas. La Cacteína me permitió cerrar la distancia.

—¡Grandioso! Eso es lo que creo que hace la Cacteína. Estimula alguna parte aún no descubierta de nuestro cerebro que promueve un tipo de telepatía que puede permitirnos entender sin palabras lo que realmente está ahí. Es una especie de sustancia que mejora la recepción. Creo que puede tener un potencial médico en la psiquiatría. Benjamín hizo una pausa.

—Supongo que sí, —dijo Ricardo.

—Por cierto, —continuó Benjamín, ¿alguna vez añadiste nopal al agua de mar en la que nadaban las medusas? ¿O las inyectaste con el material? Eso sería aún mejor. Si tienen algún tipo de cerebro, como piensas, lo que sea que eso signifique en el caso de las medusas, tal vez la Cacteína las afectaría también.

Ricardo se quedó en silencio. —No. Nunca le di a la medusa la Cactácea. Supongo que estaba explorando mis ideas sobre las medusas.

—Dices que estabas explorando tus ideas sobre las medusas. Pensé que estabas explorando medusas, —dijo Benjamín, sonando de repente agresivo.

Ricardo se sorprendió y se preguntó si su investigación sobre medusas amenazaba a Benjamín como la Cacteína.

Benjamín continuó antes de que Ricardo tuviera tiempo de responder: —¿Dónde planea enviar su artículo para su publicación?

—No lo sé todavía; probablemente la ciencia o la naturaleza.

Benjamín no decía nada.

—¿Qué piensas, Benjamín? Más silencio.

—¿Naturaleza o ciencia? No lo sé, respondió finalmente Benjamín. ¿Qué hay de la Cacteína? No puedes escribir eso antes que yo. Además, me dijo que no debía publicar su uso de la computadora de la NASA hasta que Frank lo hiciera.

Eso era cierto. Tenía que hablar con Frank sobre eso.

—No te preocupes, Benjamín. Mi artículo será sólo sobre los datos que recogí de la medusa. De todos modos, espero que lo leas antes de que lo envíe. Necesito toda la ayuda posible.

—Por supuesto, —respondió Benjamín. Realmente suena interesante.

Capítulo 25

Ricardo trabajó duro durante un mes en la redacción de su artículo sobre las medusas. Se sentía frustrado por haber prometido no presentar el manuscrito para su publicación hasta que Benjamín hubiera publicado la Cacteína y la NASA hubiera anunciado formalmente su nuevo ordenador. Las promesas eran promesas, y Ricardo esperó. Los meses se prolongaron. Durante el intervalo, Ricardo fue mentor de Pearl, cuya investigación finalmente progresaba, y leyó extensamente sobre cerebros, incluyendo los de los invertebrados, y sobre el comportamiento animal en general. La mayoría de lo que leyó sobre los invertebrados había sido publicado al menos veinte años antes, ya que ese tipo de investigación básica había pasado de moda durante algún tiempo. Cuanto más aprendía Ricardo, más se convencía de que sus experimentos revolucionarían las ideas sobre la memoria y que muchos otros invertebrados eran mucho más que «maquinas» como Harold había llamado a las medusas.

El Dr. Topping nunca le preguntó a Ricardo sobre sus experimentos con medusas y Ricardo sabía que no debía tratar de impresionarlo con los resultados. Era mejor mantener un perfil bajo. Había justificado sus peticiones de viaje proponiendo prolongar su investigación previa sobre los factores de crecimiento de la córnea y los genes asociados a la distrofia de Fuch a las medusas, pero se había desviado de esos objetivos. Además, el clima político se había vuelto aún más frígido con respecto a las investigaciones apoyadas por los contribuyentes sin participación de médica directa. Los programas de noticias de Likens habían aumentado de una a dos veces por semana en la televisión en horario de máxima audiencia. Los candidatos políticos altamente conservadores lograron victorias electorales arrolladoras en el Congreso y las legislaturas estatales de todo el país, y estos políticos conservadores prometieron asegurarse de que «cada centavo del dinero de los contribuyentes beneficie directamente al contribuyente y a la salud». Todos los programas de investigación del Centro de la Visión estaban relacionados con al menos una enfermedad común. Incluso las enfermedades raras no estaban bien financiadas ya que el ratio coste-beneficio era demasiado pequeño. Ricardo no estaba de acuerdo con estas tendencias políticas, pero decidió permanecer callado hasta la publicación de su artículo, el cual esperaba que pudiera hacer que la gente volviera a apreciar la investigación básica.

Benjamín finalmente publicó su artículo sobre la Cacteína y la NASA en la computadora. La idea de que la Cacteína pudiera aprovechar una nueva función cerebral que modulase la capacidad de comunicar, despertó entusiasmo en la comunidad científica. La importancia de la proteína para entender la función cerebral y la propuesta de Benjamín – eso de cómo podría utilizarse la proteína para tratar enfermedades psiquiátricas – especialmente la depresión, le dio una aclamación inmediata, y fue elegido para la Academia Americana de Ciencias ese año.

Ricardo llamó a Benjamín en cuanto supo de su elección a la prestigiosa academia. —¡Eso es fantástico, Benjamín! Me alegro mucho por ti. Te mereces esto. Era sincero.

Tan verdaderamente feliz como Ricardo se sentía por su amigo, la elección de Benjamín al estatus de élite de la Academia

Americana cambió la relación entre ellos. Ya no eran iguales profesionalmente. Ese equilibrio de poder había cambiado y Ricardo sintió el cambio de marea. Benjamín se hizo más amigable que nunca, casi condescendiente. Por mucho que a Ricardo le desagradara la sutil tensión que surgía de vez en cuando, cuando habían estado en igualdad de condiciones, era preferible a la suave chapa que se desarrolló con el elevado estatus profesional de Benjamín.

Cuando Benjamín bromeaba sobre convertirse en «miembro de la sociedad de los viejos pedos», Ricardo se reía pero sentía una dolorosa brecha entre ellos. No había manera de que pudiera tomar represalias con una «broma» propia. Se volvió más precavido y consciente de que su amigo más cercano tenía un nuevo poder para beneficiarlo o, potencialmente, dañarlo. Ricardo temía que incluso un comentario despreciativo casual sobre su investigación de medusas por parte de Benjamín a un miembro de la academia, hasta si Benjamín pretendía ser gracioso, podría disminuir su posición profesional. Tener a su mejor amigo en el centro de atención y ligado a la élite científica era un arma de doble filo. Mientras que el apoyo de Benjamín era potencialmente útil, su glamur elevó las apuestas personales del artículo sobre medusas de Ricardo, que ahora se presentaba como su última oportunidad de alcanzar la elevada altura de su amigo. La competencia alimentó su ambición.

Y luego estaba la persistente pregunta de la Cacteína. La publicación de Benjamín había eliminado cualquier duda de Ricardo para discutir sobre la Cacteína en su artículo, pero temía que revelando su uso podría cambiar el enfoque de Benjamín a su trabajo sobre las medusas. También le preocupaba que su uso de la proteína pudiera dañar la credibilidad de sus hallazgos, aunque el artículo de Benjamín afirmaba claramente que no había pruebas de que la proteína causara alucinaciones o ilusiones, y que no funcionaba a través de ninguno de los receptores cerebrales conocidos utilizados por los alucinógenos u otras drogas que alteran la mente, como la mescalina o la LSD.

—Los datos de las medusas apoyan mis interpretaciones, —dijo Ricardo cuando fue presionado por Benjamín sobre por qué omitió a la Cacteína en el borrador de su artículo. —¿No es suficiente?

—La parte de las imágenes de laboratorio que vienen del ojo de la medusa es muy buena, —dijo Benjamín.

—Pero, Ricardo, me preocupa cómo interpretas los sonidos y el comportamiento de las medusas en general. Parece demasiado antropomórfico. ¿Por qué no mencionaste a la Cacteína? La usaste. Si discutieras lo que observaste en términos de Cacteína, tendría más sentido.

—En cuanto a la Cacteína... ¿Estás bromeando? ¿Más sentido? ¿Y eso por qué?

—Extendería mi hipótesis de que la Cacteína se aprovecha de un nuevo compartimento del cerebro que facilita la conexión de las personas entre sí y con su entorno. Sus experimentos extienden esa comunicación de las personas a los animales. Que estos animales puedan ser medusas es extraordinario. Imagina sentir, creer, que estás en la mente de una medusa. Eso es salvaje. Apuesto a que estas nuevas funciones cerebrales afectadas por la Cacteína son la raíz de una serie de perturbaciones mentales. ¿Se da cuenta de las implicaciones? Estaré encantado de comunicarlo a las Actas de la Academia Americana de Ciencias.

Ricardo hizo todo lo posible para echar agua fría sobre la furia que brotaba en su interior al pensar en ser el peón de Benjamín. Este era su turno para hacer brillar su idea y sabía que tenía algo importante, aunque no estuviera directamente relacionado con el alivio de la enfermedad.

—Este artículo es sobre la percepción de las medusas, —
dijo Ricardo, tratando de restablecer su posición, sólo medusas
simples, esos glóbulos que a nadie le importan realmente, hasta
que se publique mi artículo, espero.

—Tienes que mencionar a la Cacteína en algún lugar del
manuscrito.

—No es honesto de otra manera, —dijo Benjamín con
frialdad.

Ricardo supo que Benjamín tenía razón, le agradeció su
opinión y colgó.

¿Por qué Benjamín no entendía lo que sentía?

Capítulo 26

Sabiendo que tenía que tratar con la Cacteína de alguna manera, Ricardo lo mencionó en los agradecimientos al final del manuscrito con la siguiente frase: *Estoy agradecido al Dr. Benjamín Wollberg por su participación en las primeras fases de la investigación, por sus críticas constructivas al manuscrito, y por el regalo de la Cacteína, la cual fue bastante útil para asegurar una estricta vigilancia durante unas cuantas observaciones de toda la noche.*

Ricardo pensó, con reserva, que era una declaración honesta de su uso de la Cacteína. También agradeció a Paul Sing por el «consejo» y a Frank Pizzaro por «la invaluable computadora de la NASA».

Benjamín explotó cuando leyó aquel despido de la Cacteína que Ricardo planeaba presentar para su publicación.

Estricta vigilancia durante algunas observaciones nocturnas... ¡Tienes que estar bromeando!

—¿Qué crees que es la Cacteína, una taza de café? La Cacteína afina las percepciones. Es revolucionario. Deberías aclarar eso en el manuscrito.

Ricardo apretó la mandíbula y entrecerró los ojos, una expresión facial habitual cuando controlaba su ira. ¿No había entendido Benjamín el mensaje de que quería estresar a la medusa, su historia, no al nopal?

Benjamín se echó atrás.

—Mira, Ricardo, creo que tienes un artículo encantador. Original, atrevido. ¿Qué más puedo decir? Es provocativo en un sentido positivo. Pero, de verdad, piénsalo. La Cacteína mejoraría tu artículo y lo vincularía a un nuevo concepto de la función del cerebro humano sin quitarle la atención a la medusa. ¿No lo ves?

Por supuesto que Ricardo lo vio, ése era el problema. La Cacteína reforzaría significativamente a Benjamín y su investigación, especialmente su nueva visibilidad. Pero no podía confesarle lo celoso que estaba de él, pues quería el mismo reconocimiento. ¿Cómo iba a admitir eso? Fue el mismo dilema que tuvo cuando se sintió incapaz de decirle a Papi hace tantos años, que su deseo era ganar el Premio Nobel. Ciertos secretos no han de ser revelados.

—Mi artículo no se supone que sea 'encantador', como dices, o sobre la Cacteína, contestó Ricardo. Es sobre las medusas y la evolución de la memoria, incluyendo nuevos conceptos de la memoria. Necesito enfatizar eso.

—¿A quién más le has mostrado este artículo?

—En realidad, nadie más que tú, —admitió Ricardo.

—Bien, pues dáselo a Frank Pizzaro o a Pearl, aunque puede que esté demasiado intimidada para decir lo que realmente piensa. Considera lo que piensa alguien más.

Benjamín tenía razón. Le dio el artículo a Frank Pizzaro y a Paul Sing. Una semana después Paul volvió a Ricardo y dos días después Frank llamó. Así como lo temió, cada uno de ellos tenía diferentes reservas.

Paul, que tenía una inclinación por las humanidades, pensaba que algunas partes del artículo eran científicamente interesantes, pero en general era demasiado «novelístico».

—¿Novelístico? Ricardo quedó desconcertado.

—Sé que suena extraño. La escritura es exquisita, inusual para un científico, casi demasiado buena, tan raro como suena, y es muy amplia. Pero me hace pensar que te has preocupado más por la prosa que por la ciencia. El título es un ejemplo: *Medusa: Derramando luz sobre la materia oscura de la evolución, la emoción y la memoria.* La palabra «medusa» atraerá a todos tipos de biólogos, ecologistas e incluso a legos hacia los animales marinos, pero «arrojar luz» no deja claro si se trata de un artículo experimental, teórico o filosófico, y comparar a la medusa con «materia oscura» confunde la biología con la astronomía o quizás incluso con el espiritualismo. La evolución, la emoción y la memoria cubren casi todo. ¿O sea, de qué se trata exactamente este artículo?

Ricardo escuchó pacientemente a pesar de que parecían críticas absurdas. —¿Y qué pasa con la Cacteína?, preguntó al fin.

—¿Cacteína? Oh, sí. Lo mencionó en los agradecimientos. Es el compuesto de nopal de Wollberg, ¿verdad? Apareció recientemente en la columna de Nuevos Hallazgos en la Naturaleza, ¿no es asi?

—Sí lo es.

—Cosas realmente fascinantes. Podrías enfatizar más eso, pero no sé mucho sobre Cacteína.

Ricardo le agradeció a Paul su opinión.

Frank tenía una opinión diferente. — Si me gustó un poco, pero...

—¿Pero qué? —Ricardo preguntó.

—Me gustó la sección en la que las medusas ven imágenes de su entorno. ¿Quién lo hubiera adivinado? ¡Medusas! Tus datos me convencieron, por cierto. ¿No es una gran computadora esa? Podrías haber subrayado su novedad ahora que se ha publicado.

Ricardo ignoró el hecho de que Frank, como Benjamín, veía el mundo en sus propios términos. Después de todo, él, Ricardo no era muy diferente. Y estuvo de acuerdo en eso de que esos datos que mostraban que las medusas ven imágenes eran tan sólidas como una roca. Benjamín también estaba convencido.

—Pero, continuó Frank, eso de que las medusas se reconozcan y se relacionen entre sí… pues, lo veo un poco exagerado.

—De todos modos, es bastante sorprendente, ¿no? —Ricardo preguntó, con orgullo en vez de lo opuesto.

—¿Qué pasa con las medusas que ven la evolución? preguntó.

—¿Realmente piensas dejarlo en el artículo?

—Claro. Eso es...

Otra ves la voz de Lilian. *Escucha* más…

Había pedido la opinión de Frank, y ahora debería escucharla. No tenía que cambiar el manuscrito si no quería. Había reunido los datos honestamente a través de la experimentación sin expectativas preconcebidas y se sorprendió a sí mismo con los resultados. Esperaba que sus colegas conservadores se opongan a la noción de que las medusas interactúan entre sí y visualizan la evolución. Esos eran conceptos nuevos. Rechazarían cualquier cosa que elevara a las medusas por encima de un globo de protoplasma y agua.

—¿Eso qué es? —preguntó Frank.

—Útil, —respondió Ricardo. Gracias por leer el manuscrito. Pensaré en los comentarios e intentaré abordarlos.

Ricardo no sabía qué hacer. Paul dijo que sonaba demasiado como una novela, Frank quería subrayar su computadora y desechar las partes sobre medusas interactuando y visualizando la evolución, y Benjamín quería hacer propaganda de la

Cacteína. Decidió mostrárselo a Pearl después de todo. Era joven pero inteligente. Esperaba que como no era una científica experimentada no se viera amenazada por las realidades políticas y que no fuera a concentrarse en si misma.

—Oh, sí, me encantaría leer su manuscrito, —dijo Pearl al día siguiente. Con gusto. Lo leeré esta noche.

Ricardo sonrió. —Esta noche está bien. Gracias, Pearl.

Al día siguiente, Pearl dijo que le encantó, que le encantaba el artículo.

—Está muy bien escrito y es asombroso, dijo. ¿Por qué crees que las medusas se juntan sólo en un lugar del pantano? Y se atraen entre sí. ¡Qué grandioso es eso!

—¿Qué hay de la parte de la evolución, Pearl? ¿Qué opinas de que las medusas vean la evolución?

—Es una interpretación muy imaginativa de los datos. No lo sé. Sin duda es novedoso, pero confieso que es difícil de entender la forma en que funciona. ¿Realmente crees que es verdad?

—Creo que sí, sí. Y Cacteína. Ya sabes, el extracto de nopal ese que mi amiga la Dra. Wollberg descubrió, del me aproveché un par de veces. ¿Te preocupaba eso?

—¿Apareció la Cacteína en el artículo? ¿Lo usaste?

—Muy poco. La probé... la mencioné en mis agradecimientos.

—Debo haberme perdido. No sé nada sobre la Cacteína. ¿Hay algún problema con ella?

—No. Benjamín afirma que sólo agudiza aun mas los sentidos a lo que está ahí.

—Oh. En cualquier caso, creo que su artículo es muy interesante y debería dar a la gente mucho en qué pensar. Gracias, Pearl.

Esa tarde Ricardo escuchó a Pearl decir que su artículo era salvajemente imaginativo y ella esperaba que un día fuera capaz de hacer «cosas divertidas» como esa.

Ricardo modificó su manuscrito para enfocar más en la naturaleza especulativa de sus interpretaciones. Sostenía que las medusas interactúan entre sí y visualizan la evolución. Sin embargo, también sostuvo que fueron nuevos conceptos, potencialmente importantes, y qué debían estudiarse más a fondo. Luego le preguntó a Benjamín si podía echarle un vistazo más al artículo – en realidad era su opinión la única que Ricardo valoraba.

—Sólo estoy tratando de interpretar datos *creativamente*, —enfatizó Ricardo. Benjamín aún pensaba que Ricardo debería limitar su artículo al simple hecho de que las medusas pueden ver imágenes.

—Pasamos siglos sin creer que el mundo giraba alrededor del sol solo porque *parecía* que el sol giraba alrededor del mundo. El siglo pasado, los científicos se sorprendieron cuando descubrieron que los genes individuales se comprendían de secuencias de ADN desconectadas. Un gen compuesto de trozos y piezas contradecía todo lo que pensaban entonces, pero resultó ser así.

Ricardo luchaba por no atravesar la delgada línea entre ser terco y persistente.

—Vamos, Ricardo, ya es bastante difícil conseguir que alguien preste atención a las medusas hoy en día. ¿No crees que es mejor jugar con cuidado? ¿Por qué dar a alguien la munición para herirte o para seguir menospreciando la investigación básica? Benjamín hablaba como un amigo, no como un revisor científico.

Ricardo suspiró dudosamente. —Probablemente tengas razón, Benjamín. Estoy bien al tanto con los problemas de hoy.

Pero a pesar de todo, Ricardo creía que las medusas eran mucho más complejas de lo que nadie imaginaba, que sus datos sugerían que las medusas interactuaban la una con la otra, y que era posible que almacenaban memorias de forma completamente extranjera a los científicos. ¿Y porque no podrían tener memorias de la evolución?

Que no era la DNA un repositorio de la evolución y que no era posible que esas memorias se podrían expresar como «genes programadas». Si fuese cierto, el quería todo el crédito, y la única manera de obtenerlo era de publicarlo primero. A su edad, ya se le acababan las oportunidades.

—Mira, Benjamín, tal vez no lo tengo muy claro, pero algo importante ocurre con estas medusas. Estoy convencido de que las medusas tienen una especie de cerebro. Por supuesto que aún no las entendemos, ¿cómo podríamos? Apenas sabemos nada de ninguna especie que viva en nichos que son inhabitables para nosotros. Usé la mejor tecnología informática posible y sin prejuicios. Sólo estoy haciendo una historia interesante con los datos que he obtenido. No he inventado nada. Si algunas personas no confían, que así sea. ¡Pero no puedo imaginar que no haya muchos científicos que estén interesados en ella, y hacen muy bien! La ciencia entera se compone de historias creadas a partir de observaciones y datos, y todas estas historias se modifican en el tiempo con la nueva información. La ciencia no es sólo una colección de supuestos hechos. La ciencia es un trabajo en progreso. No puedo decirles cuál será la historia de la medusa en el futuro. Pero puedo decir que mi historia de la medusa comienza un nuevo capítulo, y pronostico que la historia será una vuelta de página.

Ricardo estaba convencido. No la podría haber dicho de forma más directa. Puede que tuviera sus peculiaridades, pero no era estúpido ni ingenuo. Era un científico honesto que estudiaba la naturaleza, y llevaba mucho tiempo haciéndolo.

Benjamín miró con ojos suaves a su amigo. —Lo sé, Ricardo, —dijo. —Y estoy contigo.

Aún recordaba lo mucho que Ricardo le había impresionado con su imaginación y entusiasmo – su humanidad – cuando se conocieron hace muchos años, y Ricardo seguía siendo el hombre que era entonces. Tenía ese genio para ver más allá de los detalles.

—Es un artículo fascinante, —dijo Benjamín. —Y estoy de acuerdo en que ha suavizado las especulaciones. Veamos qué pasa.

Por mucho que Ricardo quisiera que su trabajo sobre medusas se publicara en una revista científica prestigiosa, no se lo pidió a Benjamín que se lo comunicara a las Actas de la Academia Americana de Ciencias. Evitó acudir al éxito de Benjamín para su propio avance. Orgullo. Vanidad. Envidia. Tal vez todas.

Los editores le devolvieron el manuscrito a pocos días después, indicando que le faltaba el interés general. Los editores de *Cell and Neuron* opinaron que el artículo era demasiado prematuro. *Brain Research*, una revista relativamente nueva, declaró que sería más adecuada para una revista menos especializada o para una de biología marina. Un revisor escribió: ¿Realmente cree el autor que las medusas tienen cerebro? Sería difícil llegar a esa conclusión sin los controles apropiados. ¿Y cuáles serían esos controles? Todos los editores se quejaron de que el artículo no tenía importancia médica. En cuanto a las medusas que visualizan la evolución: «bastante ridículo» parecía ser el consenso.

La única crítica que Ricardo halló sustantiva fue aquella de la falta de controles. Pero ni el propio editor parecía saber de que se trataba el control adecuado para estos experimentos. Se puede probar el efecto de drogas con análisis comparativa, pero ¿Cómo se determina si las medusas se atraen, o si una medusa puede ver la evolución? Además, los controles podrían ser engañosos. Por ejemplo, muchos estímulos pueden activar un óvulo no fertilizado en ausencia de espermatozoides, pero eso no significa que un espermatozoide no sea el activador natural del desarrollo embrionario.

Decepcionado, pero no derrotado, Ricardo decidió presentar su manuscrito a *Observation and Discovery*, una revista de gran circulación y popularidad. Allí si fue aceptado rápidamente.

A diversos lectores les atrajo la ambigüedad del título, la prosa elegante y las ideas imaginativas del artículo. La noticia del artículo se diseminó como un incendio forestal en una tormenta de viento hasta llegar a los no-científicos. Sin embargo, a Ricardo le pareció que sus compañeros ignoraban el artículo. La publicación nunca surgió en conversaciones ni recibió preguntas ni solicitudes para más información, lo que solía engendrar un buen artículo. Ricardo se dio cuenta de que sus colegas, aquellos que se enorgullecían de estar agobiados por el trabajo y sin tiempo libre, ni la habían visto. Aún mas temía que ellos habían leído el artículo y que lo habían rechazado. Cuál sea la verdad, que sus colegas lo ignoraran le dolía.

Capítulo 27

Los meses después de la publicación pasaron sin tormentas de protesta ni olas de interés. Su amada medusa no había conmovido al mundo.

—Dejen que los perros dormidos descansen, —aconsejó Benjamín a Ricardo un día juntos en la reunión anual de la academia.

Estaban cenando en Le Vieux Logis, un lindo restaurante francés antiguo, cuando Benjamín sorprendió a Ricardo. —Sabes, Ricardo, fui un poco duro contigo antes de que publicaras tu trabajo sobre las medusas. Siento haber sido tan escéptico. Me siento pésimo por eso.

—¿En serio? —¿Lo decía en serio o acaso aquel que navegaba tanto éxito profesional, sólo intentaba darle un empujón?

—En serio, —contestó. —Y te diré algo más. Envidiaba tu coraje. Quiero decir, rechazar el establecimiento, dejar vagar tu imaginación, expresarte como un verdadero artista, así como un científico. Siempre he respetado eso en ti.

Ricardo pensó en su mentor difunto, Vince Salisbury. Lo echaba de menos. —No me avanzó nada. Tal vez nací en el momento equivocado.

—Dale tiempo. Nunca se sabe. ¿Recuerdas la hipótesis precipitada sobre el realismo que tenia tu padre?

—¿Qué quieres decir?

—Tal vez tus ideas de hecho son correctas, sólo prematuras. A veces las ideas se adelantan a su tiempo. Prematuras. No nos convertimos en humanos por la onda de una varita mágica. Evolucionamos desde algún lugar. Recordar, pensar y sentir debe haber comenzado hace mucho tiempo. Tu evidencia, y es una especie de evidencia, de que las medusas contienen las semillas de una mayor actividad cerebral de alguna forma... es... no sé... audaz. Has abierto la puerta. Nada está claro de inmediato. Las ideas evolucionan igual que la vida. Te admiro a ti y a tu trabajo, Ricardo. De verdad que sí. Tienes agallas e imaginación.

Ricardo se quedó sin palabras. Sus ojos se humedecieron. Benjamín era un amigo leal. Lo amaba. Si tan solo pudiera decirle eso.

En cambio, dijo, —Bueno, tú hiciste lo mismo, con tu cactus y tu cactus. Felicitaciones para ti.

—Tuve suerte.

Ricardo no respondió.

—Entonces, ¿vas a perseguir medusas? —Benjamín continuó, mientras cortaba otro bocado de su plato de pato. —Todavía no sabemos cómo responderían a la Cacteína.

—Es verdad. ¿Quieres colaborar en eso?

—Por principio, sí, naturalmente. Pero... bueno... estoy muy ocupado. Estoy escribiendo dos propuestas de subsidios, tengo investigaciones en curso, y dos ensayos clínicos con compañías farmacéuticas para ver qué efecto tiene la Cacteína en la depresión y la enfermedad bipolar. Además, los nietos están ocupando mucho tiempo, y Mattie dice...

—Agarro la onda, —interrumpió Ricardo. —Tal vez debería retirarme cuando Pearl se vaya. Va muy bien. Su trabajo podría ser útil para tratar córneas heridas. ¿Quién sabe?

Después de informar de sus hallazgos en la conferencia regional de ojos, le ofrecieron tres puestos de trabajo en el sector y dos en facultades de medicina.

—¿Qué va a hacer?

—Lo está pensando. Tiene recursos para quedarse un año más en mi laboratorio, lo cual podría hacer. Marcus estaba entusiasmado con sus resultados cuando me reuní con él para discutir el presupuesto. Me pidió que escribiera un párrafo sobre su trabajo para presentarlo al congreso.

—¡Los problemas de córnea son mucho más vendibles que las medusas! —Lo sé. Pero, no te lo vas a creer.

—¿Qué?

—¿Cuándo estaba en la oficina de Topping, adivina lo que vi en su escritorio?

—La Biblia.

Ricardo se rió. —No, una copia de *Observation and Discovery*. Estaba abierto a mi artículo, y hasta tenía partes subrayados.

—¿Estás seguro?

—Sin duda. Así que se lo mencioné. —Sí. ¿Qué dijo?

—Que había leído mi artículo... dos veces... y que...

—¿Dos veces? ¿Y? ¡Ándale!

—¿Oye, pero porque tanta prisa? Todavía le gustaba burlarse de el después de tantos años de amistad.

—Y, —Ricardo se detuvo para un sorbo de agua. —Le gustó. Dijo que era imaginativo, brillante, y que yo era un innovador. Parecía sincero. Me dijo que coleccionaba gusanos cuando era niño y siempre se preguntaba si pensaban en algo. Incluso conocía el libro de Darwin sobre gusanos. La vida está llena de sorpresas.

—Eso es fantástico, Ricardo.

—Eso es lo que me vuelve loco de Marcus, —continuó Ricardo.

—¿Qué?

—Su pequeña necesidad de poder me enfurece, pero cuando estamos juntos, es amistoso e inteligente y me cae bien. ¡Es esquizofrénico!

Benjamín sacudió la cabeza. —Complicado, ¿que no? Hay más.

—Sigue.

—Después de charlar unos minutos, dijo que como le gustaría poder financiar alondras como mi medusa. ¡Alondras! ¡Puedes creerlo! Busqué «alondras» en el diccionario. Una de las definiciones era 'juegos tontos'. Otra era 'juego travieso'. ¡Tonterías! ¡Juego travieso! Dijo que como director tenía responsabilidades sociales. Así que ahí lo tienes.

Benjamín dejó que Ricardo se desahogara.

—En cualquier caso, ni siquiera estoy seguro de lo que haría con ellas ahora. —Ricardo hizo una pausa. —Gracias por escuchar, Benjamín. Te lo agradezco.

—Hablando de escuchar, ¿quieres oír los últimos chismes? —Siempre, dijo.

—Tu primer mentor, Richard Winelly, ¿recuerdas? El señor chillón, casado con cuatro hijos. Ha tenido una aventura con Linda McElroy.

—¿Quién es Linda McElroy?

—¿No lo sabes? Es la joven que trabaja en la enfermedad de Gilbert. Acaba de entrar en la Academia.

—De verdad... —dijo, sin mucho entusiasmo, más para cubrir su sentido de insignificancia por haber sido repetidamente excluido del círculo íntimo que por preocuparse de con quién se acostaba Winelly o de la carrera de Linda como-se-llame.

—Yo invito la cena, —Benjamín se ofreció cuando el camarero trajo la cuenta.

—Hagámoslo al cincuenta por ciento, —insistió Ricardo, y sacó su tarjeta de crédito.

Compartieron la cuenta. Benjamín regresó a su hotel y Ricardo se fue a casa preguntándose cómo afectaría la Cacteína a las medusas y qué edad tenía Linda McElroy.

Ella tenía 42 años.

Capítulo 28

Benjamín le envió un correo electrónico a Ricardo tan pronto como regresó diciéndole que le urgía hablar con el.

—Entonces, ¿de qué se trata todo esto, Benjamín?

—Es Randolph Likens, el agitador de la chusma con el programa de televisión, *Su Dinero/Su Salud*.

—Qué imbécil. Incluso el nombre de Likens volvía loco a Ricardo. —Está decidido a destruir la investigación básica, pero no es el primer oportunista que empiece una caza de brujas. Entonces, ¿qué hay de nuevo en él?

—Mis colegas de la Academia están muy nerviosos. La gente está enfadada, más allá que por la economía, y eso se traduce en votos. Likens está ganando terreno con los políticos. Es peligroso.

Benjamín no tenía por costumbre hablar negativamente, así que Ricardo escuchó atentamente.

—En otras palabras, Ricardo, no descarte a Likens demasiado rápido. Ricardo, muy consciente de la actitud anticientífica que prevalece, no podía creer que mucha gente en los Estados Unidos ni siquiera creía en la evolución.

—Da miedo, Ricardo. ¿Has estado siguiendo la campaña de reelección de Henry Wiggler?

—Es tu representante en Minnesota, ¿no? —Correcto. Escuchen esto.

Benjamín le dijo a Ricardo cómo Wiggler había reprendido la investigación básica en un discurso de campaña. —La audiencia aplaudió cuando Wiggler acusó a los científicos básicos de haber malversado fondos federales. Su lema de campaña es «Guerra contra el fraude». Cuando terminó, todos empezaron a cantar al unísono: «Guerra contra el fraude, guerra contra el fraude». Me dio escalofrío.

—¿Guerra contra el fraude?

—Estoy preocupada, Ricardo. ¿No te advertí sobre viajar a La Parguera con los fondos del laboratorio? Recolectar medusas en Puerto Rico podría parecer una vacación a expensas del gobierno. No eres exactamente un nombre muy conocido. Ninguno de nosotros lo es. Pero usted es muy conocido en el campo de la visión, y eres un científico establecido del gobierno. Podrías ser un objetivo ideal para Likens.

Ricardo permaneció en silencio. ¿Era posible que estuviera realmente en problemas?

—Y escucha esto, Ricardo. Wiggler dijo que apoyaba a Likens en su esfuerzo por frenar la investigación irrelevante.

—¿Una investigación irrelevante qué significa? —Ricardo preguntó, apretando el auricular del teléfono.

—Creo que lo entiendes. —¿Es irrelevante la investigación sobre nopal?

—Vamos, Ricardo. Sabes que estamos haciendo pruebas clínicas para ver si la Cacteína se puede usar como tratamiento para la depresión. ¿Cuánto más relevante puede ser eso? Además, no usé el dinero del gobierno para colectarlo, ni nada de eso.

Antes de que Ricardo pudiera responder, Benjamín se ablandó.

—Mira, estoy de tu lado. Creo que podríamos precipitando dificultades aún mayores. No soy un profeta, pero podrías empezar a pensar en una respuesta si Likens empieza a acosarte.

Por supuesto que podía rebatir a Likens. ¿Adónde iba a llegar el mundo cuando un científico creíble temía buscar respuestas a importantes cuestiones biológicas?

—¿Ricardo? ¿Me estás escuchando? Di algo.

—¿Qué quieres decir con «mayores dificultades» —Ricardo dijo, preocupado de ya saber la respuesta, y aún buscando la seguridad de que hasta las «mayores dificultades» no serían tan malas?

—No sé, Ricardo. Mala publicidad, tal vez incluso problemas legales. Es como si estuviéramos a la orilla del agua en una playa poco profunda y la marea alta se precipitará.

A Ricardo le temblaban las manos. En realidad, no tenía idea de cómo prepararse para la posibilidad de que Likens lo atacara. Eso no podía suceder, ¿verdad? No había hecho nada malo, ¿verdad?

Capítulo 29

Ricardo esperaba que Benjamín exagerara la amenaza de Likens. Entonces un día en el baño, Ricardo oyó hablar a dos postdoctorados.

—Oye, ¿has visto el editorial del *Post* hoy sobre la ciencia básica?

—¿Quién tiene tiempo para leer todo eso?

—Se trataba de la financiación del gobierno para la investigación. —¿Ah, ¿sí?

—Un tal Likens dijo que debería haber más supervisión sobre los científicos básicos. Aparentemente está furioso por fondos del gobierno desperdiciados en investigaciones irrelevantes. Apuntó a dos bioquímicos de la Universidad de Utah que salieron a esquiar con el dinero de sus becas, alegando que estaban planeando experimentos.

—Fueron bastante tontos al intentar un numerito semejante en esta economía.

—Tienes razón. Pero ¿conoces a Ricardo Sztein al final del pasillo? —Por supuesto.

—Su asistenta de laboratorio, me dijo que viajó a Puerto Rico para realizar un proyecto de investigación sobre medusas, y concluyó que ven la evolución, o algo así. Sonaba raro. Lo publicó en una revista laica de la que nunca he oído hablar.

Observation and Discovery, creo. De todos modos, Sztein me vino a la mente cuando leí el editorial de Likens en el Post.

—Extraño. Pero ¿y qué? Yo también iría al soleado Puerto Rico si estuviera en su posición. Admito que parece extraño y un poco solitario. Rara vez lo veo en los seminarios. Supongo que se está haciendo viejo. Pearl está haciendo cosas muy interesantes en la córnea. Tal vez se retire pronto.

¿Extraño? ¿Recluso? ¿Viejo? ¿Retirarse pronto? Cuando Ricardo volvió a su oficina, buscó el artículo en línea. Fue aún más condenatorio de lo que había insinuado. El último párrafo elogiaba a Wiggler y su «Guerra contra el fraude» y predecía que los científicos de Utah eran sólo el principio. Likens acusó a los científicos básicos de «deshonestidad desenfrenada», y llamó a lo que hicieron con el dinero de los contribuyentes «robo descarado». La última frase del editorial sacudió a Ricardo: *Es hora de enjuiciar a los científicos por el escandaloso gasto de los dólares de los contribuyentes en proyectos científicos oscuros e irrelevantes.*

Ricardo llamó a Benjamín de inmediato.

—Lo sé, —dijo Benjamín. —Lo he leído.

—¿Todavía crees que Likens me va a atacar? —Ricardo le preguntó en voz baja. Finalmente entendía la seriedad de su preocupación.

—Tal vez debería discutirlo con el Topping. Después de todo, él aprobó tus viajes a La Parguera.

—Tal vez. Pero, no quiero dar la impresión de que me siento culpable. Ricardo no creía haber hecho nada malo, pero tenía que admitir que exageró la justificación de su último viaje a La Parguera.

—Sabes que estoy cien por ciento a favor de la investigación básica, dijo Benjamín. —Su material de medusas es original y potencialmente importante. Pero no soy la persona a la que tienes que convencer. Tienes que tener cuidado, Ricardo. La torre de marfil se ha desmoronado.

Dos meses después Ricardo encontró una carta del Departamento de Justicia en el buzón de su casa. La sangre salió de su cara y sus rodillas se debilitaron. Con un fuerte suspiro abrió el sobre. Una citación le ordenó presentarse en el juzgado de Baltimore para una audiencia del Gran Jurado sobre el mal uso del dinero de los contribuyentes.

La pesadilla se había hecho realidad.

Ricardo estaba demasiado nervioso para hablar con alguien de inmediato. A la mañana siguiente buscó los procedimientos del Gran Jurado en Internet. Debido a su aumento, los juicios del Gran Jurado, sobre todo los de evasión de impuestos, se habían simplificado. No se requería mucho más para concluir que había suficiente causa para un juicio penal. El fiscal solía ser un Fiscal Adjunto de los Estados Unidos, como en el pasado, pero ese Fiscal podía ahora designar a otro abogado en su lugar para evitar demoras. Los testigos se utilizaban con moderación, ya que los acusados los reservaban para el juicio penal, si era necesario. El interrogatorio no solía durar más de uno u, ocasionalmente, dos días. Algunos dijeron que los juicios del Gran Jurado se habían erosionado hasta convertirse en tribunales canguros.

Ricardo llamó a Benjamín.

—Dios mío, Ricardo, son noticias horribles. A pesar de mis temores, nunca creí que fueras a ser el objetivo. Sólo pensé que deberías protegerte de los buitres como Likens. Estoy seguro de que serás absuelto. Eres un científico serio con muchos logros. Y tu investigación básica sobre medusas es... qué puedo decir... alucinante, hablando en serio. Yo respondo por ti. Puedes contar conmigo.

—Gracias.

—Lo digo en serio, —dijo Benjamín. —Ya lo sabes. ¿Tienes abogado?

—Conozco uno. David Lass. Nos ayudó a Lillian y a mí hace un tiempo. Lo consultaré.

—Bien. Mantenme informado, ¿vale? Buena suerte, viejo amigo.

Aunque David Lass estaba a punto de retirarse, aceptó ayudar a Ricardo ya que los juicios del Gran Jurado se habían vuelto notoriamente cortos. Ricardo solicitó una licencia del Centro de Ciencias de la Visión para preparar el juicio.

—Por supuesto, —dijo el Dr. Topping. —Siento que tenga todos estos problemas. Espero que vuelvas pronto.

—Eso espero, —dijo Ricardo dócilmente. Luego, recordando el consejo de Benjamín de probar la lealtad del Dr. Topping, Ricardo le preguntó si estaría dispuesto a recalcar que sus viajes a Puerto Rico fueron aprobados por su validez científica.

El Dr. Topping apretó la mandíbula y entrecerró los ojos. —No tuve ningún problema con su viaje inicial. Eso fue claramente una extensión de su investigación corneal, aunque involucraba medusas. Aprobé el segundo viaje, tal vez demasiado rápido, porque usted dijo que el trabajo progresaba bien y que necesitaba más muestras de medusas para completar el trabajo. Sin embargo, para ser honesto, yo era escéptico.

Ricardo se preguntaba por qué el Dr. Topping sentía que necesitaba especificar cuando está siendo honesto.

—En cuanto al tercer viaje, continuó, —estaba fuera de la ciudad cuando hizo la solicitud. Mi asistente lo aprobó. Cuando volví era demasiado tarde para hacer algo al respecto. Ciertamente no esperaba que su investigación se aventurara en tales especulaciones insustanciales.

El tono del Dr. Topping era frío y perturbador, y dejó a Ricardo sin saber hasta qué punto el Centro de Ciencias de la Visión le apoyaría.

Durante las siguientes semanas Ricardo se preparó para el próximo juicio, o «inquisición» como él lo llamaba, con David Lass. David instruyó a Ricardo para que relacionara sus motivos con cuestiones médicas tanto como fuera posible, en lugar de argumentar la importancia de la investigación básica. Ricardo dijo que haría todo lo posible. Pasó noches sin dormir y perdió siete libras.

Cuando llegó el día del juicio, Ricardo viajó a Baltimore con David, consumido por la ansiedad y la rabia reprimida, petrificado un minuto, seguro al siguiente. El fiscal era un hombre de unos treinta años máximo que fue elegido por el asistente del Fiscal General de los Estados Unidos. Ricardo no sabía si era una señal buena o mala cuando escuchó al fiscal decir a un colega: «No creo que esto dure mucho». Cuando la audiencia comenzó, el joven fiscal mostró una cara severa. —Entendemos, Dr. Sztein, que usted viajó a La Parguera, Puerto Rico tres veces para recoger ojos de medusa: una en junio de hace dos años, una en mayo del año pasado y otra en julio de este año. ¿Es eso correcto?

—Sí, señor.

—Hermoso destino, La Parguera. Para estudiar los ojos de medusa, ¿correcto?

—Sí, también.

—Fascinante, que las medusas tengan ojos.

Ricardo asintió. Notó que varios miembros del jurado parecían interesados en el hecho de que las medusas tenían ojos. Hasta ahora, todo bien, pensó.

—¿Y el Centro Científico de la Visión pagó los viajes?

—Correcto, respondió Ricardo en voz baja, la preocupación de Benjamín pasando por su mente.

—¿Para avanzar en sus estudios sobre la distrofia de la córnea de Fuch? El fiscal había hecho su tarea.

Ricardo se limpió el sudor de la frente con el dorso de la mano y explicó de forma práctica que buscaba precursores evolutivos en medusas de grupos de genes asociados a la distrofia de Fuch que había identificado en ratones.

—¿Encontraste estos precursores?

—No es sencillo identificar los genes de forma concluyente, dijo Ricardo de forma evasiva.

—Estoy seguro. ¿Siguió buscando estos genes durante los siguientes viajes a La Parguera?

—Sí, pero surgieron preguntas aún más interesantes. Ricardo estaba ahora sudando profusamente. Consideró dar detalles, pero David le había dicho que no dijera nada más que respuestas directas a las preguntas.

El interrogatorio continuó. —¿Estos estudios más interesantes eran sobre la percepción y la memoria de las medusas? Ricardo arañó la cicatriz de Mulligan en su mano, un tic nervioso.

—Siempre surgen nuevas preguntas en la ciencia básica. Sí. Hice observaciones emocionantes que sugieren que las medusas tienen un tipo de cerebro y una memoria. Se demoró un momento. —Las observaciones inesperadas a menudo conducen al progreso.

El fiscal frunció el ceño. —¿Progreso? ¿Qué progresos ha hecho de sus viajes a La Parguera?

—Se necesita más investigación para hacer un buen seguimiento de mis observaciones, pero abren nuevas perspectivas para la investigación. Sin embargo, ahora estoy ocupado en mi investigación sobre la córnea con ratones, lo que tiene implicaciones médicas para el tratamiento de las lesiones corneales, —dijo, tratando de convencer al jurado que él se interesaba principalmente en la investigación médica.

—Así que la investigación de las medusas no llegó a ninguna parte. ¿Es eso correcto?

Ricardo sacudió la cabeza lentamente de lado a lado y miró al jurado.

—Las nuevas oportunidades son el progreso, señor. Lleva tiempo, normalmente años.

El fiscal cruzó la habitación mirando fijamente al piso, se frotó la barbilla y cambió el tema. —¿Por qué eligió ir a La Parguera? ¿No pudo obtener los ojos de medusa en el acuario de Baltimore? Eso habría sido mucho más cercano y menos costoso.

—¿El acuario de Baltimore? No creo que tengan la especie de medusas con ojos complejos, es decir, ojos con lentes y córneas, que yo necesitaba. No todas las medusas tienen ojos complejos, señor. Están casi exclusivamente restringidas a las cubomedusas, y algunas de ellas se encuentran en el manglar de La Parguera. Una especie diferente de medusa con una toxina peligrosa y ojos complejos existe en la Gran Barrera de Coral en Australia, pero eso habría sido mucho más caro de perseguir. Y, Harold Freeman, un experto en medusas de la facultad de la Estación Marina de La Parguera, se ofreció amablemente a ayudarme a recolectar cubomedusas en el manglar.

—¿Harold Freeman es un profesor de la Universidad de Puerto Rico?

—Sí, señor. No ha publicado mucho así que no es muy conocido, pero ha vivido mucho tiempo en Puerto Rico.

—No se ha publicado mucho. Ya veo. Un residente veterano de La Parguera.

—Ricardo suspiró, exasperado de no poder responder a ninguna pregunta de manera que el fiscal no la torciera para hacerla parecer inconfiable. Echó una mirada a David, que movió ambas manos, con las palmas hacia abajo, para indicarle que se relajara.

—Sí, señor, —dijo Ricardo con voz tranquila. —Harold Freeman es originario de Nebraska. Se casó con una puertorriqueña y se quedó en La Parguera.

—¿Viajaste a La Parguera solo?

—Mi colega, el Dr. Benjamín Wollberg de la Facultad de Medicina de la Universidad de Minnesota y miembro de la Academia Americana de Ciencias me acompañó en el primer viaje. Ricardo esperaba que el prestigio de Benjamín ayudara a su caso.

—¿Financió su escuela de medicina su viaje? ¿O lo hizo la Academia Americana de Ciencias?

Ricardo demoró. —No. Él lo pagó personalmente. La investigación del Dr. Wollberg está menos conectada con las medusas que la mía.

—Y los ojos de medusa que recogió: los analizó en su laboratorio del Centro Científico de la Visión con fondos federales de investigación. ¿Es eso correcto?

—Sí, señor. Toda la investigación en mi laboratorio está financiada por el gobierno.

—Debes haber encontrado algo interesante ya que regresaste dos veces a La Parguera para obtener más rhopalia.

A Ricardo le impresionó que su inquisidor supiera lo de Rhopalia, pero no pudo explicar la naturaleza de su investigación a alguien que no tenía ni idea de cómo se realiza realmente la investigación y esperaba resultados rápidos.

—¿Dr. Sztein?

—Sí, lo siento. He encontrado un gen de medusa que muestra una relación parcial con uno de los dos genes de ratón que mostré que están asociados con la distrofia de Fuch.

El fiscal se dio la vuelta y dijo en voz baja: —Un gen, parcialmente relacionado. Luego se enfrentó de nuevo a Ricardo y le preguntó: —¿Sigue la Dra. Wollberg involucrada de alguna manera en su investigación sobre medusas?

—Está muy preocupada con muchos becarios postdoctorales y viaja mucho dando conferencias y haciendo cosas para la Academia.

—Ya veo, —dijo el inquisidor. —Está atada a sus responsabilidades y compromisos.

—Sí, señor.

—Sólo por curiosidad, Dr. Sztein, ¿qué tan similar es un ojo de medusa a un ojo humano?

—Se ve notablemente similar y parece compartir muchas propiedades bioquímicas para la visión, pero por supuesto tienen diferencias. Por ejemplo, tanto los humanos como las medusas tienen lentes transparentes, pero las principales proteínas de las lentes, que se llaman cristalinas, son diferentes en los humanos y en las medusas.

De repente Ricardo se arrepintió de haber mencionado las diferencias. David le había advertido de que no dijera nada más de lo necesario.

El fiscal se dio cuenta. —Entonces, ¿dirías que estás exagerando la conexión entre las medusas y los humanos?

—No, señor. Muchas especies tienen diferentes cristales en sus lentes, mientras que la mayoría de sus otras proteínas del ojo se conservan y sus ojos son bastante similares.

—¿Conservado?

—Lo mismo, no ha cambiado significativamente durante la evolución. —Ya veo. Pero...

—¿Puedo continuar, por favor? —dijo Ricardo, y luego sin esperar la respuesta trató de compensar por su error al mencionar los cristales de los lentes e intentó conectar su investigación sobre medusas con los humanos y la medicina. —Es muy interesante que los cristales difieran en muchas especies, incluyendo las medusas. El análisis comparativo podría enseñarnos algo sobre el rango de propiedades que se requieren para las funciones de los cristales. Eso sería útil para tratar o, mejor aún, prevenir las cataratas humanas.

—Tal vez. ¿Pero a qué costo?

Ricardo se encogió de hombros. —Es difícil estimar los costos hasta que no se sabe más. Esa es la naturaleza de la investigación básica, señor.

—Volvamos a sus experimentos en Puerto Rico. ¿Es correcto que usted pinchó los ojos y los nervios de las medusas con electrodos para averiguar si las medusas se recuerdan y reconocen? Me parece un poco exagerado, —dijo el fiscal en un tono más agresivo.

—¡Increíble! ¡Claro que no! —respondió Ricardo. —Estaba descubriendo cuestiones fundamentales de la biología. Las medusas están al origen de la evolución de los animales superiores, incluso de los humanos, aunque hay que reconocer que pueden ser una antigua rama del árbol de la evolución.

Una vez más quiso darse una patada por decir más de lo necesario. ¿Cómo podían los no-científicos apreciar la complejidad de la evolución cuando muchos de ellos, increíblemente, ni siquiera creían en la evolución?

Continuó con una voz más tranquila. —Confío en que las medusas traerán nuevos conocimientos a muchas preguntas sin respuestas relevantes para la medicina. Todos los grandes avances de la biología se han apoyado en los hombros de los sistemas «supuestamente simples.» Ninguno es realmente simple, por supuesto. Por ejemplo, las bacterias han abierto la puerta a la comprensión de la regulación de la genética en los animales, incluso en los humanos. Tenemos la tendencia a minimizar la relevancia de los organismos de los que poco conocemos. No deberíamos limitar nuestra investigación a las mismas pocas especies o hacer las mismas preguntas una y otra vez. ¿Cómo aprenderíamos algo nuevo si eso es todo lo que hacemos?

Ricardo se sintió complacido con esta respuesta. Había dicho lo que él creía.

—Bueno, ¿qué es exactamente lo que descubrió de nuevo, Dr. Sztein?

Todavía estoy tratando de entenderlo.

—En resumen, mi investigación indica que las medusas son mucho más complicadas de lo que nunca se imaginó, y que ven imágenes, interactúan y, posiblemente, visualizan la evolución. Visualizar la evolución... bueno, eso sería revolucionario, una memoria visual totalmente novedosa y codificada genéticamente. ¡Imagínese! La posibilidad debe ser explorada más a fondo.

—Suena un poco como disparar balas en la niebla, ¿no? ¿Puede dar un ejemplo, o al menos especular, sobre algo útil, ya sea clínicamente o de otra manera, que pueda venir de su investigación sobre las medusas? No somos científicos.

Ricardo quería preguntarle al fiscal cómo esperaba que el jurado juzgara su ciencia si no fueran científicos. En cambio, tratando de mantener la calma, dijo: —La investigación básica está adquiriendo conocimientos fundamentales que los médicos y otros científicos pueden utilizar clínicamente o aplicar de la manera que consideren conveniente. Ninguna persona puede hacerlo todo. Ricardo sabía que su respuesta sonaba trillada y no lo suficientemente específica para satisfacer al fiscal, pero era la verdad después de todo, o al menos como él la veía.

El fiscal esperaba más, así que Ricardo continuó a renuentemente. —Quién sabe, entender exactamente cómo funciona un ojo de medusa puede aportar ideas para el tratamiento de enfermedades oculares cegadoras. O, la capacidad de las medusas para ver la evolución, si es cierto, podría revelar relaciones entre animales que nos permitan elegir modelos experimentales más relevantes para investigar las enfermedades humanas que los que tenemos ahora.

Ricardo se puso derecho y miró directamente al fiscal, tratando de parecer más controlado de lo que se sentía. ¿Qué más podía decir? ¿Que tenía un plan específico para aplicar su investigación sobre medusas de forma médica? No lo tenía. Por lo tanto, miró directamente al jurado y dijo de forma autoritaria, —Las medusas están viviendo en un universo teórico diferente al de los seres humanos. Necesitamos explorar ese universo biológico igual que los astrónomos exploran las galaxias. Eso tenía que ser suficiente. ¿Cómo puede alguien no entender eso? Miró a David para apoyarlo. David le devolvió la sonrisa débilmente, pero rompió el contacto visual rápidamente.

El fiscal se rascó la cabeza.

Ricardo, sumergido en una ola de inseguridad, pensó en Lillian y Benjamín, los dos pilares de su vida, advirtiéndole que tuviera cuidado. Estaba abatido porque nadie parecía ver la obvia importancia de su investigación sobre las medusas.

El fiscal tomó algunas notas y luego cambió de tema.

—Volvamos al dinero, Dr. Sztein, que es por lo que estamos aquí. ¿Cuánto le costó toda su investigación sobre medusas al Centro Científico de la Visión?

—No mucho, relativamente hablando. Considerando todo, investigación y viajes, diría que entre 30.000 y 50.000 dólares, más o menos. Es una porción más pequeña de mi presupuesto de laboratorio.

El fiscal asintió con la cabeza y cambió de tema una vez más. —¿Por qué eligió publicar su investigación sobre medusas en *Observation and Discovery*? Sus otros artículos fueron publicados en revistas científicas más académicas.

Conteniendo su frustración sobre este punto, Ricardo explicó que algunas revistas no pensaban que los lectores estuvieran interesados en las medusas. —Es una lástima para la ciencia, dijo. Luego agregó, —A veces es necesario dar un salto audaz para saltar un enorme abismo de ignorancia y a las revistas no les gusta correr ese riesgo.

—¿Y la Cacteína, Dr. Sztein? ¿Podría eso haber influido en sus conclusiones?

La maldita Cacteína otra vez. ¿Por qué la usó?

—El Dr. Wollberg, el descubridor de esta notable invención concluyó que no es alucinógeno. De todos modos, los datos de la computadora son la fuente de mis conclusiones, y eso es independiente de la Cacteína.

Ricardo tuvo que soportar varias horas más de interrogatorio. El fiscal mencionó repetidamente los gastos de laboratorio. También le preguntó a Ricardo sobre las razones por las que eligió estudiar las medusas en primer lugar y si planeaba continuar con la investigación de las medusas. Ricardo dijo que no, pero el fiscal no parecía convencido.

Ricardo estaba triste mientras él y David conducían a casa.

—¿Qué piensas, David? ¿Hice bien?

Muchas de sus respuestas fueron acertadas. Es difícil decir lo que el jurado concluirá.

Ricardo no respondió.

—Es una situación difícil, Ricardo. Es mejor no adivinar lo que pasará con el jurado.

—Estoy preocupado. ¿Qué pasa si me acusan?

—Ya lo sabes. Habría un juicio en la corte. Esto nunca hubiera ocurrido hace unos años. Pero hoy... David se detuvo. —¿Qué pasa con el día de hoy?

—Es feo para la academia y la torre de marfil del pasado. Si tan sólo la economía se recuperara. Cualquiera que sea encontrado culpable de malversación de fondos del gobierno recibe una sentencia obligatoria de diez años. Es ridículo, lo sé. Ciertamente espero que el Gran Jurado no encuentre causa para un juicio penal.

Ricardo se frotó la parte baja de su espalda que le dolía más de lo normal. Condujeron el resto del camino en relativo silencio.

Al día siguiente el Gran Jurado acusó a Ricardo de malversación de fondos del gobierno.

PARTE III

Capítulo 30

Ricardo dio vueltas, desde un lado de su sala al otro, rumiando el veredicto, antes de llamar a Benjamín, quien prácticamente le gritó por teléfono. —¡No puedo creer que irás a juicio! Nunca pensé que llegaría a esto. ¡Likens! ¡Obstinado! El Dr. Topping vendrá a rescatarte. Puede ser irritante, pero le he oído elogiar tu trabajo muchas veces.

—No lo sé, Benjamín. Parece sombrío. Siguiendo tu sugerencia antes del juicio, le pregunté a Marco si me apoyaría ya que mis viajes a La Parguera fueron aprobados.

—¿Qué dijo?

—Fue más bien cómo lo dijo. Frío como el hielo. Me dijo que aprobaba el primer viaje ya que yo había dicho que el propósito era extender, aunque vagamente, mi trabajo previo sobre la hormona corneal del ratón y los genes asociados a la distrofia de Fuch.

—Me parece justo.

—Luego, cuando le dije que el trabajo estaba progresando pero que necesitaba más muestras de medusas, dijo que aprobaba el segundo viaje, pero con renuencia.

—¿Y qué hay del tercer viaje?

—Dijo que no lo habría aprobado si hubiera estado en la ciudad. Quiere cubrirse el culo, no el mío. Puede que cambie de opinión, pero no soy optimista.

—Desordenado.

—Un periodista ambicioso y despiadado que puedo comprender, dijo Ricardo. —Siempre hay gente como Likens. ¿Pero cómo podría un gran jurado de legos juzgar mi investigación y concluir que soy fiscalmente irresponsable? Después de todos los años que he llevado mi laboratorio con un presupuesto.

Desanimado y enfadado, Ricardo llamó a David Lass en cuanto se despidió de Benjamín.

—Bueno, David, será mejor que empecemos a pensar en qué hacer a continuación. Mi juicio comienza en tres meses. Necesitamos un nuevo enfoque. La ciencia básica por sí misma no parece tener mucho peso en estos días.

—Hay una vena mezquina ahí fuera, seguro, y un deseo de encontrar gente a la que culpar por el estado de la economía, dijo David.

—¿Qué podemos hacer?

—No puedo hacer nada, Ricardo.

—¿Qué quieres decir? Ricardo estaba aturdido. Sintió que le arrancaban la alfombra por debajo de él.

David le dijo que un juicio penal llevaría mucho más tiempo que el del Gran Jurado, y que le había prometido a su esposa que se iba a jubilar. No podía aceptar un nuevo y complicado caso, no ahora. —¿No puedo retorcerte el brazo? No sé a quién más acudir.

—No puedo hacerlo, Ricardo, pero puedo recomendarte otro abogado. —Adelante.

—Mi hija Sofía ha sido empleada por Backus, Smith y Runner por unos años y pronto será socia. Es inteligente y le encantan los casos interesantes y ambiguos. Tiene los instintos de un inconformista. Estoy seguro de que su caso le interesará. Apuesto a que se lanzaría a ello. ¿Por qué no hablas con ella? No tienes nada que perder.

David tenía razón: ¿qué tenía que perder al conocerla?

Sofía Lass saludó a Ricardo alegremente cuando llegó a su oficina dos días después.

Sofía era transparentemente natural, genuina. Era redonda, diáfana y diminuta, no más alta que la nariz de Ricardo. Llevaba un vestido de algodón verde azulado, su borde justo debajo de las rodillas; sus robustos pies se sostenían con sandalias planas de cuero negro. Gafas con montura de perlas enmarcaban sus ávidos ojos verdes. Sus brazos se balanceaban fluidamente desde sus hombros relajados.

A Ricardo le gustaba su aspecto, pero sonreía por dentro ante la ridícula idea de que ella le recordaba a una medusa. Le contó su dilema, y ella simpatizó con su grave situación: un científico idealista atacado injustamente en el otoño de una carrera admirable.

Cuando Ricardo dijo, —¿Por qué la gente no entiende que el conocimiento es lo primero y la relevancia lo segundo, y no al revés? ella se reponía sin dudar, —Porque son ignorantes. Será nuestro trabajo educarlos.

A Ricardo le gustó esa respuesta.

Continuó. —Estudiaré su artículo sobre las medusas, pero no soy un científico. Tendrás que decirme en un lenguaje sencillo, no en la jerga, por qué crees que tu trabajo sobre las medusas tiene relevancia médica. Ese es el problema, ¿no? ¿Relevancia médica? Necesitamos encontrar la conexión médica entre su investigación sobre medusas y el paciente con impuestos.

—Por supuesto que mi trabajo es relevante. Ricardo no se dio cuenta de que Sofía se encogió cuando dijo eso.

Sofía lo notó mirando las filas de libros jurídicos sobre una amplia gama de temas legales en su librero. Dijo que le gustaba la diversidad y los casos desafiantes.

—Bueno, el mío es desafiante, dijo. —Entonces, ¿a dónde voy ahora, Srta. Lass?

—Creo que su caso es interesante e importante. Tengo un poco de tiempo ahora mismo si...

—...si te contrato? —terminó Ricardo.

Sofía bajó los ojos. —Haría todo lo que pudiera. Estás hablando de libertad académica versus la llamada responsabilidad social. Necesitas un filósofo tanto como un abogado. Estos son temas subjetivos, no legales. Me sorprende que estés en este lío. Quizás entendería si el Centro Científico de la Visión amenazara con limitar el financiamiento de su laboratorio o algo por el estilo.

Parece más un asunto interno que un caso criminal. Me parece que eres un chivo expiatorio para nuestros miserables tiempos. El desempleo se acerca al veinte por ciento. Y la gente está preocupada hasta la muerte por la aparición de enfermedades. Sé que yo me preocupo. ¡Es aterrador! No lo sé, Dr. Sztein... ¿puedo llamarlo Ricardo?

—Por favor, hazlo, Sofía.

Le gustaba su pasión.

—¿Cree que lo mío no tiene remedio?

—Es duro, sin duda, —dijo. —Pero nada es imposible. Sonrió suavemente. —Tienes muchas cosas a tu favor. Confieso que te investigué en Internet antes de nuestra cita y me quedé impresionada. Has publicado cientos de artículos, has ganado premios: el Premio LeBlanc, la Medalla Melón. Está claro que eres un científico muy conocido y respetado. No puedo creer que haya tanto alboroto por esto.

—Concuerdo, —dijo Ricardo. —No hice nada indebido.

—También... Ella hizo una pausa.

—¿También qué?

—También su aspecto es el de un buen tipo, de verdad. Las impresiones personales son importantes en los casos de jurado, especialmente cuando la ley es borrosa.

—Gracias.

Sofía continuó: —Pero no basta con ser amable. Sigo pensando en Stan. Apuntó hacia la foto en su escritorio.

—Mi marido. Es geólogo de una gran compañía de petróleo y gas. Le gustan las rocas tanto como a ti te gustan las medusas y es el tipo más agradable que puedas conocer, pero sería despedido de inmediato si se marchara a alguna montaña para satisfacer sus curiosidades sobre algo u otro a costa de su empleador, incluso si creía que la empresa podría eventualmente beneficiarse de su viaje.

—Mi situación es diferente. El centro me dio permiso para viajar a Puerto Rico para hacer mi investigación. Aprobaron mis viajes. No me fui por mi propia cuenta. Tengo todo el papeleo en mis archivos, —respondió Ricardo.

—Comprendo. ¿Crees que podríamos hacer que tu director te respalde?

—Marcus Topping? ¡Buena suerte! Cuando le hablé de eso, me dijo claramente que no se arriesgaría mucho. Me dijo que mi investigación en La Parguera no seguía el curso que yo predicaba que seguiría. Esa una excusa poco válida. Todo el mundo sabe que siempre surgen nuevas preguntas en cualquier proyecto de investigación básica. Si mi juicio ante el Gran Jurado me enseñó algo es que es casi imposible hacer que un lego entienda la naturaleza de la investigación básica. En cualquier caso, creo que el Dr. Topping está más preocupado por protegerse a sí mismo que por protegerme a mí.

Ella asintió.

Ricardo miró alrededor de la oficina, su mente jugando al ping-pong con sus conflictos. El tiempo era corto y quería empezar a defenderse, lo que podría hacer si la contratara ahora. Pero ella era joven. Lillian, siempre práctica, le habría aconsejado que intentara encontrar un abogado más experimentado. Sin embargo, le gustaba Sofía, le gustaba su perspectiva realista pero positiva. Parecía inteligente, y se veía con ganas de tomar el trabajo.

Cálmese, se dijo a sí mismo. Era un científico honesto con un expediente sólido que no había hecho nada malo. Si confiaba en su intuición no significaba que estuviese irresponsablemente impulsivo.

—¿Cuánto cobras, Sofía?

—Mi empresa tiene un cargo mínimo de 350 dólares por hora. Sería mucho más si yo fuera socia.

Ricardo pensó que tenía suficientes ahorros para pagar eso. Por supuesto que no sabía cuántas horas requeriría su caso. ¿Pero a su edad y sin nadie que heredara su patrimonio, que importaba? Un abogado más veterano costaría más y no sería necesariamente mejor.

Extendió su mano y dijo con más confianza de la que sentía,

—¡Sofía, vamos a vencer al sistema juntos!

Ella sonrió, y se dieron la mano.

—¿Hiciste qué? —dijo Benjamín por teléfono al día siguiente.

—Me oíste. Contraté a Sofía Lass como mi abogada.

—¿Una mujer de treinta y tantos años – una aficionada? ¿Qué estabas pensando?

Capítulo 31

Ricardo y Sofía prepararon su defensa a lo largo de los tres meses que precedieron al juicio. Ella estudió su investigación y el presupuesto del laboratorio. —Deberías haber pagado tú mismo los viajes a La Parguera, le dijo en varias ocasiones, haciéndose el eco de Benjamín. Ahora si se ha dado cuenta de eso. Ella expresó su preocupación por el equipaje que él había comprado y se preguntó si era para su trabajo regular o para sus experimentos con medusas.

—Ambas cosas, —dijo. —Tengo que mantenerme al día con la última tecnología.

—Eres muy imaginativo, —dijo cuando tejió diferentes aspectos de su investigación en historias fascinantes, pero le recordó que era fundamental abordar la relevancia de su trabajo y encontrar testigos creíbles que lo apoyaran.

Y así fue día a día. Él seguía siendo optimista, ella cautelosa. Él le enseñó ciencia, ella subrayó la necesidad de encontrar vínculos entre sus investigaciones sobre medusas y la medicina. No había un solo argumento científico o legal que pudiera condenarlo o absolverlo. La línea subjetiva entre el juicio y la ley era borrosa.

La mañana en que comenzó el juicio, Ricardo y Sofía se sentaron juntos en una mesa rectangular entre el estrado alto del juez delante y la galería de espectadores detrás. El jurado se sentaba en dos filas en el lado derecho en la parte delantera de la sala, debajo de una ventana.

El fiscal Federal del Departamento de Justicia, el Sr. Carl Jenkins, y su asistente se sentaron en una mesa junto a la de Ricardo y Sofía. A mediados de los cincuenta y pico y con una altura de más de seis pies, el fiscal tenía ojos azules penetrantes, una cara redonda, tez rojiza y pelo castaño teñido. Una complexión musculosa sostenía su traje azul marino a rayas. Llevaba una camisa azul claro con cuello blanco y una corbata azul celeste. Tenía un brillante anillo de zafiro con incrustaciones de oro en su meñique izquierdo.

Ricardo se inclinó hacia Sofía, que estaba ocupada reuniendo sus notas.

Dijo en voz baja: —Parece un estudio en azul, como un cuadro de Picasso.

El fiscal sí lucía muy elegante, solo que tenía un tic que hacía que la comisura derecha de su boca se movía en sincronía con un tic en su ojo derecho, consecuencia de un pequeño espasmo hemifacial. Se sentó detrás de una pila de documentos, un bloc de notas, dos bolígrafos y un ordenador portátil, y estaba muy ocupado consultando en voz baja con su asistente.

Ricardo estudió los espectadores. El fiel Benjamín, que insistió en venir a apoyar a su amigo durante todo, se sentó en la segunda fila. Sonrió y se apretó las manos al nivel de su pecho para ofrecerle buena suerte.

Ricardo reconoció a Randolph Likens en la última fila de los espectadores. Likens era más delgado de lo que parecía en la televisión, su cara más dibujada, su comportamiento menos amenazador. Un portátil cerrado descansaba sobre sus rodillas. Parecía casi aburrido mientras esperaba que comenzara el juicio.

Había al menos una docena de otros periodistas charlando entre ellos en la parte trasera de la sala. Estaba de moda que los periodistas asistieran a los juicios relacionados con asuntos fiscales. Sin embargo, Ricardo estaba desconcertado de que su juicio hubiera atraído tanta atención.

Un sentido de anticipación impregnaba la sala del tribunal. El estómago de Ricardo se llenó de mariposas. Se retorció en su asiento y miró de nuevo a Benjamín para tranquilizarse, mientras un niño se aferraba a su manta por seguridad. Oh, Benjamín, Benjamín – tantos años juntos. Benjamín era la única familia honoraria de Ricardo.

El juez entró en las cámaras. —Todos en pie, —dijo el alguacil. Cuando el juez se sentó, la escenógrafa ejercitó sus dedos, preparándose para transformar las palabras en registros históricos, los fragmentos en narraciones.

Comenzaron las declaraciones iniciales. El fiscal comenzó con decir: —El Dr. Sztein tiene un alto cargo de responsabilidad y dirige un prestigioso y bien financiado laboratorio gubernamental en el Centro Científico de la Visión, que tiene un claro mandato de buscar tratamientos para las enfermedades de los ojos. Durante muchos años, continuó el fiscal, —el Dr. Sztein ha estado a la altura de esa responsabilidad. Por lo tanto, permítanme ser claro: el Dr. Sztein está siendo juzgado sólo por su investigación de medusas en la que ignoró tanto su propuesta de investigación declarada como los objetivos de la misión del Centro. Luego dijo con voz profesional y seria: —El tribunal demostrará que el Dr. Sztein despilfarró el dinero de los contribuyentes para perseguir intereses personales en lugar de públicos.

El fiscal describió con todo detalle la aventura de Ricardo con las medusas: que había hecho tres viajes a La Parguera para estudiar las medusas a expensas del gobierno; que los viajes habían sido aprobados porque había afirmado falsamente que su investigación se limitaría a una extensión de su trabajo anterior, médicamente relevante; que su investigación se había desviado hacia el comportamiento de las medusas sin una dirección ni objetivos claros; y que había concluido, tan absurda como suena, que las medusas interactúan, tienen cerebro y perciben la evolución; y, finalmente, como las revistas científicas profesionales rechazaron su artículo, recurrió a la publicación de su investigación en una revista laica diseñada más para el entretenimiento que para la ciencia seria.

Después de su resumen, el fiscal permitió unos momentos de silencio para que el jurado digiriera lo que había dicho. Luego continuó con la elaboración de su primera acusación de irresponsabilidad fiscal: —El Estado opina que, aunque las cantidades de dólares en cuestión no fueran enormes, el Dr. Sztein es culpable de despilfarrar el dinero de los contribuyentes en sus investigaciones sobre medusas y de traicionar su obligación de apoyar los objetivos de la misión médicamente relevante de su Centro. Nuestros ciudadanos dependen del gobierno para servirles, no para explotarlos.

El abogado respiró hondo, sacudió la cabeza con desaprobación y añadió lentamente y con veneno: —Francamente, me parece censurable que cuando tantos tienen dificultades financieras, un científico del gobierno encargado de buscar formas de tratar enfermedades terribles tenga el descaro de satisfacer sus propios caprichos, de vacacionar junto al mar y de jugar con medusas. Para esas almas desafortunadas que fallecieron debido a enfermedades que podrían haber sido tratadas con éxito si los científicos investigadores como el Dr. Sztein se hubieran mantenido firmes en su trabajo... bueno, es como si hubieran sido asesinados por negligencia.

Hubo un jadeo colectivo del público.

Finalmente, con el estilo propio de un evangelista, el fiscal terminó diciendo: —Las *Me-du-sas*, —pronunciando cada sílaba, —no son seres humanos.

Los murmullos se esparcieron por toda la sala y muchos espectadores asintieron con la cabeza.

Ricardo echó un vistazo a Benjamín, quien sacudió la cabeza con incredulidad.

Los comentarios iniciales de Sofía comprendían una elocuente apelación al sentido común y la justicia. Llamó a Ricardo un científico devoto y un artista. —Los límites entre el arte y la ciencia pueden ser difusos, —dijo. —Ambas implican creatividad. Sofía se refería a la larga e impresionante lista de publicaciones en prestigiosas revistas científicas y destacaba los reconocimientos que había recibido por sus investigaciones médicas, especialmente el ampliamente aclamado Premio LeBlanc y la Medalla Melón. Argumentó que condenar al Dr. Sztein era castigar la creatividad y limitar el progreso científico. —¿Cómo eso beneficiaría al país?, —preguntó. —¿Será que eso es la justicia?

Luego sorprendió a Ricardo considerando el destino de Galileo como un ejemplo de lo que puede suceder en una sociedad cerrada que reprime la creatividad. Los ojos de Sofía brillaron mientras le contaba al jurado cómo ese gran científico vio por primera vez cráteres parecidos a la Tierra en la Luna, descubrió pequeños satélites que giran al rededor de Júpiter y anillos alrededor de Saturno, y averiguó los movimientos de los cuerpos celestes.

—¿Dónde estaríamos hoy si estos pensadores avanzados y arriesgados no viesen más allá de la normalidad?

—Terminó con valentía: —El valor de Galileo para explorar los cielos cambió a la humanidad. Ciertamente nadie hoy en día apoyaría su enjuiciamiento por parte de la Iglesia.

Ricardo se avergonzó, pero se sintió halagado al ser comparado con Galileo.

Hubo un silencio incómodo cuando terminó. Sus pasos sonaron mecánicos contra el suelo de madera cuando volvió a su asiento.

—¿Galileo? Ricardo le susurró al oído. —¿No es eso extremo?

—¡Shh, no tan fuerte!

—Sí, pero...

—La gente necesita que se le recuerden los errores del pasado. Nadie tomará en cuenta la lógica simple. Necesitan algo que les permita rebelarse, y en este caso será la historia.

Se estrujó la frente reflexionando sobre su punto, pero estaba preocupado. Ricardo fijó su mirada en la mesa para no llamar la atención, pero no pudo evitar echar un vistazo a los miembros del jurado. Se quedaron firmes con sus caras de póquer, excepto una mujer de mediana edad en la segunda fila que tenía una expresión más suave y sensible. Tenía una distintiva raya blanca que dividía su pelo negro en dos mitades. Esperaba que estuviera de su lado.

—Blanco y negro, murmuró en voz baja mirando su pelo y preguntándose por qué todo debía ser blanco o negro. ¿Qué pasó con el gris?

Aunque el juicio acababa de empezar, Ricardo estaba abrumado por el cansancio.

Capítulo 32

Los dos primeros testigos de la persecución fueron congresistas cuyo conocimiento de la ciencia se limitaba a mordiscos útiles para las campañas de reelección. Richard Thomas era un senador novato de Oklahoma y Sandra Biggs era una diputada experimentada de Utah.

—Ahí vamos, —murmuró Sofía, cuando los políticos comenzaron su testimonio.

Thomas y Biggs testificaron de forma tan predecible como un clic de un botón de inicio. Ambos testigos presentaron estadísticas sobre el número de personas que padecen de varias formas de cáncer, el alto porcentaje de ataques cardíacos fatales y la falta de tratamientos disponibles para la enfermedad de Alzheimer, para la distrofia muscular, para la esclerosis múltiple – la lista era extensa. Thomas mostró fotos de un niño de diez años en silla de ruedas, calvo por la quimioterapia. Había muerto de cáncer la semana anterior. Biggs mostró un video de una mujer mayor con esclerosis lateral amiotrófica (ELA) acostada en una cama de hospital rodeada de médicos con batas blancas impecables. La paciente condenada trataba de responder a su lloroso marido parpadeando los ojos, la única función motriz que le quedaba. Tanto el Senador como el Representante enfatizaron que no sólo estas horribles enfermedades han plagado a la gente durante siglos, sino que nuevas enfermedades están brotando con alta frecuencia y causando estragos.

—Este nivel de ignorancia médica es inaceptable a mediados del siglo XXI, —dijo el Senador Thomas, casi gritando, sus ojos bien abiertos. El representante Biggs remachó al jurado enumerando las catástrofes médicas del último año: la epidemia de ceguera en Detroit; los misteriosos casos de parálisis que afectan a miles de personas en Indonesia; la disentería que afecta aproximadamente a una cuarta de la población de las islas del Caribe; el número de cánceres de páncreas cien veces superior a lo normal en Francia; la devastadora gripe respiratoria que amenaza con provocar un colapso financiero en Suecia porque el treinta por ciento de la población permanece atrapada en su casa, enferma o demasiado asustada para salir de ella. El problema no se limitaba a los Estados Unidos. Era internacional y los Estados Unidos tenían la responsabilidad de liderar.

Biggs concluyó enfatizando que era imperativo financiar la investigación que a la larga reduciría la carga de las facturas médicas de los contribuyentes. —Los científicos tienen una responsabilidad moral. La investigación financiada por el gobierno sin una orientación médica clara o sin ventajas tangibles para la sociedad – la investigación sobre medusas, por ejemplo – es una farsa.

Se detuvo para hacer efecto. —¿Es eso justicia? concluyó, burlándose de los comentarios preliminares de Sofía.

Murmullos desanimados fueron esparcidos por toda la audiencia. —¡Silencio! —declaró el juez.

Un hombre gordo del jurado puso la mandíbula y sacudió la cabeza, sin dejar dudas sobre su acuerdo con el representante.

Cuando Sofía pidió en su contrainterrogatorio al Representante Biggs ejemplos de avances médicos que habían resultado de la investigación básica en los últimos veinticinco años, el abogado golpeó la mesa y declaró,

—Objeción, su Señoría. El testigo no es un científico o un médico, y la pregunta no se relaciona con su testimonio.

—Aceptado, —dijo el juez.

Cuando Sofía preguntó cuál era el origen de sus estadísticas, ambos testigos afirmaron que era «conocimiento común».

—He leído innumerables cartas de pacientes afectados e incluso de sus familias, —dijo el senador Thomas.

—Es desgarrador, —dijo el representante Biggs. —Nunca perderé la imagen de Pamela, de seis años, que debería haber tenido su vida por delante, mientras jadeaba su último aliento en los brazos de su madre, sus ojos saltones, su cara más pálida que una cáscara de huevo, incapaz de respirar debido a un lago de moco en sus pulmones. Cuando ves a estos pacientes-víctimas- lo entiendes. ¡Dios mío! ¡Esto no debe continuar! ¡Los millones de dólares de los contribuyentes que se dan a la investigación deben ayudar a los contribuyentes!

Al parecer, todos los espectadores, pegados a sus asientos, asintieron con la cabeza.

Los testimonios fueron presentados en los noticieros nacionales de la televisión esa noche. Al día siguiente los titulares del NY Times decían: *Millones gastados en investigación, Corazónes Rotos para los Enfermos.*

Capítulo 33

Los espectadores para el juicio de Ricardo al día siguiente saturaron al corte, debido a tantos titulares de los periódicos y a la cobertura televisiva. Periodistas entusiastas formaron línea en el fondo de la sala. Randolph Likens estaba entre ellos, su fiable portátil en mano. Marcus Topping, el mismo director del Centro Científico de la Visión, se disponía a testificar. La tensión era palpable. Los furiosos espectadores querían sangre, una decapitación, un chivo expiatorio. Para el gobierno, el juicio era una oportunidad de redención pública para la economía débil. Un veredicto de culpabilidad aseguraría al electorado, — Estamos de su lado. Lo entendemos. Nosotros también hemos tenido suficiente. Su dinero debe ser usado para ayudarlos.

El Dr. Topping ignoró a Ricardo cuando lo pasó. ¿Por qué no lo miraría Marco? ¿Estaba escudándose en un ataque, un sabotaje planeado? El Dr. Topping solía caminar con pasos cortos, y llevaba zapatos negros lustrados en vez de sus típicos zapatos de lona.

—Parece severo, —le susurró Ricardo a Sofía, que no habría tenido forma de discernir estas diferencias de la apariencia y comportamiento normal del Dr. Topping.

Después de realizar el juramento, el Dr. Topping se sentó y miró conscientemente a Ricardo. Pasó la mano por un lado de su cabeza, asegurándose de que su pelo todavía estaba impecablemente peinado, y ajustó sus gafas de alambre en el puente de su nariz. Colocó una mano en la barandilla del estrado y luego la situó rápidamente en su regazo, agitando los dedos. Ricardo quedó impresionado por la rapidez con que la insensibilidad de Marco podía ser reemplazada por una aparente vulnerabilidad, más preocupado por ser juzgado que por juzgar. Ricardo se encontró furioso con el Dr. Topping un minuto y lo lamentó al siguiente. Su trabajo no era fácil.

Ricardo miró al jurado con el distintivo de plata en su pelo negro como el carbón. ¿Qué era lo que tanto le atraía de ella?

El fiscal caminó lentamente al estrado de los testigos y comenzó su interrogatorio. —¿Cuándo se convirtió en director del Centro de Ciencias de la Visión, Dr. Topping?

—Hace aproximadamente doce años.

—¿Podría por favor presentar al tribunal sus credenciales?

—Ciertamente. Realicé investigaciones biomédicas durante diez años después de mi beca médica en oftalmología, publiqué sesenta y dos artículos sobre el glaucoma y fui profesor en la Escuela de Medicina de Yale antes de ser nombrado director del Centro Científico de la Visión.

—Muy impresionante, señor. ¿Cuánto tiempo ha trabajado el Dr. Sztein para el Centro Científico de la Visión?

—El Dr. Sztein fue reclutado como Jefe de Laboratorio hace unos 40 años, mucho antes de que yo llegara como director. Él ha permanecido en esa posición desde entonces. Ha publicado muchos artículos de investigación, revisiones y capítulos de libros. No sé cuántas publicaciones tiene. Cientos.

—¿Tiene una relación cordial con el Dr. Sztein?

—Creo que estamos en muy buenos términos. El Dr. Topping le guiñó un ojo a Ricardo, que se quejó interiormente de la inapropiada familiaridad. —Almorzamos juntos cuando podemos, aunque ambos estamos muy ocupados. Es concienzudo y servicial, al menos cuando está en la ciudad.

—¿Viaja mucho?

—Yo diría que sí. Me han dicho que solía ir a Australia cuando investigaba a los ornitorrincos. Eso fue antes de que yo fuera director, por supuesto.

—Objeción, —gritó Sofía. —El lugar al que viajó el Dr. Sztein hace unos cincuenta años es irrelevante.

—Se acepta la objeción, dijo el juez, que ordenó al fiscal que limitara su interrogatorio a la etapa que se examina.

El fiscal señaló que estaba estableciendo una pauta de conducta consistente con el carácter del acusado, pero el juez se mantuvo firme y dijo que el juicio se limitaba al mal uso de los fondos del gobierno por parte de Ricardo para su investigación sobre las medusas, no a su carácter.

Las palabras del fiscal, «pauta de conducta», se le quedaron grabadas a Ricardo como una araña que desaparece en una grieta entre las rocas. ¿Fue su anterior investigación sobre el ornitorrinco esotérico parte de una pauta de conducta? Nadie se opuso a eso hace más de cuarenta años. Pero eso fue entonces, la época dorada de la curiosidad; ahora fue la desaparición de la creatividad científica impulsada por la curiosidad y, en opinión de Ricardo, el deslumbramiento de la visión personal. El juez puede haber frenado temporalmente el intento del fiscal de atacar el carácter de Ricardo, pero ¿eso impediría que influyera en el jurado?

El Dr. Topping continuó. —Recientemente Ricardo ha viajado a Puerto Rico para su trabajo de medusas, como usted sabe. Participó activamente en reuniones alrededor del mundo y tomó un cierto número de vacaciones antes de que su esposa Lillian muriera. ¿Lillian? ¿Qué tuvo ella que ver con todo esto? ¿Por qué el Dr. Topping sacaría a relucir las vacaciones y a Lillian? De todos modos, no había muchas vacaciones, ni siquiera cuantas quería Lillian.

—¿Ha pagado el Centro Científico de la Visión estos viajes además de la investigación? —preguntó el fiscal.

—Por supuesto que no pagó sus vacaciones personales. De lo contrario, sí, a menos que fue pagado de aquellos que lo invitaron, era generalmente el caso.

—Y su presupuesto de laboratorio: ¿es alto?

—Solía ser varios millones al año. El Centro Científico de la Visión apoyó a muchos becarios postdoctorales en su laboratorio a lo largo de los años, un técnico a tiempo completo y una instalación donde mutan los genes en ratas y ratones para estudiar el desarrollo de los ojos, la formación de cataratas y varias enfermedades de la córnea.

Ricardo sintió un destello de orgullo.

El Dr. Topping continuó: —Últimamente, sin embargo, su presupuesto se ha reducido a seiscientos mil al año debido a los fondos restringidos. Además, él se está desacelerando.

El abogado de la acusación regresó a su mesa, miró sus notas y le murmuró algo a su asistente, quien pareció estar de acuerdo. Luego volvió al estrado de los testigos.

El Dr. Topping echó un vistazo a su reloj, asegurándose de que todos lo notaran. El director era un hombre trabajador, ambicioso.

También lo era Ricardo, todavía ambicioso.

El fiscal se mantuvo firme. —Los contribuyentes están enfadados por la economía y el despilfarro del gobierno. ¿Cree que el Dr. Sztein es consciente de su responsabilidad social con los contribuyentes que pagan su camino?

—Por supuesto que sí, —le murmuró Ricardo a Sofía.

—Él está consciente, naturalmente. Pero creo que puede ser, cómo decirlo, más apasionado que compasivo a veces.

El corazón de Ricardo brincó. Sé compasiva, dijo Lillian. Ayuda a los demás. Eres un científico. Su fantasma no moriría.

—¿Cómo es el Dr. Sztein más apasionado que compasivo, Dr. Topping? —El fiscal preguntó astutamente.

—Se deja llevar más por la visión de medusa que por la ceguera humana.

—Ya veo, dijo el fiscal, mirando al jurado. Benjamín se retorció en su asiento.

El Dr. Topping continuó. —Sé que las medusas tienen ojos, y también las escalopas y los caracoles; el Dr. Sztein me enseñó eso y es interesante. ¿Pero es eso compasión? ¿Esas criaturas se vuelven ciegas? ¿Sufren? Incluso si lo hicieran y pudiéramos tratarlos, ¿qué bien haría eso a los humanos? No somos veterinarios.

Las risas se esparcieron entre el público. —No hay mucho dinero en estos días. No es un secreto que ha habido un aumento de enfermedades en los últimos años. ¿Porqué? Debemos priorizar. El Dr. Topping se detuvo un momento y luego agregó con convicción: —Cada uno de nosotros tiene una responsabilidad social. Miró sus zapatos brillosos y luego dijo con calma, casi para sí mismo, —Me pregunto si el Dr. Sztein realmente cree que al Congreso le importa más lo que ven las medusas que por qué la gente se queda ciega.

Ricardo se inclinó hacia Sofía. —¿Cómo se atreve a decir que no soy compasivo? Te diré quién carece de compasión: ¡él!

—¡Cállate! Sofía murmuró, esforzándose por mantener su voz baja. El ayudante del fiscal echó un vistazo a Sofía.

Ricardo continuó: —Es el ciego. No puede ver lo que es bueno para el Centro de Ciencias de la Visión o para el avance de la ciencia en ese sentido.

El juez miró a Ricardo. —Lo siento, su Señoría, dijo Sofía.

—Maldición, gruñó Ricardo más fuerte de lo que pretendía. No pudo contenerlo más.

—Por el amor de Dios, Ricardo, suplicó Sofía.

El fiscal continuó. —¿Así que tienes problemas para defender la relevancia de la investigación del Dr. Sztein, Dr. Topping?

—Bueno, la verdad es que, en cierto modo. Creo que él también lo hace. Por ejemplo, cuando le pregunté qué le iba a decir al Comité de Prioridades Científicas que revisa su laboratorio cada cinco años, dijo que iba a sacar a relucir su idea de estudiar los ojos de las medusas. Su principal justificación era que casi nadie – y eso incluye a los científicos – sabe que las medusas tienen ojos, y que era importante aprender tantos secretos de la naturaleza sobre la visión como fuera posible si queríamos ser pioneros en el campo. Tenía razón en que pocos saben sobre los ojos de las medusas. Yo no lo sabía, pero... El Dr. Topping se detuvo en medio de la sesión.

—¿Pero ¿qué, Dr. Topping?

—Pero cuando le pregunté cuál era la relevancia médica de su proyecto de medusas, respondió: Que me lo digan los médicos o algo así. Francamente, estaba molesto, pero me lo guardé para mí mismo.

—¿Le contó al comité de revisión sus ideas sobre las medusas?, preguntó el fiscal.

—Podría haberlo mencionado medusas al final de su presentación. No me acuerdo.

Ricardo se inclinó hacia Sofía y le susurró: —No puede recordar, aunque tanto le molesta...

—Silencio, Ricardo, —advirtió Sofía.

—¿Estás diciendo que el Dr. Sztein restó importancia a sus planes de estudiar medusas del comité de revisión? ¿Que trató de ocultar sus intenciones para futuras investigaciones? preguntó el fiscal.

—¡Objeción! La cara de Sofía se puso roja. —El fiscal está sacando conclusiones que el testigo no hizo y está llevando al jurado en una dirección falsa.

—Sostenido, dijo el juez.

El abogado de la acusación miró al jurado como si fuera un confidente para ellos. Luego le preguntó al Dr. Topping: —¿Hay algo más que quiera añadir sobre el Dr. Sztein antes de que concluyamos?

—N-o... no realmente. Bueno... hay una cosa que podría mencionar, pero tal vez es un poco marginal.

Ricardo se sentó en su silla, curioso por lo que Marco estaba a punto de decir ahora. Sofía cogió su bolígrafo para grabar la bomba que esperaba que el Dr. Topping lanzara.

—Sí. Continúa, insistó.

El juez intervino, —Dr. Topping, no necesita decir nada más. Ya ha respondido a las preguntas.

La anticipación se apoderó de la habitación.

—Entiendo, Señoría, dijo el Dr. Topping.

El fiscal se acercó al estrado de los testigos, cerrando la brecha, como si se preparara para recibir una revelación confidencial.

Randolph Likens ladeó la cabeza para no perderse ni una palabra.

—Seré conciso, —dijo el Dr. Topping. —En la última ronda de solicitudes de subvención al Centro Científico de la Visión he oído que un puñado significativo de jóvenes científicos se refirieron al artículo del Dr. Sztein y propusieron seguir algunas de sus ideas. Eso es extraño, ya que la publicación de la medusa del Dr. Sztein fue en una revista laica. Dudo que financiemos esas subvenciones, pero el panel de financiación estaba sorprendido y preocupado – alarmado – porque las propuestas provenían de los jóvenes científicos prometedores que son la ola del futuro.

Esta fue una buena noticia para Ricardo. Aparentemente su artículo sobre las medusas había revitalizado la investigación básica, especialmente para los futuros científicos.

Me parece que el Dr. Sztein, sin querer, ha desvirtuado la misión del Centro Científico de la Visión. Él ha robado, por así decirlo, lo mejor y más brillante del tratamiento de las enfermedades humanas. Es preocupante. Este ya no es el siglo XX. Es el 2051. La gente necesita tratamientos médicos. Han pasado demasiados años desde la revolución del ADN recombinado del siglo pasado y la promesa de terapias genéticas milagrosas, sin logros claros. Había una nota de sinceridad en la voz del Dr. Topping.

¿Estaba el Dr. Topping acusándolo seriamente de dañar el centro por «robar» a los jóvenes científicos, de que se le hacía responsable de lo que los jóvenes científicos que no conocía ponían en sus solicitudes de subsidios? Ricardo pensó que esto era absurdo.

—Eso es todo, Dr. Topping. Gracias.

Los reporteros escribieron febrilmente en sus portátiles. Los espectadores intercambiaron miradas de solidaridad comunitaria. Ricardo se limpió las gotas de sudor que adornaban su frente con pañuelos de papel arrugados.

Marco miró a Ricardo con una mirada de tristeza en su cara cuando Sofía se levantó para su interrogatorio.

—Comencemos con su última declaración, ¿sí, Dr. Topping?, —dijo Sofía dulcemente. —¿Tiene alguna razón para pensar que el Dr. Sztein trató de influenciar a alguien para que escribiera solicitudes de subvención relacionadas con sus ideas?

—No.

—¿Ha leído estas solicitudes de subvención?

—Mis colegas en los paneles de financiación me han hablado de ellos.

—Así que, el Dr. Sztein difícilmente está 'robando' a alguien de algo, ¿no lo dirías tú? ¿Robar no requiere intención?

—Estaba hablando metafóricamente, por supuesto. Tenemos una misión, una responsabilidad social, de realizar investigaciones directamente relevantes a las enfermedades humanas. El Dr. Topping parecía molesto.

—Hablando metafóricamente. Sí. Gracias por aclararlo, Dr. Topping. Lo entiendo. Esta vez le tocó a ella mirar al jurado. —Volvámonos a las medusas, —continuó. —Usted dijo que pensaba que el Dr. Sztein podría haber mencionado las medusas al final de su presentación. Es irónico que no pueda recordar. ¿Puede recordar de qué habló el Dr. Sztein?

—Ciertamente. Informó de su investigación sobre el crecimiento de las células del endotelio de la córnea, y luego un poco sobre el cristalino y la catarata. También especuló sobre la genética de la distrofia de Fuch. Sus estudios siempre se referían a la parte frontal del ojo – el cristalino y la córnea – en lugar de a la retina, donde se encuentran las células fotorreceptoras cruciales para la visión.

¿Quieres decir que exploró la ventana del ojo que dobla la luz con el propósito de enfocar las imágenes en la retina para que podamos dar sentido a lo que vemos? Pensé que cualquier trastorno que haga que la córnea o la lente, esa ventana, se vuelva opaca lleva a la ceguera, y esa es una de las principales causas de ceguera en todo el mundo. Corríjame si me equivoco, Dr. Topping. No soy un científico.

Ricardo estaba contento de haberla enseñado bien. —Tiene razón, —reconoció el Dr. Topping.

—Me parece bastante relevante para la medicina, —añadió.

—Sin luz en los fotorreceptores, no hay visión. ¿Verdad?

Sofía es lista, tal como lo dijo su padre.

—No dije que la investigación del Dr. Sztein nunca tuvo relevancia médica. Es un buen científico. Lo apoyamos durante años. Pensé que este ensayo era específicamente sobre su mal uso de fondos federales para su trabajo con las medusas.

—Estoy de acuerdo, Dr. Topping. El Dr. Sztein debe ser un muy buen científico que hace investigaciones médicamente relevantes o el Centro de Ciencias de la Visión no lo habría apoyado por tanto tiempo, o no habría acumulado numerosos honores, estos que traen distinción al Centro Científico de la Visión, ¿no es así?

—Sí, en efecto. Estamos realmente orgullosos de él.

—Muy orgulloso. Sí. Todos nos sentimos orgullosos de los muchos logros del Dr. Sztein.

Sofía hizo una pausa un momento y luego añadió como si fuera un pensamiento posterior, —Sólo una pregunta más, Dr. Topping. ¿Podría estimar el porcentaje de proyectos de investigación que se dirigen a responder preguntas específicas sobre una enfermedad que realmente llevan a tratamientos?

Esta pregunta impresionó a Ricardo. Nunca había pensado en hacer la pregunta de esa manera. Hay fuerza en los números.

El Dr. Topping le aclaró la garganta.

—Eso es muy difícil de responder. Los investigadores construyen una red colectiva de información. Cada proyecto relevante se suma a esa red de una manera u otra. Los tratamientos médicos evolucionan a partir de esta estructura.

Interesante. Los avances médicos provienen de una red colectiva de información. Supongo que esa información a menudo debe provenir de fuentes inesperadas. ¿Es eso correcto?

Algunos miembros del jurado asintieron con la cabeza. Otros sólo miraron sin expresión.

—Eso es correcto, —dijo el Dr. Topping.

—Por favor, aclare su punto, Srta. Lass, o detenga esta línea de interrogatorio, intercedió el juez.

—Estoy tratando de reconciliar cómo 'una red colectiva de información', para citar al Dr. Topping, se reúne sin recopilar nodos de información básica que no son inmediatamente relevantes pero que en última instancia resultan cruciales para la aplicación médica, Su Señoría. En otras palabras, ¿en qué se diferencia la recolección de una red de información de la investigación básica?

El Dr. Topping se puso nervioso en su asiento. —No estamos en contra de la investigación básica. Estamos a favor. La primera excursión del Dr. Sztein a La Parguera valió la pena y yo la aprobé. Pero luego se desvió de su propuesta original. No necesito repetirlo todo: visión de medusas, interacciones con medusas, etc. Se desvió de sus objetivos declarados. Ciertamente ninguno de los otros científicos del Centro Científico de la Visión lo ha captado.

—Pero usted nos dijo antes que un número de jóvenes científicos prometedores han recogido las ideas del Dr. Sztein en sus propuestas de subvención.

El Dr. Topping no reaccionó.

—Gracias, Dr. Topping, eso es todo.

Esta vez a Ricardo no le importó que Marco saliera sin mirarlo. Sin embargo, se preocupó cuando notó que la mano de Sofía temblaba al tomar un sorbo de agua.

Capítulo 34

Cuando el juicio se suspendió el viernes por la tarde, Ricardo y Sofía salieron a comer pizza. Ricardo pensó que el interrogatorio de Sofía al Dr. Topping les había dado puntos, aunque Sofía se quejó de que sentía «malas vibras», pero no llegó a explicarlo bien.

Sin embargo, ambos se sentían cautelosamente optimistas de que la semana siguiente se podría inclinar el jurado hacia su favor. Dos de los estudiantes de Ricardo iban a testificar por él. La primera era Ann Silvan, que había sido su mejor estudiante de postdoctorado hacía quince años. Extremadamente brillante, ahora tenía una posición dotada de profesorado en Dartmouth. Pearl era la otra testigo. Luego seguía Benjamín en la agenda para dar testigo. Ricardo esperaba que el prestigio y la lealtad de su gran amigo le sirvieran mucho para su caso.

El juez llamó al orden al tribunal el lunes por la mañana a las nueve en punto. El Dr. Silvan se dirigió al estrado, puso su mano sobre la Biblia y juró «decir la verdad, toda la verdad y nada más que la verdad, con la ayuda de Dios». Llevaba una modesta falda de lana negra, una blusa gris y un brazalete de plata estilo Haida que había comprado en Vancouver cuando era becaria postdoctoral en el laboratorio de Ricardo. Si Ricardo hubiera tenido una hija, habría querido que se pareciera a Ann.

Ann proyectaba autoridad y confianza mientras se sentaba en el estrado. Era una de las principales figuras de la investigación ocular con especialidad en retinitis pigmentosa, o RP, como se la conocía. Sofía comenzó haciendo que Ann relatara sus excelentes credenciales y logros profesionales, bastante impresionantes: profesora titular a los 39 años, con casi 100 publicaciones en las más prestigiosas revistas de investigación ocular y oradora principal en numerosas conferencias internacionales.

—¿Cree usted, Dr. Silvan, que su experiencia en el laboratorio del Dr. Sztein fue una influencia importante para su futuro éxito en la investigación médica? —preguntó Sofía.

—Por supuesto.

—¿Podría resumir para el tribunal cómo era el laboratorio del Dr. Sztein?

—Objeción, —dijo el fiscal. —Este juicio concierne al Dr. Sztein sobre las medusas, no la investigación que hizo anteriormente.

El juez se demoró por un momento y luego rechazó la objeción.

—Técnicamente, tiene razón, Sr. Jenkins, y denegué la objeción de la Srta. Lass cuando trató de establecer el carácter del acusado a través de sus patrones de conducta.

—La pregunta ahora, sin embargo, no se trata del sobre su carácter, sino sobre la influencia del acusado en los estudiantes de postdoctorado, que se había planteado como una cuestión relevante. Por favor, responda a la pregunta, Dr. Silvan.

Ricardo estaba contento con la llamada del juez. Tal vez estaba de su lado después de todo.

Ann siguió hablando de sus años de postdoctorado. Insistió en llamarlo Ricardo y no Dr. Sztein. —Él es así, —dijo ella. —Muy simpático y agradable.

Informó que su laboratorio se había llenado de actividad de investigación y entusiasmo prácticamente las veinticuatro horas del día cuando ella estaba allí, que era un centro científico muy estimulante, que estaba profundamente comprometido en todos los proyectos y que se aseguraba de que todos sus becarios postdoctorales publicaran artículos para avanzar en sus carreras. Publicó cuatro artículos como becaria de postdoctorado con él, todos sobre la expresión de genes durante el desarrollo de los ojos embrionarios de los ratones.

—Y este entrenamiento lo preparó bien para su carrera en investigación médica?

—Absolutamente. Especialmente para la terapia genética, en la que estoy trabajando ahora.

Miró hacia Ricardo y le sonrió a medias.

Cuando Ana estaba atestiguando, Ricardo garabateó dobles hélices en un trozo de papel, aliviado de tener su apoyo. La mujer del pelo de raya blanca tenía los ojos cerrados, y el presidente del jurado se quedó mirando por la ventana. Varios espectadores se susurraban unos a otros. ¡Y Likens se había ido! ¿Dónde estaba él? ¿Había escuchado algo del testimonio de Ann? ¿Regresaría? ¿Cuándo?

Aparentemente, el hecho de que a Ann le gustaba Ricardo, que era un científico serio y un buen mentor, les resultaba aburrido y no valía la pena destacarlo. Si el testimonio positivo no exoneraba a Ricardo, ¿qué lo haría?

—Gracias, Dr. Silvan, son todas las preguntas que tengo. Sofía volvió a la mesa y tocó a Ricardo en el hombro mientras se sentaba.

El fiscal se dirigió al estrado de los testigos para interrogar a Ann. —Le gusta mucho el Dr. Sztein, ¿verdad, Dr. Silvan? —su voz dulce y tierno.

—Sí, mucho. Es una persona maravillosa y un mentor.

—Eso parece, ¿no es así? —dijo el fiscal, todavía usando esa voz delgada y tranquila para que algunos espectadores se esforzaron para oírla.

Ann se puso nerviosa. El jurado se animó. Likens regresó a la sala del tribunal.

Luego el fiscal procedió con una voz más potente, una que llamó la atención. —Pero el buen carácter del acusado es irrelevante, ¿no es así, Dr. Silvan? Le echó un vistazo rápido al juez. —Estamos aquí para determinar si usó fraudulentamente fondos federales destinados a la investigación médica para estudiar medusas. —Se detuvo. —Y las medusas no son relevantes para las enfermedades humanas.

Sofía se opuso, afirmando que la acusación no tenía base para concluir si las medusas eran o no relevantes para la enfermedad.

—Sostenido, —dijo el juez.

—Muy bien, —dijo el fiscal, quien luego le dio la espalda al juez y le dijo al jurado en voz baja, —Supongo que no sé distinguir una medusa de un ser humano.

Justo cuando Sofía levantó la mano para objetar el arrogante comentario del fiscal, el juez intervino. —Por favor, limite los comentarios fuera de lugar, Sr. Jenkins.

Ricardo estaba furioso. ¿Por qué el juez no insistió en que el jurado ignorara el comentario inapropiado del abogado fiscal y lo amenazó con el desacato judicial?

El fiscal continuó insistiendo en el mismo tema, volviendo a su voz débil. —Dr. Silvan, usted dejó claro que el Dr. Sztein es una buena persona y que tenía una buena relación con él. Pero lo agradable no tiene nada que ver con este caso, ¿verdad? Una persona maravillosa puede hacer mal uso de los fondos, ¿no le parece?

Ann se puso rígida, pero no respondió. Las venas de la frente de Benjamín sobresalían, sus orejas tenían color escarlata y su mandíbula se apretaba.

El fiscal cambió de tema. —Dijo que había varios proyectos de investigación en el laboratorio de Ricardo cuando era estudiante. ¿Es eso correcto, Dr. Silvan?

—Sí, señor, —dijo.

—Con todos estos diversos proyectos, ¿alguno era directamente relevante para la enfermedad, como el glaucoma o la catarata u otro trastorno ocular? Cada uno trabajó en sus propias ideas. Ricardo fue muy solidario y siempre dijo que la diversidad es un punto fuerte. Luego añadió: —Yo también lo creo, de hecho.

—¿No hay un objetivo específico? ¿Sólo probar esto y aquello porque fue... interesante?

—Ricardo siempre nos aseguró que alguien usaría los nuevos conocimientos para los avances médicos. Dijo que no podíamos hacerlo todo. Lo importante era realizar lo que sabíamos hacer bien.

—Supongo que sí. Nadie puede lograrlo todo. Pero supongo que todos pueden hacer algo útil para aquellos que pagan las cuentas.

—¡Objeción! —Sofía dijo: —La opinión del Sr. Jenkins sobre la relevancia médica de los proyectos del laboratorio del Dr. Sztein de hace muchos años no tiene ningún valor.

Denegado, —respondió el juez. —El jurado debe subestimar las suposiciones del fiscal.

El fiscal miró al jurado y se encogió de hombros. —Una pregunta más, Dr. Silvan. ¿Por qué cambió su investigación a la retinosis pigmentaria-RP como usted la llama, cuando comenzó su propio laboratorio?

—Todos los investigadores independientes principiantes necesitan desarrollar su propia área. Y la RP es una enfermedad ocular grave que necesita atención. Todavía la necesita. Empezó a explicar sobre las mutaciones y cómo estaba avanzando en la terapia genética cuando el fiscal la interrumpió.

—¿No es esa complejidad que describe tan elocuentemente razón suficiente para dirigir el dinero de los contribuyentes a resolver estos temas médicos vitales en lugar de explorar la biología al azar? Hay responsabilidades sociales, ¿no le parece, Dr. Silvan?

—Sí, supongo, pero si no descubrimos nuevos conceptos, nos secaremos, por así decirlo.

Ricardo asintió con la cabeza.

—Pero volviendo a lo que estaba diciendo, hemos avanzado, —continuó Ann. —Estamos a punto de tratar la RP con terapia genética. No puedo esperar el día en que pueda decirle a mis pacientes que no perderán la vista. Estas son posibilidades tan emocionantes.

—En efecto, lo son. Posibilidades. Gracias, Dr. Silvan, —dijo el fiscal con una voz cálida y tierna, como si estuviera hablando con un amigo cercano. —Y buena suerte con sus valiosos experimentos en el tratamiento de la enfermedad de ceguera.

Los hombros de Ann se desplomaron y la mirada confiada de su rostro desapareció cuando se alejó del estrado de los testigos. Reconoció a Ricardo con una sonrisa de disculpa cuando pasó por su lado.

Pearl fue citada como la siguiente testigo. Caminó rápidamente al estrado, su pelo recién aclarado rebotando suavemente con cada paso. Se veía impresionante con su blusa color melocotón, falda negra y un broche de mariquita de la suerte. A Ricardo todavía lo impresionaba su manera de llamar la atención.

Sofía comenzó a hacerle a Pearl las preguntas que habían ensayado. Pearl respondió afirmativamente y sin vacilar. Sí, había sido becaria de postdoctorado en el laboratorio de Ricardo durante casi cuatro años. Había venido inmediatamente después de obtener su doctorado en la Universidad de Rutgers. Ricardo se involucró mucho en su proyecto de investigación de la córnea. Por supuesto que tenía una gran relevancia médica, y ella fue adquiriendo la experiencia para continuar una carrera independiente en la investigación médica, como el Dr. Silvan había hecho. No, su investigación sobre medusas no interfirió con la atención que le prestó a su trabajo. Las medusas eran estrictamente del dominio del Dr. Sztein, aunque él había pedido una vez sus comentarios sobre el manuscrito. Eso la halagaba. Su manuscrito sobre medusas era asombroso y estimulante intelectualmente. Ella se quedó impresionada por su imaginación.

Sofía mantuvo a Pearl en el estrado de los testigos durante media hora. Estaba claro que a Pearl le encantaba su mentor.

Cuando Sofía concluyó, el fiscal caminó lentamente hacia el estrado de los testigos. Comenzó su interrogatorio confirmando en una cápsula lo que ella había dicho en respuesta a las preguntas de Sofía, y luego comenzó a excavar aun más profundo.

—¿Podría por favor decirle al jurado por qué eligió hacer su trabajo postdoctoral con el Dr. Sztein?

—Porque Ricardo era un buen científico que trabajaba en el Centro prestigioso, —dijo.

—¿Por qué el Centro Científico de la Visión? ¿Por qué los ojos, Sra. Witstein? —Porque mi padre se había quedado ciego, —dijo.

¿Qué? ¡Nunca le dijo a Ricardo nada de eso! Sofía parecía tan sorprendida como Ricardo. ¿Sabía el acusador que el padre de Perla era ciego? Si es así, ¿cómo?

—Siento oír eso, Sra. Witstein, —dijo el fiscal con una voz dulce y enfermiza. —¿Cómo se quedó ciego?

—Degeneración de la mácula. Se quedó ciego cuando yo estaba en la universidad. —¿No querías hacer un trabajo postdoctoral en un laboratorio dedicado a esa enfermedad, o a la ceguera en general?

—Solicité ingreso en los laboratorios de varias facultades de medicina, pero estaban llenos. Sin embargo, el Dr. Sztein tenía una posición abierta que yo solicité. Tenía una fuerte reputación y pensé que podría aprender mucho de él. De hecho, mi investigación en su laboratorio es sobre la distrofia de Fuch, una enfermedad de la córnea.

—¿Está usted satisfecha con el Dr. Sztein como mentor?

—Absolutamente, dijo Pearl con verdadero entusiasmo. —Es muy agradable.

—Sí, ya sabemos que es simpático. Dígame, Sra. Witstein...

De su colorete color betarraga y la forma en que se frotaba el brazo izquierdo con la mano derecha, un hábito que mostraba cuando se avergonzaba, estaba claro que sabía que se había metido la pata a la boca. Pero se recuperó rápidamente. —Llámeme Pearl, señor. Todo el mundo lo hace.

—Bien, Pearl. ¿Qué decía? Pearl causó ese efecto en la gente, hasta en el fiscal. —Oh sí, ¿cómo reaccionó el Dr. Sztein a la ceguera de su padre?

Pearl echó un vistazo a Ricardo y luego rápidamente volvió su mirada al fiscal.

—No se lo dije.

—¿En serio? ¿Por qué, Pearl?

Eso es exactamente lo que Ricardo quería saber. ¿Porqué no se lo dijo? Mientras que la mayoría de la gente se habría enfadado o se sintiera herida, Ricardo no era gente normal. Estaba enfadado consigo mismo por no haber estado muy disponible para Pearl, por haber mantenido tanta distancia.

—No pensé que fuera relevante, — dijo Pearl en respuesta.

—¿Relevante? —dijo el fiscal. —¿No pensó que la ceguera era relevante para la investigación en el laboratorio del Dr. Sztein?

—Objeción, —Sofía interrumpió sin perder el ritmo. — Admitida, —dijo el juez. —Por favor, no guíe al testigo, Sr. Jenkins.

—No dije que no tuviese interés en la investigación médicamente relevante, —dijo Pearl. —No, señor, dije que no creía que mi problema, o más preciso, el de mi padre, fuera relevante ni necesario contarle eso en su laboratorio.

El fiscal miró al jurado con incredulidad. —Sea como fuera, Pearl, es interesante que no le dijeras al Dr. Sztein que la ceguera de tu padre te motivó a investigar sobre los ojos en su laboratorio.

Antes de que Sofía tuviera tiempo para oponerse de nuevo, el fiscal continuó. —Dígame, Sra. Witstein – Perla, digo —¿qué piensa de los frecuentes viajes del Dr. Sztein a La Parguera para trabajar en medusas?

—No es asunto mío, señor.

—Pero trabajas en su laboratorio y necesitas su guía. ¿Tiene suficiente tiempo para ti? —preguntó el fiscal otra vez. —Parece que es muy, digamos, independiente.

—¡Objeción! ¡Objeción! gritó Sofía.

Basta con una sola protesta, Sra. Lass, —dijo el juez. El público se titubeó.

—Objeción aceptada, —dijo el juez. —¿Cuánto tiempo el Dr. Sztein tiene para sus becarios postdoctorales no está en juicio.

—Claro, su Señoría, —respondió el fiscal con una falsa sonrisa. Luego dibujó en una de sus muchas voces, —Parece que quieres decir algo más, Pearl, ¿cierto?

Perla se retorció.

—He terminado con mis preguntas, Pearl, pero si quieres añadir algo que pueda ser útil, lo que sea, por favor, adelante... —instó, colocando su mano, el del anillo de zafiro, ligeramente en la barandilla del estrado.

Ella evitó el mirarle y después de un momento preguntó: —¿Qué quiso usted decir al mencionar la 'independencia' del Dr. Sztein, señor?

—Sólo se va por su cuenta, no es responsable, por así decirlo, respondió el fiscal. Le sonrió.

—Bueno, tiene suerte de poder hacerlo, —dijo ella. —Parece que le encanta.

Pearl evitó decir la palabra amor. —Muchos científicos disfrutan de su trabajo, del estímulo intelectual, del desafío, —añadió.

—Con Ricardo, parece más que un placer. Le encanta. Ya sabes... el amor... es mucho más que el disfrute. Es emocional. Es muy poético cuando habla de medusas, y me pasó por la cabeza que... —Ella dudó.

—Sí, Pearl. Continúa.

Pearl apareció nerviosa. —Oh, no quiero decir nada malo. No, no. Me gusta el Dr. Sztein. Lo envidió.

—¿Envidia de qué, Pearl?

—Su independencia, señor, respondió ella, recuperando la compostura.

—Sí, por supuesto. Su independencia. Gracias, Pearl. No tengo más preguntas.

El fiscal pasó cerca del jurado sin mirarlos cuando volvió a su asiento.

—¡Independencia, en efecto! ¿De quién? ¿De qué? Es inútil, —susurró Ricardo, más para sí mismo que para Sofía.

Sofía se volvió hacia Ricardo con los pliegues alrededor de sus ojos verdes acentuando su rostro compasivo.

—No te desesperes todavía, dijo ella. ¿Estás seguro?

Capítulo 35

Los titulares de la portada del *Washington Post – Nice is not Enough* (*No basta ser simpático*) asustaron a Ricardo cuando salió de su casa para ir al juicio al día siguiente. Escrito por Randolph Likens – ¡que sorpresa! Esperemos que este día le vaya bien. Hoy Benjamín iba a testificar.

El clima era desagradable y la lluvia golpeó la ventana del panel de juristas en la sala. La charla de los espectadores se desvaneció cuando Benjamín fue llamado al estrado. Después de prestar juramento, Benjamín llamó la atención de Ricardo al otro lado de la sala y le saludó moviendo los labios con un saludo callado.

—Hola. —Ricardo respondió con la cabeza. Las manchas de los codos en su chaqueta de corduroy y la mancha de café en su pantalón caqui lo retrataron como el estereotipo profesor excéntrico y despistado, lo que no pudo estar más lejos de la verdad. Se aclaró la garganta y ajustó el nudo de su corbata marrón oscuro.

Ricardo asumió que el respaldo de un miembro de la Academia Americana de Ciencias respaldará a su caso. Sin embargo, era consciente de que cualquier desliz que Benjamín pudiera cometer – un comentario escéptico sobre un cerebro de medusa o un comentario flojo sobre el viaje de Ricardo a La Parguera – podría ser perjudicial para su caso.

Pero Benjamín era un profesional, pensaba Ricardo, un profesional y un amigo.

Benjamín le había aconsejado a Sofía que fuera breve, así que su lista de preguntas era corta. Prefería no aburrir al jurado con repeticiones, y esperaba preguntas suficientemente abiertas como para poder refutar algunos de los comentarios pasados del fiscal si tenía la oportunidad.

En primer lugar, Sofía destacó las credenciales de Benjamín, sus publicaciones, sus numerosos honores, todo lo que se culminó con la elección a la Academia Americana de Ciencias. Luego se refirió al proyecto del nopal de Benjamín, igual como habían practicado.

—Dr. Wollberg, el Dr. Sztein ha utilizado su investigación sobre el cactus como muestra de cómo un proyecto de investigación puede comenzar sin un destino claro, pero desarrolla relevancia médica a medida que avanza. ¿Podría explicarlo mejor, señor?

—Objeción, —dijo el fiscal. —El Dr. Wollberg jugueteaba con nopal cuando estaba en el ejército israelí. No hizo este trabajo a expensas del gobierno de los Estados Unidos. Y, en cualquier caso, sería pura suerte si la Cacteína resulta ser médicamente relevante.

—Suerte, sí, —murmuró Sofía en voz baja. —¿No depende toda la investigación hasta cierto punto de la suerte?

El juez reconoció que la suerte no era motivo para objetar.

Indignado, Benjamín dijo, —Confío en que el ensayo clínico en curso revelará cómo la Cacteína es relevante para la medicina, no si es relevante. Luego, en voz más neutral, dijo: —Pero déjeme comentar sobre la investigación básica en general. Nunca se sabe lo que está al alcance de los rincones oscuros, esos puntos ocultos que el Dr. Sztein tiene un talento para olfatear. Encontrar esos rincones lucrativos es una marca de un buen científico tanto como la investigación misma. He aprendido mucho de él sobre eso.

Benjamín se detuvo, se fijó en el suelo y luego se enfrentó a Sofía. —Permíteme comentar sobre la misión del Dr. Sztein sobre la investigación básica, lo que encuentro bastante relevante.

—Por supuesto, Dra. Wollberg.

—El Dr. Sztein no es ingenuo. Sabía que tenía que hacer una conexión entre la visión de medusa y su investigación sobre los trastornos de la córnea para que su solicitud de viaje fuera aceptada. Así que jugó el juego, como todos lo hacemos. Pero también cree, en mi opinión, que la investigación básica es como una bestia que no puede ser domada. La relevancia médica no puede garantizarse más que el resultado de un experimento. La investigación de Ricardo es sincera en ese sentido. Permítame ser específico. Justifiqué su viaje inicial a La Parguera como una extensión de su trabajo anterior sobre los trastornos de la córnea, y así fue. Sin embargo, sus resultados experimentales con las medusas lo llevaron en nuevas direcciones. Él creía, honestamente, después de sus muchos años de experiencia, que era donde saldría su recompensa. Este es el comportamiento de un hombre tratando de defraudar a alguien. Permitió que sus experimentos con medusas, su bestia salvaje, lo guiaran, en lugar de llevar obstinadamente la relevancia médica más allá de la verdad. Parece injusto procesar a un científico por su integridad e imaginación. ¿No es eso de lo que se trata la libertad académica, la que ha sido el núcleo de tantos avances?

Mi querido Benjamín, pensó Ricardo. Lo entiende. Pero ¿un jurado de no científicos también lo entenderá?

—Gracias por esa útil aclaración, Dra. Wollberg. Una última pregunta. ¿Ha visto alguna vez al Dr. Sztein tomar drogas?

—Sólo para los resfriados. No les gustan. Le gusta tener la cabeza despejada. Sofía sonrió, pero el fiscal no lo hizo.

La lluvia había parado. El sol atravesó las nubes e iluminó la sala del tribunal.

—No tengo más preguntas, Dra. Wollberg.

El juez pidió un receso de 30 minutos antes del interrogatorio del fiscal.

Cuando el tribunal se volvió a reunir, el fiscal se puso a trabajar en Benjamín. —Su amistad con el Dr. Sztein es conmovedora, Dra. Wollberg. Debe haber sido muy doloroso para usted cuando falleció su esposa...

—Sí, Lillian era su mejor amiga. Me daba mucha pena.

Ricardo palideció cuando escuchó el nombre de Lillian. Por lo mucho que la echaba de menos, era mejor que no fuera testigo de esta farsa.

—¿Por eso acompañó al Dr. Sztein a La Parguera en su primer viaje? ¿Porque sintió que necesitaba un amigo para apoyarlo? preguntó el fiscal.

—¡No! —Gritó. —Me impresionó que la medusa tuviera ojos y me pareció fascinante.

—Pero, dejaste de trabajar en medusas con el Dr. Sztein después de ese viaje. Sólo has ido a La Parguera una vez. Me enteré por un colega tuyo que tuviste dificultades para justificar la investigación de medusas en uno de tus retiros universitarios.

—Objeción, —Sofía entonó —Son rumores sin fundamento.

—Aceptado, —dijo el juez.

El ojo del fiscal se estremeció. —Lo siento, su Señoría. Me disculpo por haber sacado a relucir información confidencial.

No faltaba nada más. Había dejado claro su punto de vista.

—No acompañé a Ricardo a La Parguera en su segundo viaje porque estaba inundado y no tenía tiempo, —Benjamín ofreció.

—¿Ocupado con sus investigaciones de nopal?

—Sí, así como múltiples conferencias, los estudiantes, todo lo de siempre. —¿La Cacteína es un extracto de nopal? —preguntó el fiscal, como si no supiera la respuesta. —Sí.

—Es maravilloso que tenga un ensayo clínico en marcha para probar si la Cacteína puede ser usada para tratar la depresión.

—Gracias.

El fiscal seguía. —Es bien reconocido que la investigación sobre especies oscuras puede ser extremadamente valiosa. Por lo tanto, no es medusa lo que se está procesando aquí. Es la naturaleza del trabajo y la motivación. El fiscal se detuvo. —Tengo curiosidad por saber por qué acompañó al Dr. Sztein en su primer viaje a La Parguera. ¿Cuál fue su motivo, en verdad?

Era cosa que no sabía aun y me pareció fascinante, como ya se lo he dicho antes. Me dio curiosidad.

—¿Eso fue todo? Pura curiosidad?

—Esencialmente, sí. Nunca se sabe qué descubrimientos se harán al explorar algo nuevo.

—Así que las medusas eran sólo curiosidad para ti, no una investigación seria, ¿verdad?

—El viaje a La Parguera y las medusas fueron una ciencia seria para el Dr. Sztein.

—¿Es por eso que el Centro Científico de la Visión pagó su viaje a La Parguera, mientras que usted pagó de su propio bolsillo: por ser cosa de él, ¿no de usted?

—Tenemos diferentes objetivos. Yo no soy el acusado aquí.

—Muy bien, —dijo el fiscal. —¿Diría usted que el Dr. Sztein concluyó que las medusas tienen cerebro y pueden visualizar la evolución para catapultar su popularidad y cautivar a los científicos novatos en vez de avanzar en la ciencia, socavando así la misión del Centro Científico de la Visión?

—Objeción, —dijo Sofía. —Lo que pasaba por la mente del Dr. Sztein es irrelevante. La Dra. Wollberg no es una psiquiatra.

—Objeción aceptada. Contenga sus preguntas a los hechos, —le advirtió el juez al fiscal.

Benjamín corrigió al fiscal. —Señor, Ricardo concluyó sólo que las medusas ven imágenes. Sus datos sobre eso son relevantes. No *concluyó* que las medusas tienen mentes y visualizan la evolución, sólo *especuló* sobre esas posibilidades en base a sus datos. Y, francamente, hizo un argumento interesante.

—En efecto. Especulado. Pero el Dr. Topping mencionó antes, bajo juramento, que jóvenes científicos prometedores están solicitando becas sobre invertebrados sin ninguna relevancia previsible para la medicina, y están citando la investigación del Dr. Sztein como su modelo. Robar lo mejor y lo más brillante – así lo explicó.

Sofía se opuso, diciendo que la Dra. Wollberg estaba atestiguando, no el Dr. Topping.

—Aceptado, —acordó el juez.

El fiscal sonrió ligeramente. —Me gustaría mencionar a la Cacteína una vez más, Dra. Wollberg.

Benjamín asintió. —Está bien. Sofía se opuso una vez más.

—Estoy tratando de establecer la fiabilidad del acusado, su Señoría, —respondió el fiscal.

—Objeción denegada. La fiabilidad del acusado es relevante para el caso.

El fiscal continuó. —La Cacteína es una droga que altera la mente. ¿Es un narcótico?

—Como publiqué, —dijo Benjamín, —La Cacteína no ata a los receptores conocidos para los narcóticos. No creo que sea un narcótico en ningún sentido convencional. La he probado personalmente por auto inyección. Nunca escuché voces ni vi colores ni sentí ningún síntoma conocido de narcóticos.

—Entonces, ¿qué fue lo que te hizo sentir la Cacteína exactamente? —preguntó el fiscal.

Benjamín se enderezó.

—Primero, aumentó mi habilidad para observar los detalles. Lo que vi fue real. Podía verificar todo lo que veía bajo su influencia en una inspección de cerca al día siguiente. No interpreté las manchas como arañas ni los colores como arcoíris ni tuve ninguna otra alucinación. Tampoco creo que el Dr. Sztein viera cosas inexistentes. Confirmó que los poros que vio en la imagen de la esponja en la pantalla de la computadora generada por la medusa se veían similares a los poros de aquella esponja captivada en la botella. La Cacteína pudo haber ayudado a Ricardo a ver lo que estaba realmente allí. Eso es todo. En segundo lugar, la proteína parece activar un potencial no reconocido previamente para que los individuos se vinculen entre sí e incluso con su entorno físico. Es por eso que la proteína sigue siendo el enfoque de un ensayo clínico. Los experimentos del Dr. Stein sugieren que la proteína aun puede promover la unión entre las personas y las medusas. Evolucionamos de los antepasados después de todo, así que tiene sentido que pueda haber una vía evolutiva para las emociones o el pensamiento o, no sé, alguna otra novedad para nosotros. Es increíblemente interesante. Creo que la Cacteína crea nuevas bolsas de importancia evolutiva en nuestros cerebros. En todo caso, los estudios sobre medusas del Dr. Sztein son un poderoso ejemplo de descubrimientos inesperados con un enorme potencial que provienen de la investigación básica.

—¿Bolsillos de importancia evolutiva? dijo el fiscal. —Vale, usted es la científica, Dra. Wollberg... ¿pero la gente se vincula a las medusas? ¿A expensas del gobierno? No pasa nada, sólo pienso en voz alta. El fiscal le robó una mirada al jurado.

—Sólo una vez más para que conste, Dra. Wollberg: ¿Jura bajo juramento que la Cacteína no induciría un tipo de estado psicótico en el Dr. Sztein que lo hiciera romper con la realidad?

—Sí, lo confirmo, por dos motivos. El primero, como acabo de decir, es que la Cacteína no es un narcótico convencional. Pero la segunda razón es aún más persuasiva, y es algo vergonzoso.

Todos los miembros del jurado tomaron nota. Ricardo se inclinó hacia Sofía, le susurró algo al oído y se dio la vuelta para ver si Likens estaba allí. Estaba.

Entonces Benjamín soltó su bomba. —Resulta que el extracto de Cacteína que le di a Ricardo tuvo poca o ninguna actividad.

Ricardo estaba aturdido. Murmuras de *oh's* y *ah's* en serie se esparcieron entre los espectadores. Las cejas elevadas del juez mostraban su asombro.

El rostro de Sofía se iluminó. Se volvió hacia Ricardo y dijo: —¡Es fantástico!

Después de un momento, Benjamín continuó. —No me di cuenta hasta que probé una muestra del extracto que le di a Ricardo después de que se publicara su artículo. —Benjamín se estancó. —Era mucho, mucho más débil de lo que había pensado, quizás hasta inactivo. He probado varios extractos de Cacteína y ninguno perdió actividad con el tiempo cuando se congelaron, así que no tenía razón para pensar que este extracto no estaba activo. Por casualidad, Ricardo recibió un extracto muy débil. Eso es todo.

—¿Y nunca se lo dijo al Dr. Sztein? preguntó el fiscal, sorprendido.

—Debería haberlo hecho, —dijo Benjamín, —pero sólo descubrí esto últimamente. Mucho después de que se publicara su artículo. Estaba avergonzado. Además, Ricardo sólo se había referido a la Cacteína en los agradecimientos al final de su artículo. Antes quería que él enfatizara más a la Cacteína, y ahora estoy feliz de que no lo haya hecho.

Benjamín miró a Ricardo y murmuró en voz baja: —Lo siento.

—¿Entonces, el Dr. Sztein tenía la impresión de que la Cacteína le afectaba más de lo posible? —preguntó el fiscal.

—Tal vez. Sin embargo, como dije, la Cacteína no figuraba realmente en su artículo, y siempre insistió en que sus observaciones y conclusiones se basaban totalmente en sus datos, no en su estado de ánimo. Y ahora estoy seguro de que la Cacteína no tuvo un efecto biológico alterador de la mente en lo que el Dr. Sztein vio y sintió, excepto quizás psicológicamente. Ricardo vio lo que había allí. No fue drogado de ninguna manera.

Ricardo quedó perplejo y enojado, aunque se sintió un poco aliviado. ¿Cómo podría Benjamín no decírselo? ¿Qué tan débil era la Cacteína? O, ¿Acaso Benjamín estaba tratando de ayudarlo en este juicio? El fiscal no desafió más a Benjamín sobre la Cacteína. No podía permitirse el lujo de perder más terreno.

—No tengo más preguntas, Dra. Wollberg.

Al pasar, Benjamín le mostró a Ricardo una mirada tímida.

Capítulo 36

Sofía le aconsejó a Ricardo que no testificara a su propio favor. —Como ofrecer una foca herida a un tiburon, —dijo ella.

—El fiscal es astuto, Ricardo. Es diferente cuando te encuentras en el estrado de testigos. No tienes ni idea. Créeme.

—¿No me crees a mi en esto, Sofía?

—Quiero testificar, —dijo, tercamente. —No cometí ningún delito. Quiero que oigan mi versión de la historia. No me dejaré llevar. Ya verán. Me mantendré firme como piedra.

—No creo que sea buena idea, —volvió a decir Sofía.

Ricardo insistió. La abogada respiró ondo, y en tono duro, enfatizó, —Bien, Ricardo, que así sea. Pero hay muchas cosas que debes entender.

—Dime.

—Hay que destacar cuánto sus investigaciones han servido a la medicina y, por lo tanto, a los contribuyentes, y cómo sus investigaciones sobre medusas siguen una línea directa de sus investigaciones pasadas. El fiscal quiere separar esos logros a los de las medusas. Tienes que unirlas.

—Pero no creo que mis investigaciones hayan servido a los contribuyentes aún.

—Eso es una mierda y lo sabes. ¿No puedes olvidarte de ti mismo y de tus medusas por una sola vez? Sus ojos verdes se encendieron, se puso rígida.

—¡Este juicio se trata de que te aprovechaste de los fondos del gobierno, no de ti como científico ni tampoco de las malditas medusas!

A nadie le importa lo interesante que sea tu investigación ni el genio que eres.

—Cuéntales que tu investigación siempre fue y sigue siendo fiscalmente responsable, que tu objetivo es aliviar el sufrimiento humano y descubrir nuevas formas de tratar las enfermedades. Dígales que, en los ojos de las medusas, hallaste genes asociados con la distrofia de Fuch, los que tú mismo descubriste en los ratones, y que puede ser que esto nos dará pistas sobre la causa de la enfermedad y, últimamente, sobre los tratamientos. ¡Por eso hiciste el trabajo! Dígales que la diferencia entre las medusas y los cristales humanos quizás dé pistas para prevenir las cataratas.

—La abogada suspiró. —Que se yo, Ricardo. Eres tú el científico creativo, yo no. No sigas con eso de estar en la mente de las medusas ni eso de que ven la evolución. Esos son cuentos. Es preciso que convenzas al jurado de que tu investigación estaba íntimamente ligada a tu misión orientado a la cura de enfermedades, así como lo hiciste con tus primeros pedidos de viaje. Tienes que hablar como lo hacen hoy en día, y usar palabras que les suenan.

—Sólo hables de la relevancia médica de tu trabajo. Estira un poco la verdad si tienes que, aunque puede que sea menos de lo que piensas. Aproveche el hecho de que los miembros del jurado no son científicos e impresiónelos con sus contribuciones a la medicina, no con la jerga esotérica de la ciencia básica. ¿Por qué cree que el Centro Científico de la

Visión le ha apoyado todos estos años? No son estúpidos. Dios mío, Ricardo, has publicado... ¿cuántos artículos relevantes a las enfermedades humanas?

—Muchas. —Sus hombros se encorvaron. Ella tenía toda la razón.

—Mira, Ricardo, yo no creo que este juicio debiera haber ocurrido nunca. Se trata de un asunto filosófico, no legal, tal y como dije la primera vez que nos vimos. La libertad académica no se puede empaquetar dentro de un bloque de reglas, y se tuerce en las manos equivocadas. ¿Por qué cree que la tal «intelligentsia» ha sido el objetivo de las dictaduras? Cuando Topping habla de responsabilidad moral, ¡Tonterías! ¿Y además qué significa 'responsable' en el mundo de la investigación académica – esa que se supone ser centrada en el conocimiento?

—Entonces, estás diciendo que debería ignorar mis averiguaciones sobre las medusas. ¿Cómo voy a hacer eso? Es el alma de la investigación básica y de lo que se trata este ensayo.

Sofía se veía aun mas frustrada. —El juicio no se trata de las medusas, ni siquiera sobre investigación básica. Se trata del dinero. ¿No puedes entenderlo? ¡Ponte a jugar! Convenza al jurado de que sus hallazgos sobre el comportamiento y la visión de las medusas son subproductos, no el objetivo de sus investigaciones – no de lo que pretendía perseguir.

La cara de Ricardo se puso verde, así como los ojos de Sofía. —Tienes toda la razón.

—Tus intereses y frustraciones personales verdades encajan otro rompecabezas. Las medusas son increíbles, y forman parte de tu corazón, no de tu trabajo. Lo entiendo. Benjamín también lo sabe. La medusa pura, la medusa en tu corazón científico, aunque romántico, pertenece a otro partido. Creo que eso es lo que Benjamín intentaba decir. Jugaste bien cuando solicitaste permiso para ir a La Parguera. Tienes que adherirte a las reglas de este juego a lo largo del juicio. No puedes ganar si juegues el partido equivocado. ¿Entiendes?

Las manos de Sofía se movían de un lado a otro, y su expresión brillaba con sinceridad. Ricardo se sintió avergonzado de ser regañado, pero sí, lo entendió. Había hecho mucho para beneficiar a los contribuyentes y si fue motivado para obtener fondos, siempre había jugado el juego político correcto. Necesitaba seguir jugando. Necesitaba ganar el juego.

Sofía recuperó su aliento antes de continuar: —No quiero ser arrogante, Ricardo. Quiero que tengamos éxito.

—Yo también. Estaba agotado.

Con ese acuerdo, juntaron las cabezas para preparar ejemplos de exploraciones básicas que condujeron a grandes avances en la medicina, comenzando con el descubrimiento de la penicilina.

—El jurado necesita ejemplos sencillos de avances médicos de la investigación básica, —dijo una y otra vez, —porque no son científicos.

El domingo por la noche antes de que se resumiera el juicio, Ricardo y Benjamín cenaron juntos en un restaurante italiano.

—Así que mañana es el gran día. Vas a testificar.

—Así es. Sofía se volvió loca diciéndome que debo recalcar lo importante que es mi trabajo desde el punto de vista médico. Quiere que participe en este juego político de moda y que me olvide de las medusas.

—Ella tiene razón. Las medusas no impresionarán al jurado. Eso te sirve para una conferencia académica, no para un tribunal. La torre de marfil se ha derrumbado, Ricardo. Hoy en día a nadie le interesa el conocimiento o las ideas que generan nuevas ideas por su propio bien. Despliega tus logros médicos y vincula tus medusas con investigaciones relevantes, como hiciste cuando comenzaste tu solicitud de viaje.

Benjamín era el eco de Sofía. Ricardo se sentía como un cisne negro. Benjamín colocó suavemente su mano en el brazo de Ricardo.

—Ricardo, este juicio no se trata de la naturaleza ni siquiera de ti. Se trata de dinero.

Ricardo suspiró. —Eso es precisamente lo que dijo Sofía. Supongo que la verdad es que soy un egocéntrico. Siempre quise cultivar mi jardín, como hubiera dicho Voltaire. Ya ni siquiera estoy seguro de en qué consiste mi trabajo. Tal vez mi investigación es irrelevante para todos menos para mí. ¿Toda esa gente del público que me juzga, que me acusa cuando sólo quiero ser – no sé cuál es la palabra correcta – virtuoso?

—Todos somos unos egocéntricos hipócritas, por lo menos a veces. En el fondo, «la profesión ante todo» es el mantra para todos nosotros, tú, yo, Jenkins, Topping, incluso Sofía. Y, en otra cosa estabas bien, Ricardo.

—¿En qué?

—Resulta de que Sofía me agrada.

—A mí también. Ella es viva y vive en el mundo real. ¿Crees que he hecho tanto mal, Benjamín? Marcus insinuó que he corrompido a jóvenes científicos brillantes, robándoles la investigación relevante. ¡Jenkins incluso insinuó que soy un asesino!

Benjamín miró al espacio, girando espaguetis con su tenedor, y tomó un sorbo de Chianti. —Vale…

—¿Qué? ¿Tu Chianti? ¿Qué onda? ¿Soy un ladrón y un asesino…hola, Benjamín, ¿estás ahí?

—Sócrates, —contestó Benjamín.

—No del todo. Ni siquiera Einstein. ¡Benjamín, despierta!

—¿Has leído alguna vez *La Disculpa* de Platón? Es la defensa de Sócrates en su juicio en Atenas. Fue acusado de impiedad y de corromper a los jóvenes por sus enseñanzas. Eso fue hace 2500 años. ¿Te suena?

—¿Sócrates? Fue condenado a muerte, ¿qué no?

—Sí, pero terminó envenenándose. ¿Sabes lo que recuerdo que se esforzaba por ser?

—Ni idea, —dijo Ricardo. —¡Virtuoso!

—Estás bromeando.

Después de la cena, Ricardo fue a casa y desenterró una polvorienta copia de los escritos de Platón de su colección de libros. Ricardo se angustió cada vez más por el poder de la opinión pública entre las líneas de *La Disculpa*. Copió una parte de una frase que consideró usar para su defensa: «...la virtud no viene del dinero, sino que de la virtud vienen tanto el dinero como todas las otras cosas buenas de la humanidad, en privado y en público», pero hacer entender al jurado parecía tan desesperadamente difícil para él como lo había sido para Sócrates. La declaración de Sócrates de que «la vida sin investigación no merece ser vivida» desalentó aún más a Ricardo, porque Sócrates cerró esa esclarecedora verdad con, « me creerías aún menos si dijera eso ».

Ricardo tenía un serio dilema y lo sabía. Esta vez no podía meter la cabeza en la arena. No era un avestruz; era el acusado de un juicio penal.

Y mañana estará sentado en el estrado de los testigos, luchando por su vida.

Capítulo 37

La mañana siguiente, Ricardo, demasiado nervioso para desayunar, se cortó la barba y se puso su corbata más cara. Llegó al tribunal poco antes de las nueve. Los espectadores empezaron a llenar la sala – hasta que se agotaron los asientos.

Tanto alboroto por un viejo científico, pensó Ricardo. Sofía y Benjamín tenían razón: las medusas son irrelevantes.

Intentar impresionar al jurado con medusas o intentar definir su concepto de ciencia básica era inútil. Los espectadores habían venido a cuidar sus bolsillos y a desahogar su ira. Si los dólares cada vez más escasos de los contribuyentes eran el Dios de hoy en día, entonces Ricardo estaba siendo juzgado por impiedad, como Sócrates y Galileo después de él.

Los pensamientos de Ricardo fluían de persona a persona. Sofía, inteligente como un látigo, quería que se convirtiera en un político y abrazara el cinismo. Diles lo que quieren oír, había dicho. Sorpréndelos con las palabras de moda adecuadas. Él lo intentaría.

Sabia que Pearl quería ser útil, lo sabía en el fondo de su corazón, pero se le he hizo raro que no le había dicho eso de que fue precisamente la degeneración de la mácula lo que hizo que su padre se quedara ciego. ¿Qué más no le había dicho? Ann Silvan, su favorita desde hace años también tenía buenas intenciones, pero estaba centrada en su propia carrera, muy distinta de la suya. Ese maldito Marcus Topping vivió para seducir al Congreso para conseguir sus fondos. El leal Benjamín, tanto hermano como amigo y colega, lo había comparado con Sócrates, no el filósofo, sino la víctima sentenciada por la opinión pública.

No, eso no era justo. Estaba agradecido por Benjamín. Luego llegó el juez – supuestamente neutral –¿pero lo es en verdad? – luego los espectadores sedientos por la sangre, con Randolph Likens y su pluma venenosa escondida en la última fila. Y aún más importante, el jurado: ¿estaban de su lado? Muy pronto lo sabrá.

Ricardo se suplicó a sí mismo que mantuviera la calma y fingió parecer confiado cuando oyó al alguacil llamarlo al estrado. Se dirigió al frente de la sala, tomó el juramento con la mano derecha sobre la Biblia y se sentó en el estrado de los testigos. Pasó sus dedos por su cabello fino. Su cara estaba dibujada; sus manos inestables. Había perdido peso durante este juicio, así que ni siquiera su cinturón se apretaba bien.

El paisaje de la sala del tribunal parecía diferente al del estrado de los testigos que el de su asiento de Sofía. Benjamín se había desvanecido en la distancia. Los espectadores que lo afrentaban reemplazaron al juez como símbolo de autoridad. El jurado parecía aún más cerca y amenazador. Podía oler el perfume de la dama del pelo de raya blanca, oía el leve movimiento de los pies, ocultados detrás de la barrera de esa madera lustrada que tenia secuestrado al jurado, y hasta alcanzaba ver un granito en el rostro afcitado del capataz. Ricardo encontró peculiar, triste e irónico, que una docena de extraños anónimos que no sabían nada de ciencia decidieran su destino.

Se oyó el ladrido de un perro afuera. Imagina el caos si el perro entrara a ladrar dentro de la sala, pensó. De repente se sintió como un perro en la sala: fuera de lugar.

Sofía se acercó al estrado de los testigos, y Ricardo sabía que su paso parecía más seguro de lo que ella se sentía. Habían acordado que ella se limitaría a cuestiones simples que le permitirían subrayar la relevancia médica de su investigación. La estrategia era convencer al jurado de que procesar a Ricardo era contra productivo para el avance de la ciencia y no económico a largo plazo. El dinero tenía que ser parte de la fórmula.

Al responder a las preguntas de Sofía, Ricardo estableció, una vez más, que era un científico eminente que había recibido premios por su investigación médicamente relevante sobre el ojo, que había sido mentor de muchos becarios postdoctorales que ahora ocupaban puestos importantes en la academia y la industria, y que sus viajes a La Parguera habían sido aprobados por el Centro Científico de la Visión y justificados como ampliaciones legítimas de su previa investigación sobre la córnea de los mamíferos. También enfatizó que la investigación básica era crucial para el progreso de la ciencia. La historia había demostrado una y otra vez que los avances médicos importantes provenían de fuentes inesperadas.

Sin embargo, a pesar de las apasionadas instrucciones de Sofía, no pudo resistirse a promover la ciencia básica y terminó diciendo:

—Mis estudios sobre medusas han abierto nuevas y excitantes vías de investigación con importantes implicaciones evolutivas.

No habían ensayado esa conclusión, y de Sofía recibió una mirada severa. ¿Cuántas veces tuvo que decirle que terminara con las implicaciones médicas de su investigación? Sin embargo, lo dijo con calma y con autoridad. En general, Ricardo parecía controlado.

—Gracias, Dr. Sztein. Eso es todo. Sofía se volvió a su asiento, sus dedos cruzados.

El fiscal abrió su interrogatorio con su una delgada. — Dr. Sztein, cortémonos al grano. ¿Cómo se han beneficiado los contribuyentes de este país de su investigación sobre las medusas?

Sin dudarlo, Ricardo dio su respuesta preparada defendiendo a la investigación básica que parecía desconectada de la medicina y que solía tener una importancia clínica e industrial. Mencionó los antibióticos derivados de cultivos bacteriáceos, y las enzimas resistentes al calor en los microorganismos, lo que favorecieron la clonación de genes y abrieron nuevas industrias. Incluso la investigación sobre medusas bioluminiscentes condujo a la obtención del Premio Nobel por sus implicaciones médicas.

—Sí, sabemos todo eso, Dr. Sztein, pero ¿qué de la investigación suya?

Ricardo estaba listo. Hizo una lista del modelo de ratón que había desarrollado para la distrofia de Fuch, los genes que había asociado con esa enfermedad, la hormona corneal del ratón, sus estudios sobre las cataratas. Luego, con su voz más autorizada y realista, recordó al jurado que había recibido el Premio LeBlanc y la Medalla Melón y otros reconocimientos por su investigación médicamente relevante. Cuánto más confiado se sentía al apartar su corazón de su cabeza.

Sofía asintió con aprobación.

—En cuanto a mis estudios sobre medusas, continuó, — estaba tratando de rastrear la evolución de los genes que he asociado a la distrofia de Fuch. La comprensión de la evolución de genes y proteínas específicas proporciona pistas vitales para enfrentar las enfermedades hereditarias, concebir terapias genéticas y, con suerte, manejar las pandemias virales.

No fue tan difícil decirles lo que querían oír una vez que se puso en marcha.

—Le aseguro, Dr. Sztein, que sus contribuciones pasadas a la ciencia médica han sido notadas. Además, su plan de investigación original sobre medusas para el primer viaje a La Parguera fue aceptado como un proyecto de alto riesgo – muy alto riesgo diría y sin embargo potencialmente relevante. ¿Pero qué hay de su segundo viaje a La Parguera, cuando su investigación comenzó a derivarse a eso de la mente de las medusas? Y luego hubo el tercer viaje a La Parguera, ese centro de buceo...

—¡Objeción, Señoría! —Sofía se puso roja de ira. —La insinuación del fiscal de que Ricardo fue a La Parguera de vacaciones es indignante.

—Aceptado. El jurado debe descartar la conexión de La Parguera con un centro turístico.

Como si pudieran.

El fiscal parecía imperturbable. —Como decía, Dr. Sztein, ¿qué hay del tercer viaje a La Parguera cuando aprovechó la ausencia del Dr. Topping para someter su solicitud de viaje?

—¡No estaba tratando de 'colar' nada! exclamó Ricardo, su temperamento calentándose. —¡El Dr. Topping estaba fuera de la ciudad y era la temporada ideal para coleccionar a las medusas en La Parguera! Que iba yo hacer? Se lo pedí al director a cargo.

Con una simple palabra de cuatro letras, el fiscal había logrado crear una tormenta dentro de Ricardo. Necesitaba calmar sus nervios para no soltar un ataque tonto de que seguramente lamentaría al salir de su boca.

El fiscal continuó. —Dr. Sztein, ¿podría por favor decirle a la corte cómo jus-ti-fi-ca usar el dinero de los contribuyentes para tomar semejantes vacaciones?

¡Otra vez con esa injusta implicación de que fueron vacaciones! La intensidad del tono amenazador del fiscal aumentaba con cada palabra y cuando llegó al punto final, los capilares de sus mejillas redondas sobresalían como hebras de espagueti empapadas en salsa de tomate.

—Repito mi objeción. Eso de decir que fueron vacaciones debe ser borrado del expediente, —dijo Sofía, su tono indicando su exasperación.

—Aceptada, —acordó el juez. —Pero el acusado todavía tiene que justificar su extensa investigación sobre las medusas.

¿No lo había hecho? Ricardo vio la expresión inquieta de Sofía, y luego a la de Benjamín.

Ricardo se imaginó vestido de toga en la antigua Grecia ante una multitud de ciudadanos acusadores. Cerró los ojos brevemente. Cuando los abrió, la audiencia apareció como un clérigo pretencioso. Escudriñó los rostros de los espectadores, buscando en vano a Lillian. ¿Por qué había rechazado su súplica de ayudar a otros evitar el dolor de las enfermedades intratables? ¿Por qué no había atendido las sobrias advertencias de Benjamín de no desviarse de aquella limitada misión del Centro Científico de la Visión? El Dr. Topping tenía razón. Era más apasionado por las medusas que compasivo con la gente. No fue malinterpretado. Era él quien no lo entendía.

—Por favor, Dr. Sztein, seguimos esperando, —dijo el fiscal, dándole vueltas al anillo de zafiro con su pulgar.

La voz baja, pero a la vez ruidosa del fiscal le prendió fuego a Ricardo. Había algo maravilloso en ese resplandor de emoción. ¡Qué bien se sintió! ¡La libertad por fin! Se estiró la columna vertebral, cuadriculó los hombros y le dio al fiscal una sonrisa de tranquila confianza. Aunque nadie había hecho antes durante una declaración, decidió ir a la ofensiva. Podía ser tan astuto como el fiscal.

—Dígame, señor, ¿gana usted todos sus casos? Es decir, ¿a todos los acusados que usted procesa se declaran culpables?

—¿Que dice? —Preguntó el fiscal, aparentemente confuso.

—No tengo que contestarte. Soy yo quien hace las preguntas.

—¡Objeción! —Sofía intercedió.

El juez se detuvo un segundo. —Por muy raro que sea esto, la objeción se sostiene. Tengo curiosidad por saber qué tiene en mente el Dr. Sztein. Por favor, responda a la pregunta, Sr. Jenkins. Sin embargo, no permitiré que este repaso al protocolo siga adelante.

El fiscal le echó una mirada de desaprobación al juez, y luego a Ricardo.

—Esto es extraño, Dr. Sztein, pero sí, generalmente los acusados son declarados culpables.

—Ya veo, —dijo Ricardo. —Vale pues, esa es mi respuesta genérica a su pregunta.

—¿Qué dice?

Ahora le tocó al fiscal mostrar interés.

—Justifico mi investigación sobre la profundización en los misterios de la naturaleza porque generalmente los experimentos producen nuevos conocimientos que beneficien a la gente. Hay penicilina, ADN recombinante, ingeniería genética, tal como lo he dicho antes. No le cansaré con repeticiones ni con más ejemplos. Sin embargo, nosotros los científicos tenemos nuestras faltas, cuando nuestra curiosidad nos lleva a un callejón sin salida, como supongo que tienen los fiscales cuando un acusado se declara inocente. No se les pide que justifiquen su trabajo cuando un acusado se declara inocente, ¿cierto?

El fiscal, aturdido, se volvió hacia el juez y dijo: —Supongo que no tengo que responder a eso, ¿verdad, su señoría?

Ricardo sintió un cambio de impulso ya que pasó de presa a depredador en este horrible juicio. Ahora, pensó, era el momento de soltar la rienda a su lista de formas imaginativas en que su investigación sobre medusas podría proporcionar valiosos beneficios a los contribuyentes. Pensó en aquella noche en La Parguera cuando tuvo la epifanía de que las medusas visualizaban la evolución. ¡Que noche tan maravillosa fue esa!

—Así que ahora, señor, —dijo Ricardo, sintiéndose bien autorizado, —que estamos de acuerdo en que no todas las ideas son correctas ni todos los intentos son exitosos, sugeriré formas en que mi investigación sobre las medusas podría ser útil. En primer lugar, la capacidad de las medusas para visualizar las vías evolutivas, si esa especulación resulta ser correcta, podría ser muy valiosa para identificar los modelos animales más adecuados para la investigación médica, no sólo para la investigación humana, sino que también para las enfermedades de nuestras queridas mascotas – perros, gatos, caballos, ganado – así como de los peces, lo que beneficiaría a la cría de peces para alimentar a nuestra creciente población.

—Ahora, imaginen también que si descubriéramos cómo las medusas almacenan y recuperan memoria de la evolución, podríamos aprender a descargar información en nuestro propio cerebro, igual como se descarga la información en una computadora. Almacenar todo tipo de información en nuestros cerebros sería rápido y fácil. Quién sabe, incluso podríamos ser capaces de conectar nuestro cerebro con el de un animal y ver el mundo como lo ven ellos. ¡Las ramificaciones prácticas de mi investigación sobre las medusas son potencialmente enormes.

Ricardo pausó, recordando cómo Lillian solía advertirle que no se dejara llevar y traspasara la línea entre los hechos y la fantasía. Luego continuó hablando más despacio y con menos ánimo.

—Las bacterias proporcionaron los primeros modelos para la regulación de los genes – las bases de la terapia genética. Las babosas marinas – caracoles sin conchas – revelaron misterios de la memoria. Los pájaros nos han enseñado que es posible hacer descansar una mitad del cerebro. Piensa en lo útil que sería si pudiéramos estar dormidos y activos al mismo tiempo.

A los pocos segundos, terminó: —Todos los secretos de la naturaleza deben ser explotados para nuestro beneficio, y esto se puede lograr más eficazmente si no dejamos ninguna piedra sin remover mientras exploramos esos secretos.

Ricardo se sintió reivindicado por haber presentado su caso de forma elocuente. Sin embargo, Sofía fruncía el ceño. ¿Había ido demasiado lejos? Probablemente. Cuando prevaleció el silencio sin que se notara la respuesta del público, ni siquiera de Benjamín, su corazón se hundió. Parecía que su situación no había cambiado. Seguía siendo el acusado, el chivo expiatorio y la víctima. Su imaginación no había logrado rescatarlo.

—Dr. Sztein, la pregunta que tenemos ante nosotros es sobre el mal uso del dinero de los impuestos, no sobre historias fantásticas de lo que puede ser. ¿Realmente cree que especular sobre la visión y el comportamiento de las medusas puede beneficiar a los contribuyentes y a la medicina ahora? Las ideas son baratas, aunque es cierto que las novelas de ciencia ficción a veces se topan con verdades futuras. Siempre es si, si, si. Pero cada « si » sale caro. Yo pensaría que usted, quien vió a su amada esposa fallecer del cáncer, debe entender la necesidad de poner al ser humano ante de todo ahora mismo, no en un futuro indefinido. ¿Dónde está su conciencia?

Sofía levantó su mano a punto de objetar, pero luego la bajó y permaneció en silencio.

Srta. Lass, ¿tiene algo que decir? —preguntó el juez.

—No. Disculpe, su señoría.

Ricardo quedó incrédulo. ¿Cómo podía permitir que el fiscal cuestionara su conciencia sin oponerse? Ella había protestado cuando el fiscal interrogó a Benjamín sobre sus motivos de investigar medusas, pero ahora permitía que le cuestionaba su consciencia. Fue ella la que tanto decía que fue el uso del dinero del gobierno que estaba a prueba.

La resistencia de Ricardo comenzó a decaer, pero luego recuperó fuerzas al pensar que, si este era su Masada, la inevitabilidad de la muerte eliminaba cualquier necesidad de precaución. Los portales se abrieron.

—¿Dónde está mi conciencia? ¿Cuestionas mis sentimientos sobre la enfermedad? —Ricardo dijo, sus fosas nasales dilatándose, sus manos moviendo al ritmo de sus palabras como bastón de director. —Santo cielo. Odio las enfermedades. Las enfermedades me enferman. Es la salud la que merece una atención seria. Hay muchas más personas sanas que enfermas en esta tierra. —Ricardo estaba encendido, sus ojos casi bailaban.

Los espectadores miraban a Ricardo con incredulidad. Benjamín se retorció. Sofía glugluteó. El juez parecía desconcertado.

Otra vez el fiscal jugaba con su anillo de zafiro. Con una voz tan tranquila como el ojo de un huracán, preguntó: —¿Así que le interesa la salud, Dr. Sztein? ¿Quisiera que la gente estuviera sana en vez de enferma?

—Por supuesto. Deseo que nadie se enferme y que mis amigos vivan por mucho, mucho tiempo, aunque eso contribuya a la sobrepoblación.

La mirada de Ricardo se dirigió al rostro de una dama que se parecía a Lillian en su juventud y su corazón se aceleró. La imaginó diciendo, *Pobrecito de mi bebé. Lo siento mucho.*

—Yo soy el que se arrepiente, —murmuró en respuesta.

—¿Perdón? preguntó el fiscal.

—Nada, —dijo Ricardo.

—Dr. Sztein, este es un asunto muy serio. Por favor, baje a la tierra, —dijo el fiscal con seriedad.

—¿Quiere que me baje a la tierra, dice? Si yo fuera una medusa, tendría que decirme, por favor, suba a la tierra. ¡Sabemos tan poco acerca de estos notables animales! Si yo fuera una medusa, vería su historia evolutiva cuando la mirara como imágenes danzantes de esponja a humano. Las medusas están muy avanzadas en algunos aspectos. Debemos aprender de estas criaturas esponjosas, resbalosas, pegajosas, misteriosas, maravillosas y complejas.

Solo a pensarla se le vino la tristeza y dejo de hablar, mirando hacia el piso. A Lillian tal vez le hubiera sorprendido ese sarcasmo infantil, pero era demasiado tarde para recuperarlo.

Desconsolado, pero volviéndose otra vez el sobrio científico, miró al fiscal y dijo, —¿Quién si no el gobierno financiará exploraciones básicas para aprender los secretos de las medusas, para dejar que la mente vague libremente para explorar los muchos misterios fundamentales de la biología? La investigación financiada por la industria está enfocada al lucro, y la investigación financiada por la filantropía está casi siempre dictada por los intereses específicos del donante.

Esta pregunta crítica formulada por Ricardo – esta de quien está más capacitado para apoyar la investigación básica que el gobierno – fue tragada como si estuviera atrapada en arenas movedizas – en verdad fue demasiado poco, demasiado tarde.

Un inquietante silencio llenó el tribunal. El lenguaje corporal de Sofía – el cual antes parecía madera resistente ahora era tela plegable. Benjamín parecía decaído. Incluso los ojos azules del fiscal parecían disculparse por una victoria casi inesperada. Randolph Likens dejó de escribir.

Benjamín anotó algo en un trozo de papel y le pidió al espectador delante de él que se lo diera a Sofía. *Busca la manera de pedir receso. ¡Ricardo se tiene que calmar!*

Se volvió hacia Benjamín, asintió con la cabeza y levantó la mano para llamar la atención del juez.

—Sí, Sra. Lass. ¿A qué se opone ahora?

El fiscal se rió. Sofía se dirigió al banco ante el juez y dijo con voz suave. ¿Podríamos hacer un pequeño descanso? Me urge ir al baño.

El juez se irritó, pero concedió con un receso de quince minutos. El alguacil llevó a Ricardo a una sala aislada y le exigió permanecer sentado. Benjamín se encontró con Sofía en la sala, y ambos acordaron que Ricardo se estaba suicidando. ¿Podría ella hacer algo para calmarlo? Después de un momento de reflexión, Sofía recordó que Ricardo siempre tenía su móvil en el bolsillo, y que sonaba y vibraba cada vez que recibía un mensaje. Decidió enviarle un texto desde el baño. Con suerte, leería el mensaje de inmediato.

Tuvo suerte. Ricardo recibió el texto enfático: ¡Basta! No más auto indulgencias. Sorpréndelos con tu ciencia. No es demasiado tarde. Benjamín está de acuerdo. *¡¡Te lo digo en serio!*

Funcionó. Ricardo respondió: *Vale... No pude evitarlo. El fiscal es un... ya tú sabes. Perdóname.*

Los quince minutos volaron. Ricardo parecía más tranquilo. Benjamín lucía verde. Después de darle las gracias al juez, Sofía comenzó a rezar en silencio.

Cuando recomenzó el juicio, el fiscal comenzó con un tono dulce y suave que nunca había usado antes, —Ahora, por favor, Dr. Sztein, ¿podría contarle otra vez al jurado el motivo de sus experimentos con medusas – usando un vocabulario sencillo? Creo que es importante que nos eduque para que podamos apreciar su ciencia.

Vaya, que inesperado es esto, pensó, como un ataque de sorpresa que venía envuelto con bondad. Sofía se volteó a mirar a Benjamín; ambos preocupados. El fiscal parecía estar jugando al policía bueno y al policía malo envueltos en uno.

—Entiendo, —comenzó Ricardo, decidido a cumplir el mandato de Sofía. Sabía que necesitaba destacar con autoridad los principales hallazgos de su trabajo con respecto a los humanos y las enfermedades, y evadir los detalles técnicos.

—Las medusas son criaturas vivas que tienen múltiples ojos que rodean sus cuerpos y se asemejan, de numerosas maneras, a los ojos humanos, tanto anatómicamente como funcionalmente. Usando la computadora más actualizada de la NASA, mostré que las medusas ven imágenes como nosotros. Los datos de la computadora proporcionaron evidencia irrefutable, al menos en mi opinión, de que las medusas integran imagines de las especies que observan con las imagines de sus ancestros. En breve, las medusas perciben toda la evolución del pasado. Este hallazgo es asombroso y, si se interpreta correctamente, excede la capacidad del ojo humano. Por último, analizando los sonidos y los datos digitales de la computadora, especulé que las medusas reconocen e interactúan con otras medusas. En conjunto, estas observaciones implican que una medusa tiene un tipo de cerebro, o sea un centro organizador que funciona como un cerebro. De nuevo, si es correcto, esto significa que las medusas tienen una mente. Me gustaría señalar que estos descubrimientos –todavía especulaciones – nunca se habrían hecho por la investigación dirigida. Requerían curiosidad y una exploración libre y sin destino.

En el tribunal había suficiente silencio como para oír caer un alfiler.

—Bastante notable, —dijo el fiscal, todavía usando su voz de policía bueno. —Ahora volvamos a cómo propone que se utilizará esta información sobre las medusas.

—Entonces, volvamos a los motivos, ¿no? —Ricardo respondió con un toque afilado tal que hizo que Sofía se estremeciera. —Como dije antes, su visualización de la evolución podría ayudarnos a identificar los modelos de animal más apropiados para las enfermedades. Descifrar el código de medusas para la memoria de eventos pasados podría mejorar los programas de computación o avanzar en los tratamientos para la demencia y la enfermedad de Alzheimer. La aplicación de los nuevos conocimientos está limitada sólo por la imaginación. ¿Cuántas veces tengo que volver a decirlo?

El fiscal ignoró la pregunta retórica de Ricardo y le dejó deambular, dejando suficiente cuerda para que se colgara.

Ricardo cayó en la trampa de su silencio. —Si le preguntara a alguien, ya sea científico o lego, cómo hace una medusa para registrar la evolución, o incluso una pregunta mucho más simple sobre cómo integran la información visual que absorben, tendrían que admitir su ignorancia, como yo lo hice, como lo sigo haciendo. Y si no tenemos las respuestas a preguntas importantes sobre la vida en la tierra, parece justificado intentar responderlas. Entonces, estoy justificando mi trabajo. ¿No es evidente que es necesario y productivo aprender más sobre los ojos, la visión y la evolución? Pensé que era importante aprender de las medusas.

—Ricardo parecía satisfecho, pero el fiscal no se mostró más impresionado que si le hubieran pedido que pasara la sal en la mesa.

—¿Qué esperaba encontrar en su investigación sobre las medusas, Dr. Sztein? preguntó el fiscal.

—Buscaba preguntas, no respuestas. No tenía un destino. No había ningún lugar. Buscaba potencial, se puede decir.

Ricardo se animó. El fiscal dio un paso atrás y no dijo nada, dando a Ricardo aún más espacio para tropezar.

—La mayoría de los científicos hacen preguntas para resolver problemas conocidos, lo cual, admito, es lógico. A mí me desvían. Casi nadie sabe que las medusas tienen ojos. No creo que haya resuelto nada útil en mi vida; ojalá lo hubiera hecho. Supongo que ya es demasiado tarde. Sin embargo, tuve el privilegio de entrar en la mente de las medusas, aunque sólo fuera por unos momentos aislados. Conocí otro universo que es paralelo al nuestro. ¿Quién concibió tratar de entrar en la mente de una medusa cuando nadie consideraba que una medusa tenía mente? Soy un científico inverso, supongo. No doy soluciones. Genero problemas.

—Sí, efectivamente, —dijo el fiscal. Se dirigió al jurado y parafraseó las palabras de Ricardo: —Usted genera problemas.

Los miembros del jurado asintieron solemnemente.

—Volvamos a su infame publicación sobre las medusas que concluyó que las medusas 'ven' la trayectoria evolutiva de los animales que ven, incluso de los animales que evolucionaron después de ellas. Usted escribió que las medusas ven «videos de evolución» en su artículo. ¿Cómo se imagina eso?

—Esa fue mi especulación, no mi conclusión, —dijo Ricardo, exasperado por tener que repetirse tanto. —Yo estaba interpretando, no fabricando datos. Estoy de acuerdo en que, de todas mis observaciones, la idea de los videos de la evolución es la más desconcertante, pero también la más intrigante. Si lo piensas, hay otras observaciones que sugieren algún tipo de memoria heredada genéticamente. La impresión es un ejemplo. ¿Cómo saben los patitos seguir a sus madres al nacer, o cómo saben las ballenas jorobadas cómo cantar? Se han escrito varios artículos científicos en los últimos cincuenta años analizando el ADN como un depósito de información digital. Eso podría proporcionar un mecanismo para tales videos. No olvides que estaba filtrando las señales de las medusas a través de un nuevo y muy avanzado computadora diseñada específicamente para convertir los datos en forma digital. Creo que es imprudente abandonar una nueva idea porque aún no se entiende del todo. ¿No le parece?

—Tal vez. No soy un científico, Dr. Sztein, pero imagino que cuando uno perfora un animal y lo engancha a un ordenador, puede obtener señales eléctricas de aspecto divertido en la pantalla que pueden ser interpretadas de varias maneras. Esos sonidos que escuchó, los que nunca pudo entender, ¿acaso eran solo más interferencias eléctricas? ¿Cuáles fueron los controles necesarios para sacar conclusiones rigurosas? ¿Alguna vez clavó un cable en el tentáculo de la medusa para ver lo que ocurre en la pantalla de su computadora? ¿Los tentáculos «ven» según su criterio? ¿Se «comunican entre sí» entre sí los tentáculos? ¿Alguna vez penetró en sus músculos con los electrodos de la computadora? —preguntó el fiscal.

—No, nunca lo hice. Nunca pensé que... tal vez... bueno... no, no hice esos experimentos en particular, —balbuceó Ricardo. De repente se sintió inepto. —Eso es muy perceptivo de tu parte. Nunca he metido un electrodo en mis propios músculos ni en los tentáculos de las medusas. Pero no hice sólo un conjunto de experimentos. Todas mis observaciones eran reproducibles. Los controles también pueden llevarnos por mal camino, especialmente cuando sabemos tan poco sobre los fenómenos que investigamos.

—¿Qué quiere decir? —Discutí esto con el Dr. Wollberg hace tiempo, con respecto a la fertilización. ¿Concluiría que un espermatozoide no provoca el desarrollo de un óvulo si éste puede ser activado por muchos otros estímulos, que sí puede? Por supuesto que el espermatozoide activa el óvulo, aunque también pueden hacerlo otras cosas, incluso un picazo o un cambio de temperatura o varias sustancias químicas, dependiendo de la especie y las condiciones. ¿O qué hay de la inducción embrionaria o la doble garantía?

—Se está poniendo técnico, Dr. Sztein.

¿No era eso lo que Sofía quería que hiciera? ¿Inculcarles con su conocimiento de la ciencia, mostrarse como la autoridad irrefutable?

—Bueno, señor, usted abordó el tema de los controles, no yo, así que déjeme explicarle con mayor detalle. Por ejemplo, durante el desarrollo los tejidos se ponen en contacto entre sí, lo que les induce a diferenciarse, es decir, a formar órganos especializados. Un ejemplo famoso es la salida del cerebro embrionario de los vertebrados, que contacta e induce a la superficie de la cabeza a formar una lente en el ojo que se esté formando. Esa salida involuciona y se diferencia en la retina. La inducción es un fenómeno muy específico, pero muchos estímulos no específicos pueden imitar el tejido inductor. Se necesitaron miles de controles y años de investigación para resolver la inducción. No creo que se entienda completamente todavía. O tome la doble garantía como otro ejemplo. Eso complica las interpretaciones de una manera diferente.

—¿Doble garantía? preguntó el fiscal.

Ricardo había captado el interés de todos, incluido el del fiscal. Ni siquiera Benjamín sabía lo que era la doble garantía y se sentó a esperar la respuesta.

—Bien, —dijo Ricardo. —La doble garantía implica una interacción cooperativa de un tejido inductor y un tejido reactivo competente. Un ejemplo es el desarrollo de las piernas en ciertos anfibios. El brote de la extremidad en desarrollo se empuja hacia afuera a través de la superficie de la piel para acabar formando una pierna. Ese es el fenómeno. Resulta que el tejido superficial situado directamente sobre la yema de la extremidad enterrada se adelgaza tanto si la yema de la extremidad empuja contra ella. En circunstancias normales, el adelgazamiento hace que sea más fácil para el crecimiento de la yema de la extremidad a estallar a través de la superficie. Entonces, ¿cuál es el mecanismo más importante: la presión de la yema de la extremidad contra la superficie o el adelgazamiento de la superficie? Verá, señor, la biología es complicada. Conocer cualquier cosa en profundidad requiere un estudio intenso, controles en los controles. Pero hay que empezar por algo. Los fenómenos tienen que ser descritos inicialmente. Ahí es donde encaja mi trabajo con las medusas. Coloca los cimientos, pero la casa todavía tiene que ser construida. Abre la puerta, pero ahora tenemos que pasar por esa puerta para ver lo que hay al otro lado.

Ricardo habló con autoridad, el científico sustituyendo al acusado. Por fin. Sofía y Benjamín se veían satisfechos.

El fiscal evitó un nuevo interrogatorio sobre la biología.

—No digo que sus conclusiones, perdón, sus especulaciones, estén equivocadas, Dr. Sztein, pero me parece que usted podría haber estado tratando de generar misterio en lugar de sólo satisfacer su curiosidad a expensas de los contribuyentes.

—No en absoluto. Quería explorar la naturaleza. Nadie sabía qué ni cómo ven las medusas, o por qué las medusas se juntan en grupo, lo cual me pareció sorprendente. Se sabía relativamente poco sobre las medusas, sin embargo, han estado entre los sobrevivientes más exitosos de este planeta si se considera su longevidad y su capacidad para adaptarse a su entorno.

—¿No hay más que curiosidad? continuó el fiscal, negándose a renunciar a su investigación. —Dr. Sztein, ¿se da cuenta de la gravedad de todo esto?

Ricardo comenzó a sudar mucho. —Esta investigación es intensamente seria para mí. Estas notables medusas necesitan ser estudiadas. Creo que aprenderemos tanto sobre la resolución de problemas prácticos soltando nuestra curiosidad que respondiendo a preguntas que ya imaginamos. Debemos explorar nuevos terrenos, aunque sean los nietos de los contribuyentes los que se beneficien.

Ricardo se detuvo. Luego preguntó, sus ojos dando vueltas en sus órbitas, —¿Dónde está la conciencia de la sociedad si no aprenden todo lo que pueden sobre nuestro universo para hacerlo más fácil y cómodo para las próximas generaciones?

—¿Consciencia de la sociedad?, —dijo el fiscal con aire presuntuoso.

Ricardo no se dio cuenta de que el juez bebía agua ni de que los espectadores se susurraban unos a otros; su mente estaba de vuelta en La Parguera. Miró a Benjamín y quiso decir: —Sabes lo que quiero decir, ¿no?

En lugar de eso, sólo miró a través de la distancia oceánica entre el estrado y su amigo.

El fiscal se acercó al estrado de los testigos, acercándose al asesinato. —Una pregunta más, Dr. Sztein. Cuando metió un cable en un ojo de medusa, ¿alguna vez se preocupó de que pudiera lastimar a la criatura? ¿Qué hay de esos terribles chillidos que vienen de la medusa clavada? ¿Cómo sabe que las medusas no estaban gritando de dolor?

Un murmullo onduló por toda la sala del tribunal. Los ojos de Ricardo se abrieron de par en par con la preocupación, no sólo de las consecuencias de este desastroso juicio, sino también de ser expuesto como un científico deficiente, sin compasión, un aficionado en vez del profesional que él se consideraba. ¿No había realizado suficientes controles, la regla más básica de la ciencia experimental? ¿Había lastimado a la medusa? Tal vez. Ya había pensado en eso antes. Pero el trabajo fue publicado. Era demasiado tarde para recordarlo o modificarlo.

—¿Por qué nadie puede entender que los científicos somos artistas también? Nuestro trabajo expresa nuestra visión del mundo, no sólo los datos. Usamos nuestros datos para escribir narraciones, y estas narraciones se moldean a medida que se obtienen más datos.

—Dr. Sztein. Relevancia. Dólares de los contribuyentes. Ayudar a los enfermos. Beneficiando a la humanidad. Tener compasión. Sé que los científicos estudian las moscas y los gusanos, pero lo hacen para averiguar qué es similar entre estos animales y las personas, y luego usan la información para desarrollar nuevos tratamientos para las enfermedades. Me parece que buscaron lo que es diferente entre las medusas y los humanos y despilfarraron fondos públicos buscando misterios.

—¿Buscando misterios? ¡Cómo te atreves! ¡Estaba buscando preguntas que respondieran a los misterios! —Ricardo declaró, confundido, demasiado nervioso y agotado para decir más.

El fiscal levantó la barbilla y le dio la espalda a Ricardo.

Miró a Sofía y luego al jurado.

—Gracias, Dr. Sztein. Eso es todo, —dijo. —Descanso mi caso.

Regresó a su asiento sin mirar a Ricardo ni a nadie.

Capítulo 38

El juicio se reinició a las dos en punto para los argumentos finales. Los espectadores se apiñaron en la sala mientras el banco del juez estaba vacío, esperando que su señoría entrara. El fiscal repasaba sus notas, consultando ocasionalmente con su asistente.

Sofía sorbió agua y modificó frases de sus comentarios preparados. Ricardo miró por encima de su hombro, tratando de leer lo que estaba escribiendo. —Sólo diles la verdad: soy un científico serio que está haciendo una investigación seria. Ricardo no podía entender por qué no estaba más ansioso. Cualquiera que fuera el resultado, parecía menos amenazador que el agujero negro en el que había estado viviendo.

—Claro, —dijo, sin mirar hacia arriba. —Un científico serio como Galileo, ¿verdad?

Todo el mundo se levantó cuando el juez entró y tomó su asiento.

—Es hora de comenzar los argumentos finales. Sr. Jenkins, por favor proceda, —dijo el juez.

La entrega del fiscal fue astutamente efectiva. Al principio se concentró, como era de esperar, en la debilitada economía y la creciente deuda nacional. Luego dio una deslumbrante muestra de las estadísticas sobre las personas que sufren diversas enfermedades debilitantes y el costo nacional de su tratamiento.

—A pesar de la deprimente verdad de estas estadísticas, siguen siendo abstracciones. Déjenme contarles sobre el pequeño Frankie Dupart. Él es sólo una de las muchas víctimas, —contó. Luego mostró al jurado una fotografía de Frankie de doce años que había muerto recientemente de linfoma. — Damas y caballeros, estamos viviendo en tiempos económicos difíciles. Y la incidencia de la enfermedad está aumentando. Frankie se encuentra dentro del aumento del diez por ciento de los linfomas en los últimos dos años. Necesitamos erradicar flagelos como el cáncer ahora con esfuerzos de investigación responsables. Nadie tiene más razones para entender estas realidades que el acusado. El fiscal recordó al jurado los millones de dólares del gobierno que apoyaron el laboratorio de Ricardo y luego preguntó retóricamente, —¿Cómo puede alguien que dirige un laboratorio en el Centro de Ciencias de la Visión justificar el jugar con medusas mientras Frankie muere de linfoma antes de ser un adolescente?

El fiscal entonces se movió para desacreditar el juicio de Ricardo además de hacer su caso por el mal uso de los fondos del gobierno. Recordó al jurado el disparate de Ricardo de que la salud era más importante que la enfermedad porque hay más gente sana que enferma (esto causó algunas risas en la audiencia), y su implicación de que ayudar a la gente a vivir mucho tiempo aumentaba el peligro de la sobrepoblación.

—El Dr. Sztein habló desafiantemente del problema de la sobrepoblación, dijo el fiscal, —pero lamentablemente nunca abordó los graves problemas de la enfermedad: cáncer, trastornos neurológicos, ceguera. En estos tiempos difíciles necesitamos un juicio crítico y prioridades morales de nuestros científicos financiados por el gobierno.

Ricardo apretó la mandíbula y se inclinó hacia Sofía y le susurró: —¿Me faltan el juicio y las prioridades morales? Incluso el juez parecía molesto con el ataque del fiscal al carácter de Ricardo.

Pero el fiscal no se disuadió. Extendió sus brazos y habló con sinceridad sobre la responsabilidad moral y la profunda obligación de los funcionarios del gobierno de gastar cada centavo del dinero de los contribuyentes para el beneficio inmediato de los ciudadanos del país.

—Ya pasó la hora de pensar que el puro conocimiento sea útil pase lo que pase. Tenemos que dar ejemplo ahora de una vez por todas.

El fiscal se dirigió teatralmente a su asiento con un despliegue de grandioso espectáculo.

Sin embargo, Ricardo pensó que el fiscal también se veía triste cuando se sentó. Su tic facial estaba más activo que de costumbre y transpiraba, aunque en la sala había aire acondicionado. En ese momento, en lugar de enemigo, Ricardo percibió el fiscal como un individuo, un hombre de mediana edad con un trabajo que hacer, en lugar de un enemigo. Él era parte de la red humana, junto con Ricardo y las medusas. Ricardo se preguntó que cómo sería su esposa y cuántos hijos podría tener, entonces pensó en la nota del nieto pegada a la puerta de la mujer en la habitación contigua a la de Lillian en el hospital.

Ahora le tocaba a Sofía dar sus declaraciones finales. Comenzó repitiendo casos históricos de investigación básica que resultaron en avances médicamente relevantes y luego se refirió al notable descubrimiento de la Cacteína por parte de Benjamín como un ejemplo de avances prácticos provenientes de la adquisición del conocimiento y la curiosidad de los individuos. Apeló a las vetas creativas y artísticas que pudieran tener los jurados al referirse a la rica imaginación de Ricardo y su capacidad para crear nuevos conceptos. —¿Se beneficiarían realmente la ciencia o la sociedad confinando las mentes fértiles o negando el valor probado de la llamada Torre de Marfil? —preguntó.

Señaló que el deseo de Ricardo de reflexionar sobre los misterios y no sólo centrarse en soluciones prácticas a problemas conocidos debería ser alentado, no incriminado. —¿Qué se puede lograr incriminando a la creatividad?

Sofía hizo una pausa para dejar que sus comentarios se hundieran en la mente del jurado justo cuando un trueno ensordecedor robó la atención de todos. Estaba lloviendo a cántaros y los relámpagos adornaban los cielos.

El edificio perdió energía eléctrica. La naturaleza indiferente había roto la tenue conexión de Sofía con el jurado. La electricidad fue restablecida un minuto después, y el juicio se reanudó.

Los ojos de Sofía se entrecerraron y su cuello se endureció. Ricardo reconoció su lado resuelto y enfadado – el mismo que había visto en ella cuando le sermoneó sobre su autocomplacencia y le envió un mensaje para que se calmara durante su testimonio.

—Si volvemos la vista al pasado vemos tiranos despreciables, o perseguidores, —dijo en un tono firme. —Hitler, Mussolini, Mao. Hay muchos más. Conoces sus nombres. Afortunadamente, esos días terribles se han ido. Pero me temo que el espíritu de persecución permanece en nuestra sociedad, a pesar de nuestros objetivos declarados de ser moralmente responsables. —Se detuvo un segundo. —Propongo que los perseguidores de hoy en día sean relevadores camuflados. —Se detuvo una vez más. —Re-le-van-cers, repitió lenta y claramente. —Los individuos que socavan el alma, establecen las

reglas, definen la moralidad, ordenan la aceptabilidad, susti-
tuyen las elecciones por rituales, insisten en su versión de la
bondad y la compasión. ¿Reconoces algo o alguien? ¿Líderes
religiosos? ¿Figuras políticas? ¿Vecinos? Todos deberíamos estar
avergonzados, excepto quizás el Dr. Ricardo Sztein.

Después de una pausa final continuó: —El concepto de
relevancia que ha sido un foco de atención de este juicio es
una abstracción, un término maleable que los Relevancers
camuflados, con una R mayúscula, se tuercen a su propio
beneficio.

La brillantez puede surgir inesperadamente como un
grito o un susurro o el golpe de un pincel. La brillantez de
Sofía en este momento no era ni resumir los hechos ni pedir
misericordia, sino proporcionar un concepto novedoso. Ahí
estaba: Relevancers, más que una palabra, una nueva arma
que cambió la perspectiva. Cambiando el adjetivo 'relevancia'
al sustantivo propio 'Relevancer', Sofía había reenfocado el
drama de actores a directores y volteó el dedo incriminatorio
de señalar a Ricardo para a señalar al fiscal, a la audiencia, al
gobierno. El innovador concepto de los Relevancers de Sofía
cuestionaba la validez del juicio en sí mismo.

Sofía se quedó inmóvil. No había ninguna mención a
estos Relevancers en sus notas preparadas. La idea se había
desarrollado espontáneamente al mezclar el intelecto con la
pasión mientras hacía sus comentarios finales. Terminó con
una voz suave, más alta que la de una soprano: —Creo que
es razonable – incluso saludable – permitir que los individuos
creativos decidan la relevancia por sí mismos y dar a la historia
la oportunidad de actuar como jurado.

Su ovación: el silencio, la forma más profunda de respeto.

Un momento más tarde, volvieron a estallar los truenos,
emitiendo la pregunta retórica del fiscal: —Entonces, ¿todo

vale? Las gotas de lluvia chorreaban sobre la ventana; las luces eléctricas parpadeaban. El fiscal murmuró: —Qué sofisticación, Srta. Lass, lo suficientemente fuerte para que el jurado lo escuchara. Aquel jurado, el del pelo con la raya blanca le echó una mirada amarga.

Los miembros del jurado tenían expresiones severas cuando salieron de la sala para deliberar.

—Vamos, Ricardo, vamos, —dijo Sofía. —Está fuera de nuestras manos ahora.

Ricardo asintió. Su nueva interpretación de la eternidad era el tiempo que tomaría el jurado a llegar a un veredicto.

Capítulo 39

Ricardo se paseó por su sala y bebió suficiente café para no dormir durante una semana cuando volvió a casa a esperar el veredicto del jurado. Su cena consistía sólo en yogur para calmar su estómago revuelto. Más solitario que nunca, hizo clic en la televisión y cambió de canal al azar. La cara pálida y redonda de Likens apareció en la pantalla.

Resumía el evento del día en el juicio de Ricardo en su popular programa, *Su Dinero/Su Salud*. Como era de esperar, Likens inclinó su informe para favorecer a la fiscalía. Se detuvo en una foto del pequeño Frankie Dupart muriendo de cáncer y dijo, —¿Cuándo los investigadores pondrán fin a tal tragedia?

Likens mostró una foto de una medusa para ilustrar la investigación de Ricardo «a expensas de los dólares de los contribuyentes». Fue despiadado. Likens llamó al argumento de cierre de Sofía «incorporando genialmente la historia de ciencia ficción del Dr. Sztein con unas medusas que tienen ojos y mente». Ricardo apagó la televisión cuando Likens mostró a la multitud fuera de la sala con pancartas anti-Sztein.

Ricardo llamó a Sofía para que se desahogara, pero encontró poco consuelo en ella. Ella no había visto a Likens en la televisión y le dijo que dejara de complacer su vena masoquista. —Acuéstate y espera el veredicto, —dijo.

Insatisfecho, Ricardo llamó a Benjamín a su habitación de hotel y le expresó a su amigo su rabia, desánimo y miedo.

—Tranquilo, Ricardo, —dijo Benjamín. —No hay nada que hacer más que esperar. La preocupación no cambiará el veredicto del jurado.

—Lo sé. Es fácil para ti decirlo, pero...

—...aún así cruzamos los dedos, ¿verdad? —terminó Benjamín. —Aunque no seamos supersticiosos.

—Vale. ¿Qué más podemos hacer sino esperar? ¿Recuerdas cuando esperamos durante horas a que las medusas salieran a la luz en el muelle?

—Esa fue una noche que nunca olvidaré.

—Ni yo. Pues, ¿adivina qué?

—¿Qué?

—Incluso cuando estábamos listos para dejarlo con las manos vacías, nunca perdí la esperanza de que al menos una medusa saliera a la superficie. Le dio a Ricardo un poco de consuelo al dirigir su atención al pasado, especialmente a sus días dorados en La Parguera.

—Supongo que la esperanza puede funcionar.

—Así es. Nunca se sabe. Y gracias, Benjamín. Lo digo en serio.

—¿Para qué? No envié un mensaje de texto a la medusa para que subiera. —Ya sabes lo que quiero decir... por estar ahí para mí, durante todo el juicio, por apoyarme, por soportar todos mis lloriqueos y todo lo demás todos estos años. Por aconsejarme que tuviera cuidado, incluso si no fui tan listo como para aceptarlo.

—No fue caridad, Ricardo. Mi vida no sería la misma sin ti.

Hubo una pequeña pausa en la conversación. Entonces Benjamín preguntó: —Nunca entendí por qué no pagaste tú mismo los viajes a La Parguera. Sabías lo ajustado del dinero del gobierno y cómo era el clima político. Podrías haberte tomado una licencia en lugar de una misión oficial.

—Obviamente cometí un error político. Científicamente, la investigación de las medusas fue un proyecto tan serio como cualquier otro que haya hecho. Sé que no te sentiste de la misma manera. Realmente pensé que era un gasto legítimo para el Centro Científico de la Visión. Todavía lo creo.

—Y también fue un poco como darle a tu amigo Marcus Topping el dedo, ¿verdad?

Ricardo sonrió. —Fuiste tú quien lo dijo, no yo.

Ricardo repetía el juicio en sus pensamientos mientras se arrojaba a la cama. Marcus dijo que Ricardo era un buen científico y que el Centro Científico de la Visión estaba orgulloso de él. Sus estudiantes, Ann y Pearl, lo elogiaron y se dedicaron a la investigación biomédica. ¿Un científico irrelevante produciría estudiantes relevantes? Y luego estaba Benjamín, su leal colega y estimado científico, quien había subrayado el valor de la investigación básica impulsada por la curiosidad. ¿No debería eso ayudar a persuadir al jurado de que la investigación sobre medusas de Ricardo era dinero bien gastado? Y, el argumento de Sofía sobre los 'Relevantes' debe haber impresionado al jurado. Había visto lo atentos que se pusieron con eso. ¿Cómo se le ocurrió un giro tan inteligente? No estábamos en la era de Sócrates (gracias a Dios), así que la convicción no era una conclusión previsible. Había muchos argumentos para absolverlo. Puede que no fuese un Galileo (lástima), pero era un científico serio y aclamado y el trabajo de las medusas era interesante y conceptualmente nuevo. ¿No reconocería el jurado su importancia?

Después de una merienda tardía, Ricardo llamó a Benjamín todavía de nuevo para pedirle apoyo. —Siento molestarte tan tarde, Benjamín. He estado repasando todas las razones por las que debería ser absuelto. ¿Qué es lo que piensas? ¿Hay alguna esperanza para mí? ¿Cuánto tiempo crees que le tomará al jurado decidir?

—No conozco las respuestas a ninguna de sus preguntas. —Benjamín, con el dobladillo y el brazo en alto, dijo que era optimista, pero uno nunca lo sabe. —Pase lo que pase, —dijo, sabía que Ricardo era un científico de primera clase. —Trata de dormir un poco. Podemos hablar de nuevo por la mañana.

Ricardo durmió poco esa noche.

El teléfono sonó a media mañana del día siguiente, antes de lo esperado. —El jurado ha llegado a un veredicto, —dijo Sofía. —El juez me dijo que deberíamos estar en el juzgado a la una de la tarde. No me dio ninguna pista.

—Nos vemos allí, Ricardo.

Ricardo dudó durante unos segundos antes de colgar, tratando de averiguar si una decisión tan rápida fuese a su favor.

Después de advertirle a Benjamín, Ricardo se encontró con Sofía en el juzgado entre una bandada de buitres. Los fotógrafos zumbaban como mosquitos hambrientos. Las cegadoras mini-explosiones de las cámaras hiperactivas brillaban como luciérnagas. Los reporteros flotaban como tiburones oliendo la sangre.

Carteles escritos a mano con preguntas como —*¿Disfrutó de sus vacaciones pagadas al sol?* y *¿Qué opinan las medusas de este juicio?* de los contribuyentes enojados llenaban la cuadra. También había carteles dispersos apoyando a Ricardo. Sus ojos se fijaron en uno que decía: *Viva la investigación libre*. Y hasta otro: *Dios ayude a los ignorantes*. Sin embargo, estos destellos de esperanza fueron inundados por la marea de desafecto.

—¿Cuánta suerte tendrá, Dr. Sztein? —preguntó un periodista.

—¡No digas ni una palabra!, ordenó Sofía. Ella agarró el brazo de Ricardo y lo guio hasta el tribunal.

Ricardo y Sofía fueron a sus asientos habituales en la sala del tribunal, que estaba llena hasta el tope. Hubo silencio total en anticipación al veredicto. Todos se levantaron como uno solo, y el silencio siguió cuando el juez entró a la una en punto. Los espectadores se sentaron cuando el juez lo hizo y luego hubo un pesado momento de silencio.

—¿Ha llegado el jurado a un veredicto? preguntó el juez.

—Lo hemos hecho, señoría, respondió el presidente del jurado.

Ricardo miró fijamente al frente, con la cara pálida y las manos temblorosas. Tenía un hoyo del tamaño del Gran Cañón en su estómago.

El alguacil le entregó al juez el papelito que le dio el capataz. El juez reflexionó sobre el veredicto durante unos segundos y pidió que el acusado y su abogado se pusieran de pie. Ricardo se calmó reposando sus manos al borde de la mesa.

—El jurado encuentra al acusado, el Dr. Ricardo Sztein, culpable del uso irresponsable del dinero de los contribuyentes.

Los aplausos inundaron la sala.

Ricardo palideció. Benjamín agitó la cabeza. La noticia viajó instantáneamente por Internet y la multitud que estaba fuera vitoreaba y agitaba sus pancartas.

Debido a las pautas de sentencia, el voto unánime de culpabilidad obligó al juez a condenar a Ricardo a diez años en una prisión de baja seguridad. La sentencia podía ser apelada pero no retrasada. Ricardo fue el primer científico en ser condenado por este crimen, una advertencia para que todos los demás investigadores prestaran atención. El juez pronunció la sentencia de diez años y golpeó el mazo como si el martillo cerrara un ataúd. Caso cerrado.

Ricardo parecía que estaba a punto de vomitar. Se imaginó a sí mismo como una medusa arrancada de su hábitat natural. Randolph Likens se escapó de la sala del tribunal. El fiscal no mostró ninguna emoción: el negocio como de costumbre. El tráfico de afuera seguía como si nada hubiera pasado. Los conductores tocaron la bocina. Los peatones esperaron a que se diera luz verde para cruzar la calle. Los manifestantes volvieron a su vida normal y dejaron sus carteles hechos a mano esparcidos en la calle como si fuera una matanza. El espectáculo había terminado. Las cortinas se cerraron.

Los ojos de Sofía se llenaron de lágrimas, estropeando su maquillaje. Ricardo puso su brazo alrededor de sus hombros y le dio un rápido apretón. —Nada de eso es tu culpa, — dijo. —No soy Galileo. Lo siento. De todas formas, él también fue condenado.

A pesar de haber perdido, había algo de tranquilidad en el hecho de que la batalla había terminado. Ahora podía descansar. Por supuesto que no quería ir a la cárcel, pero en realidad no había nadie con quien volver a casa. Un lugar era igual de bien como el otro. No quería enfrentarse a sus colegas del Centro Científico de la Visión, y menos aún al Dr. Topping. Ya bastaba. Un colega sería el mentor de Pearl hasta que encontrara un trabajo.

—Apelaremos. Sofía apretó los dientes, reuniendo su ingenio. —Es inútil, —respondió.

A Ricardo le pusieron las esposas y se lo llevaron.

—¿Es necesario, esposarlo? —Benjamín le preguntó a la dama que estaba a su lado.

—Por supuesto, dijo ella. —¿Porqué?

Ella lo miró fijamente. —Mi marido tiene cáncer, respondió ella y se dio la vuelta para dejar la sala.

PARTE IV

Capítulo 40

La prisión de baja seguridad para los criminales de cuello blanco iba a ser el hogar de Ricardo durante los próximos diez años si le tocaba la suerte de vivirlos. Parecía un motel grande y barato. Cada recluso era asignado a una de una serie de pequeñas habitaciones iguales de espaciados estrechos por tres pasillos. Había un baño común al final de cada pasillo. Las comidas con la textura de cartón hervido se servían tres veces al día en un edificio separado. Una cerca de ocho pies de alto con alambre de púas rodeaba el complejo. Unos cuantos coches circulaban por el camino rural frente a las instalaciones. El paisaje dentro de la prisión consistía en dos tulipanes, un mirto crepuscular y un viejo sauce llorón. Un aro de baloncesto con una red rota colgaba de un poste de metal oxidado que estaba al borde de un trozo de hormigón cerca de la valla. La prisión era una escena deprimente, un insulto a la dignidad humana.

La celda/cuarto de Ricardo tenía una cama de muelles razonablemente cómoda, un sillón y un pequeño escritorio con un enchufe eléctrico. Estaba agradecido de que hubiera conexión al internet para su computadora portátil. Había un estante en la pared para los libros. Una lampara de tungsteno colgaba en el extremo de un cable corto unido a un accesorio roto en el techo. Durante el día Ricardo podía caminar libremente por el recinto, aunque no había mucho que ver o hacer. Los aburridos guardias no prestaban mucha atención a nadie. El alcaide cerraba la puerta de Ricardo por la noche.

Ricardo se hizo amigo de sus vecinos – evidentemente pequeños evasores de impuestos. De vez en cuando se arrepentía de no estar en una prisión de alta seguridad con criminales empedernidos. ¿Qué tenía que perder? A su avanzada edad no se consideraba un probable objetivo de violación y se imaginaba que mezclarse con delincuentes serios podría ser esclarecedor. Dado el lujo del tiempo sin responsabilidades, Ricardo pensó en sus diversos demonios y deseos secretos. Vivió muchas vidas en su imaginación: a veces la de un leñador en el desierto; a veces la de un poeta y dueño de un bed and breakfast rural; a veces la de un confidente íntimo en un burdel. Había una libertad paradójica en la cárcel con sólo su cuerpo confinado. Lamentaba que su enfoque único en la ciencia le hubiera impedido experimentar con otros estilos de vida, incluso superficialmente. Vio su vida como un conjunto de actividades no realizadas, metas no alcanzadas, y tristemente, un linaje incompleto.

Aunque Ricardo echaba mucho de menos a Lillian y se sentía reconfortado por su foto junto a su cama, en ocasiones soñaba con el cuerpo ágil de Monique y el sutil rizo de la esquina izquierda de su labio superior. Él nunca la imaginó más vieja de lo que era cuando la conoció aquella noche. En sus sueños, Monique siempre tenía ojos tristes. A menudo el Dr. Salisbury estaba en el fondo luciendo decepcionado, añadiendo otra capa a su sentido de los sueños no realizados, los de su amable y viejo mentor.

Ricardo leía extensamente, sin embargo, lo que más atesoraba era el escritorio de su habitación, donde escribía todos los días y mantenía su imaginación fértil. Desviaba las preguntas sobre lo que escribía diciendo, «Es esto y el otro, nada serio».

El fantasma de Lillian seguía siendo la piedra angular de su estabilidad. Le escribía cartas en su computadora o a mano alzada, dependiendo de su humor. Describía sus comidas, discutía el clima, detallaba los chismes entre los reclusos y se disculpaba por no tener más que decir. Sellaba cada carta escrita a mano en un sobre dirigido a Lillian Sztein en el Gran Universo del Espacio y el Tiempo, y luego la incendiaba con una cerilla. Guardó las cartas escritas por ordenador en un archivo especial.

Por las tardes, solo en su habitación, Ricardo reflexionaba sobre el destino y comparaba su vida con el aparente movimiento del sol. El guardia rescató un poema desechado del cesto de basura de la habitación de Ricardo:

El camino de la vida

El brillante sol de mediodía amarillo dorado
brilla con orgullo, firme en el cielo, la oscuridad
futura es una simple abstracción.
De pronto, al parecer,
la bola ardiente se hunde hacia
abajo, se enrojece, se oscurece,
se convierte en una astilla decreciente
mientras se retira bajo el horizonte. La
luz del día desaparece,
prevalece la noche negra.
No queda nada por hacer.

Capítulo 41

Los días se convirtieron en semanas, luego los meses en años. Los detalles mundanos llenaban el vacío. Comía, charlaba con los prisioneros y guardias, leía, veía la televisión con poco interés, deambulaba por las instalaciones y usaba la sala de ejercicios de vez en cuando. Principalmente escribía en su escritorio, su santuario privado. ¡No se puede entrar! Otros perdieron interés en los esfuerzos literarios de Ricardo, como los plebeyos aceptan la exclusión de la realeza.

El día más difícil de cada año para Ricardo era el aniversario de la muerte de Lillian. Revivía la noche en el hospital cuando sostenía su mano coja y besaba sus labios secos, y a menudo lloraba. La nota infantil del hospital, *Git wel soone grama*, quedó grabada en su mente. Se sentía tan mal que Lillian había muerto sin la satisfacción de ser madre. Fue una pérdida tanto para él como para ella.

En el aniversario de la muerte de Lillian durante el octavo año de prisión, el guardia llamó a la puerta cerrada de Ricardo y le ladró: —Oye, Ricardo, hay una llamada para ti. Ricardo no podía imaginar quién era. ¿Sofía? No es probable. Su comunicación se había desvanecido tras la elección de una administración aún más conservadora que la de antes, por lo que no tenía sentido apelar el veredicto. ¿Podría ser

Benjamín? Tal vez. Se habían mantenido en contacto por correo electrónico, lo que Ricardo prefería porque era más fácil para él ocultar su tristeza. Pero sus correos electrónicos disminuyeron con el tiempo.

—¿Hola, Dr. Sztein? dijo una voz de mujer al otro lado de la línea.

Hablando.

—No me conoces. Me llamo Juliette Levin. Esto me parece una locura.

—¿De qué se trata? ¿Qué es lo que quieres?

Ricardo se castigaba por ser cortante, casi despectivo, porque en realidad estaba entusiasmado con que algo nuevo sucediera en su vida. ¿Quién era ella? ¿Traía buenas noticias o más tristeza? ¿Le había pasado algo a Benjamín? No reconoció su voz, pero había un lejano anillo de familiaridad, una entonación que no era completamente extraña.

—Estoy investigando y me gustaría mucho hablar con usted. Significaría mucho para mí, —dijo.

—¿Investigación? ¿Es usted una científica? ¿Por casualidad estudia medusas?

De pronto, las esperanzas de Ricardo se elevaron. ¿Había leído su artículo sobre las medusas? ¿Había descubierto algo que apoyara sus especulaciones? Tal vez no todo estaba perdido.

—No, nada de eso. Preferiría no discutirlo por teléfono.

¿Podría ir este fin de semana o el siguiente?

—Sí, está bien, —dijo él, curioso por saber de qué quería hablar. —Este fin de semana funcionaría. Mi agenda no está muy ocupada y podría colarte, —añadió con sarcasmo.

—¿Sábado a las diez? Me dijeron que los visitantes podían venir los sábados por la mañana.

—Perfecto. Nos vemos entonces.

De repente todo parecía diferente en anticipación a la visita de Juliette Levin, tenía algo que esperar y podía reemplazar el aburrido presente con un futuro abstracto. La vida volvió a tener pulso.

A las diez en punto del sábado por la mañana el guardia metió la cabeza en la habitación de Ricardo.

—Tienes una visita, Ricardo. También es muy guapo.

Ricardo se había echado hacia atrás lo que quedaba de su pelo y se había cortado la barba. Comprobó su aspecto en el espejo.

—¡Mírate! —dijo el guardia mientras Ricardo se dirigía a la sala de visitas. Ricardo ignoró al guardia, pero no pudo ocultar una sonrisa consciente.

Ricardo estaba nervioso. No había tenido una visita en años. Su vida diaria tenía una certeza que creaba estabilidad y seguridad. Cada día era como el anterior. Ahora esa certeza estaba en peligro. ¿Qué le diría a esta tal Juliette Levin? ¿Le contaría sobre la dura cena de cerdo que comió anoche? ¿Hablarle del tiempo? No. Quienquiera que fuera, quería hablar con él. De su trabajo. ¿Qué podría querer ella?

—¿Dr. Sztein? dijo una joven atractiva. Él asintió con la cabeza. —Sí.

No llevaba ni una computadora ni un cuaderno, ni un bolígrafo con ella, así que probablemente no era una reportera. Él pensó que tenía aproximadamente treinta y cinco años, tal vez más joven. Con sus tacones altos, tenían más o menos la misma altura.

—Juliette Levin. —Ella extendió su mano.

—Encantado de conocerte. Sus ojos se clavaron en él como si estuviera buscando oro.

Se dieron la mano. Su piel suave y su firme pero suave agarre lo resucitó de una tumba sexual. Hacía tanto tiempo que no sentía la ternura del toque de una mujer.

—Encantado de conocerte también, —dijo. Miró sus grandes ojos marrones, del color de la tierra fértil, y luego se sintió atraído por el brillo del lápiz labial rosa y el ligero rizo de la comisura izquierda de su boca. Su corazón se aceleró.

Ella sonrió y se puso nerviosa.

—¿Nos sentamos? —preguntó. —Sí, vamos.

Se sentaron en la mesa junto a la ventana donde las ondas doradas de su cabello reflejaban la luz del sol. Ella si que era algo espectacular; pelo rubio, ojos marrones y piel suave. Había olvidado que había tanta belleza en el mundo.

Se frotó una lágrima con el dorso de su mano. —Dr. Sztein... —Pausó, como lo había hecho por teléfono el otro día. —¿Puedo hacerle algunas preguntas?

—Claro. Dime.

Se preguntaba qué fue lo que le hacía llorar.

Recuperó la compostura. —¿Estuviste en Niza a hace mucho tiempo?

—¿Niza? ¿Nos conocimos allí? —No, pensó. Eso es imposible.

Es demasiado joven. —Sí, estuve allí hace unos treinta y cinco años.

—¿Y fue por una conferencia científica?

—Sí.

—¿Y fue a una discoteca después de su conferencia y ...conoció a alguien?

Vio cómo las mejillas de Juliette se enrojecían. ¡Lápiz labial rosa! ¡Un rizo hacia arriba en la comisura izquierda de sus labios! Su mente se aceleraba ahora.

—No puedes ser... eres demasiado joven.

—Por supuesto que no, —dijo. —Ella era mi madre. Ninguno de los dos sabía qué decir. ¿Era posible?

—¿Monique es tu madre?

No se atrevería a preguntarle lo que se preguntaba… no pudo ser – era demasiado extraño e improbable.

—Sí, —dijo ella. —Creo que sí.

—¿Piensas eso? ¿No sabes quién es tu madre? —Sí, por supuesto. Monique era mi madre. Quiero decir… ¿lo fue?

—Creo que eres mi padre.

Ricardo no dijo nada durante unos largos segundos.

—¿Cómo es posible que lo sepas? Tu madre… sólo la vi una noche… es decir… debe haber conocido a otros hombres. Lo siento. Sólo intento ser honesto y darle sentido a lo que dices.

—Nací nueve meses después de que ella regresara de Niza.

La imagen de Monique llenó su mente. Su pelo rubio, como el de Juliette pero más corto y rizado, sus ojos gris azules, no marrones como los de Juliette, su lápiz labial rosa húmedo y, sobre todo, el rizo ascendente de la comisura izquierda de su labio. Nunca había visto a nadie más que a Monique con una asimetría como esa, excepto ahora en Juliette.

—Mi madre no era una cualquiera, dijo. —No, no, no. Ella apretó su mandíbula.

—No quise decir… Lo siento. Desapareció después de… se fue por la mañana.

—Estaba avergonzada.

—¿Es eso lo que te dijo?

—Sí.

—¿Cómo está ella?, preguntó Ricardo. —He pensado muchísimo en ella. Tenía un rizo en la esquina izquierda de su boca como tú. Se veía tan triste.

—Falleció. Por causa de un atropello y fuga.

—Oh. Por eso dijiste que lo 'fue'. Lo siento mucho.

—Estaba de vuelta en París visitando a un amigo hace cinco años, tratando de cruzar ese círculo loco en el Arco del Triunfo. Ella debería haber usado el túnel. Nunca encontraron a quien la golpeó. Cuando ocurrió, yo estaba en Nueva York con mi marido, Frank. Es abogado.

Ricardo apenas escuchó a Juliette decir algo más. Monique estaba muerta. ¿Realmente tenía una hija?

—No tienes acento francés, —dijo.

—Mi madre y yo nos mudamos a Boston cuando tenía dos años. Apenas hablo francés. Ella quería irse de Francia. Fue fácil para ella conseguir un trabajo como enfermera aquí, ya que era una en Francia.

—¿A qué te dedicas?

—Investigación del cáncer para una compañía farmacéutica.

—¿En serio?

—Mi madre siempre se compadeció de los pacientes de cáncer. Y, lo creas o no, estaba tan impresionada con tu trabajo científico, lo admiraba tanto, que yo me animé y aquí estoy, una investigadora biomédica.

—¿Tienes un doctorado?

—Sí, de la Universidad de Chicago. Hace cinco años.

Qué ironía, pensó Ricardo, haber cumplido el último ruego de Lillian a través de su hija ilegítima con otra mujer. ¿Alguna vez la vida se movió en líneas rectas?

—Eso es maravilloso, —dijo. —¿Se casó tu madre alguna vez? —Nunca. Estuvo enamorada una vez, desesperadamente. Él la rompió corazón. Ella te conoció unos meses después. Ella estaba luchando para volver a ponerse de pie. Sus amigos le rogaron que saliera de París, para ir a un lugar cálido y soleado por un tiempo después de que el tipo la dejara. Se había enterrado a sí misma, estaba deprimida. Así que se fue a Niza por un par de semanas y salió esa noche a la discoteca, y allí fue donde lo conoció a usted. Fue el día antes de su regreso a París.

Los ojos de Ricardo estaban abiertos de par en par con la maravilla. —¿Que más, —preguntó?

—Realmente no hay nada más. Le gustó tu aspecto y se dejó llevar, al menos así lo dijo. Fuiste una aventura espontánea y única en la vida. Simplemente sucedió. Sabía que estaba mal, pero nunca se arrepintió. Y yo soy el resultado. Tú eres mi padre.

Ricardo se quedó sin palabras. Ninguna ficción o perspicacia científica tenía el poder de una declaración tan simple. —Tú eres mi padre.

Tengo una hija, repetía en su mente.

—Tengo una hija, una hija maravillosa y hermosa, dijo en voz alta esta vez. Trató de ocultar sus lágrimas.

—Somos una gran pareja, —dijo, limpiándose las mejillas y riendo torpemente. Le ofreció un pañuelo de papel.

Ricardo pensó en Lillian y se sintió aliviado de que ella no supiera que el niño que anhelaba pertenecía a otra mujer. ¡Qué extraño fue eso! Repitió en voz baja, más para sí mismo que para Juliette, y con una alegría mayor de la que recordaba haber vivido nunca, —Tengo una hija; tengo una hija. Entonces imaginó ver sus rasgos en ella: lo estrecho de sus ojos marrones oscuros cuando estaba nerviosa, sus pómulos altos. Todos en la familia de Ricardo tenían ojos marrones como los suyos, como los de ella. Pero su pelo amarillo era de su madre, aunque su complexión malva parecía una mezcla del marfil de Monique y su tono terrenal.

—¿Cómo me encontraste?

—Yo sé de ti desde hace muchos años. Mi madre sabía tu nombre, por supuesto, me habló de ti cuando tenía cinco o seis años. Entonces, tu juicio fue reportado en los periódicos. Me imaginé que tú debe ser mi padre. Incluso fui a tu juicio el día que testificaste. Sufrí a tu lado.

—¿En serio?

La expresión de Juliette se atenuó. —Creo que el gobierno se ha vuelto loco.

—¿Por qué no me buscaste antes?

Con otra pausa bajó los ojos, casi como si todavía se estuviera escondiendo de él. —No lo sé, —dijo. —Supongo que estaba asustada, o tal vez... no lo sé. Eras mi padre abstracto y el tiempo pasó.

—Padre abstracto, —pensó Ricardo, muy contento, pero disgustado de que ella se haya mantenido alejada durante tanto tiempo. Pero estaba agradecido de que Lillian nunca lo supiera. Se sintió desleal incluso ahora frente a su hija, con Lillian muerta. Siempre había razones para guardar secretos.

—¿Cuánto tiempo llevas casada, Juliette?

—Cuatro años. Entonces ella vaciló. —Otra cosa.

—¿Es eso posible?

—Tienes una nieta. Raquel. Tiene dos años y, no lo creerás, ¡pero se parece a usted! Tiene sus ojos marrones oscuros, solo que a ella le sobra cabello.

Ricardo se frotó la parte superior de su cabeza.

Juliette abrió su bolso y sacó una foto de la niña más linda que había visto.

—Es para usted la foto si la quieres.

—Lo tomó con una mano temblorosa y besó la mejilla de su nieta, sintiéndose avergonzado y con derecho al mismo tiempo. No tenía ni idea de cómo ser un padre, ni mucho menos abuelo.

Los dos eran tímidos. La escena parecía forzada y apropiada al mismo tiempo. Era padre y lo había sido durante muchos años, y ahora también abuelo. Tenía un linaje. Se sentía perverso ser tan feliz en estas condiciones: él encerrado, Lillian fallecido, Monique, la madre de su hija, también. Pero Juliette era su hija y él ahora tenía una foto de su nieta. Fue un momento verdaderamente surrealista, otra bola curva en las casualidades de la vida.

—Tengo que irme ahora, —dijo ella de repente endere-
zándose. —Nos estaremos en contacto. Estoy tan contenta de
haber venido finalmente. No fue nada aterrador.

Juliette le dio su número de teléfono y su correo electrónico.
Lo miró y lo saludó cuando salió por la puerta.

Ricardo volvió a su habitación y pegó la foto de Raquel
en la pared junto a su cama. Buscó un rizo de su labio superior,
pero no lo halló. Su boca era simétrica, como la de él. Le daba
un gran gusto pensar que sus genes fueran expresados en ella.

—¿Quién era? preguntó el guardia cuando Ricardo se le
cruzó en el pasillo al ir a almorzar.

—Bonita, ¿verdad? Algún día te hablaré de ella. Fue un
día hermoso.

Capítulo 42

Ya nada tenía sentido para Ricardo. Lillian y él habían luchado durante años sin éxito para tener un hijo.

Sin embargo, unas horas con Monique, un encuentro transitorio en un país extranjero – esa única infidelidad en su matrimonio resultó en una hija y una nieta. Y entonces su hija, no él, cumple el último deseo de Lillian de que él haga una investigación médica específica, nada menos que sobre el cáncer. ¿Cuál era el punto de planear? ¿Cuál era el rol de la vida humana? Recordaba las palabras de Monique, «Ça ne fait rien», cuando él le dijo que no hablaba francés.

Cuánta razón tenía. Y luego pensaba en su carrera. Su honesta devoción a la ciencia le había llevado a la cárcel, mientras que el jugueteo de Benjamín con el cactus le llevó a ser elegido para la Academia Americana de Ciencias. Podría haber sido que el nopal fuera inútil y que las medusas segregaran una sustancia milagrosa. Todo se redujo a suerte – la mala en su caso.

A las cuatro de la mañana Ricardo finalmente se durmió y soñó con Raquel jugando en el patio de una escuela entre otros niños. Se quedó solo fuera de una valla de alambre. Raquel miró en su dirección, pero no lo vio. Corrió y le abrazó a Juliette con sus bracitos pequeños. Lillian miró a lo lejos por

317

detrás de la valla, frente a Ricardo. Estaba llorando. Ricardo se despertó, con la almohada mojada de lágrimas.

5:30. El desayuno no fue hasta las 7:30. Se volvió a dormir y soñó un poco más. Esta vez Ricardo se encontró en la sala del tribunal rodeado de medusas. El fiscal y Benjamín meneaban la cabeza y se susurraban el uno al otro. Lillian estaba a la distancia observándolo. Él quería hablar con ella, pero ella estaba demasiado lejos. Él comenzó a moverse en su dirección...

—Desayuno, —anunció el guardia, golpeando la puerta de Ricardo. — Me quedo. No me siento bien y no quiero desayunar.

—Como quieras.

Ricardo se acostó de espaldas, con la cabeza acunada por la almohada. Su mente se deslizó hacia atrás a su infancia. ¿Cómo era su madre? Los cuadros de Papi la retrataban de muchas maneras: de pelo largo y ojos pensativos en un retrato, de pelo corto y juguetona en otro; a veces con cola de sirena, otras veces con patas y pies sólidamente plantados en la tierra; una vez con tres ojos como si lo notara todo, otra vez con grandes orejas como si lo oyera todo; y sonriente, pero también con lágrimas, como si hubiera previsto su destino. Ricardo imaginó lo triste que habría sido para ella verle terminar su vida en la cárcel.

—¿Quién soy yo? —le preguntó al aire. —¿Un argentino o un americano, un marido fiel o un adúltero, un científico o un narrador, un hombre honesto o un criminal? ¿Soy compasivo? —Ni una sola respuesta sonó. Cada una merecía un «sí» y un «no», un «quizás» y un «a veces».

Mientras se quedaba dormido, su mente se dirigía a las medusas y aquella habilidad única de visualizar la grandeza de la evolución... Sintió que estaba despierto y giró la cabeza para ver el reloj, pero no tenía esferas. ¿Dónde estaba la hora?

Juliette preguntó como si viniera del espacio exterior, —¿Puedo llamarte papá?

—Claro que sí, por favor, —dijo.

La voz alta de un niño dijo: —Abuelo.

Ella se acurrucó contra su pecho. Él se quedó absolutamente quieto para no perturbar la escena. Qué bien se sentía tener una inocencia tan amorosa contra él. Si tan sólo se lo mereciera. La familia lo era todo. ¿Por qué le llevó tanto tiempo comprenderlo?

—Lo siento, Lillian. Te quiero mucho. Vio su fantasma a su lado.

—Lo sé, —dijo ella.

—Desearía que hubieras estado conmigo la noche en que entré en la mente de aquellas medusas. Viven en un mundo tan misterioso. Estoy convencida de que piensan, sienten e interactúan.

Ella escuchó.

—Estoy confundido, Lillian. ¿Soy un ladrón y un asesino?

—Pobrecito. Acarició su mejilla. Y luego la esquina izquierda de su labio se enroscó hacia arriba, y ella era Monique, y luego Juliette.

Este momento, dormido y aún no dormido, estas ilusiones y contradicciones, este amor y dolor, eran su realidad. Se balanceó suavemente de lado a lado como llevado por la marea que avanzaba y retrocedía. Gritos familiares resonaban en su mente. No sabía su significado, pero ya no le importaba. Los sonidos se disolvieron en el ronroneo de un gato, y luego el ronroneo se convirtió en una dulce melodía que nunca había oído. De repente se encontró en aguas turbias. Las medusas pasaron nadando como si fuera uno de ellos, como si fueran de la familia. Una luz brillante desde arriba aclaró el agua. Las medusas se transformaron en esponjas y otras especies, algunas con espinas, otras con escamas, incluso algunas con pelo largo. Y entonces las medusas volvieron a ser medusas, pulsando tranquilamente en el mar, como él, ya que él también era ahora una medusa, y eso estaba bien para él.

Entonces Papi habló. —Tú eres quien eres y eso es todo lo que cualquiera puede ser, Ricardo.

¿Tenía razón Papi? ¿Era eso todo lo que cualquiera podía ser? Ricardo pensó en lo que podría haber hecho, a quien podría haber ayudado si hubiera seguido la súplica de Lillian.

Capítulo 43

Poco menos de una semana después Ricardo estaba navegando en Internet cuando un titular en la primera página del *New York Times* le saltó. Reinició la computadora como si intentara reiniciar la realidad misma, pero no pudo cambiar la noticia, como tampoco pudo retractarse de su artículo sobre las medusas.

El científico estadounidense/israelí, Benjamín Wollberg, gana el Nobel de Medicina y Fisiología

Ricardo se apresuró a leer el artículo. El informe resumía el primer indicio de Benjamín sobre la Cacteína y su inmigración a los Estados Unidos, llevando un paquete de su preciado nopal. El reportero elogió la tenacidad de Benjamín para perseguir su pasión a pesar de que dos propuestas de subvención para este trabajo fueron rechazadas. El artículo citaba al presidente del departamento de Benjamín diciendo: —Se necesitó la rara imaginación de un Benjamín Wollberg para prever la importancia de sus observaciones sobre la Cacteína y pasar a aislar un polipéptido que se ha convertido en el tratamiento más eficaz para la depresión clínica.

El presidente de la Academia Americana de Ciencias, un neurofisiólogo, declaró: —Wollberg ha abierto un nuevo campo de la psiquiatría con su revolucionario trabajo que está ayudando a cerrar la brecha entre la mente y el cerebro. Incluso el líder de la mayoría del Senado, un internista reencarnado como político, dijo: —Wollberg trae un merecido honor a este país por su novedoso trabajo que reduce significativamente el costo del tratamiento médico para la depresión.

Hallándose al centro de atención, Benjamín fue citado diciendo, —Estoy abrumado. Si este maravilloso reconocimiento muestra algo, es que uno debe confiar en su intuición y nunca rendirse. No había ninguna mención de Ricardo en el artículo. ¿Por qué debería haberla? Benjamín no lo había incluido en su trabajo sobre el nopal. No había incluido a nadie.

Ricardo estaba furioso. Benjamín fue un héroe mientras estuvo en la cárcel. ¡Benjamín no pagó todos sus experimentos con cactus con su propio dinero! ¿No «abuso» del dinero de los contribuyentes tanto como Ricardo? Pero los experimentos de Benjamín habían resultado tener una aplicación médica. ¿De qué sirvieron las medusas? ¿No era tan «revolucionario» ayudar a cerrar la brecha entre los humanos y las medusas lo mismo que fuera «cerrar la brecha entre la mente y el cerebro»?

Ricardo señaló al autor del artículo: ¡Randolph Likens!

La hipocresía no tenía límites.

Ricardo no podía hacer el bien mientras que Benjamín, el niño de oro, no podía hacer el mal. Benjamín tenía todo lo que Ricardo había soñado. Ricardo jugaba con pensamientos de suicidio, pero le faltaba el valor. Anhelaba ser una medusa que pudiera palpitar libremente sin juzgar a los demás o ser juzgado. Si eso fuera posible.

Ricardo comprobó si la puerta de su habitación estaba cerrada, y luego se sentó en su cama y sollozó como un niño pequeño. Pensó en Juliette y miró la foto de Raquel, su nueva familia. Sin embargo, no pudo borrar la imagen de Lillian de su mente, haciéndolo más solitario teniendo una familia de extraños que teniendo a Lillian, su verdadero y eterno amor, muerta.

Capítulo 44

Ricardo anduvo agitado por dos días después de aprender que Benjamín había recibido el Premio Nobel. Comió solo y pasó largas horas en su habitación lamiéndose las heridas y escribiendo historias en las que viajó a mundos imaginarios donde el juicio estaba suspendido y todas las criaturas, invertebrados y vertebrados, reales e imaginarios, vivían en armonía. ¡Qué maravillosos mundos ficticios eran! Se presumía la inocencia; el bien era recompensado. Sin embargo, recibía poco placer cuando releía sus historias. —¡Basura de principiante! —exclamó, aunque se abstuvo de borrar las historias de la computadora. Por muy pesimista que fuera su estado de ánimo, el viejo Ricardo, el científico ambicioso, el eterno optimista, el soñador romántico y el artista imaginativo, se negó a morir. Y cuando pensó en Juliette y en Raquel sonriéndole, la espesa niebla se disipó.

—¿Cómo estás? —preguntó un compañero de prisión, sentándose a su lado una mañana en el almuerzo. A menudo había intercambiado bromas con el recluso, un evasor de impuestos con cara amable.

—Estoy bien, supongo, —dijo Ricardo. En parte era cierto. —Bonito día, —dijo su compañero.

—Seguro que sí. Soleado.

—¿Quieres jugar un poco de baloncesto esta tarde? El alcaide puso una nueva red en el aro. Solía jugar en la universidad, y me encantaría volver a tirar unas cuantas canastas.

— A los 84 años, creo que soy demasiado viejo para el baloncesto, —dijo Ricardo, —pero supongo que debería hacer más ejercicio. Me hará bien.

Pensó en Lillian y en su foto favorita de ella en ropa de ejercicio. Si ella hubiera estado con él ahora, irían juntos al gimnasio, como solían hacerlo, hace mucho tiempo.

—Todos deberíamos. Vamos. Nunca se es demasiado viejo para tirar la pelota un poco. Nos divertiremos un poco para variar.

—Tal vez esta tarde.

— No hay problema. Tómese su tiempo. ¡No tengo planes para el día de hoy!

Ricardo sonrió. —Te busco más tarde, gritó al salir del comedor.

— ¡Te espero!

Ricardo volvió a su habitación y empezó a escribir un nuevo cuento. Era sobre un adolescente argentino con un futuro brillante jugando al baloncesto. Aún no sabía cómo terminaría la historia.

— Oye, Ricardo, tienes una llamada, anunció un guardia que llamaba a su puerta.

Hace una semana recibir una llamada telefónica había sido un acontecimiento trascendental. Qué rápido cambian las cosas. Ricardo bajó por el pasillo hasta el teléfono.

—¿Juliette?— dijo en el auricular, asumiendo que era ella.

—¿Ricardo? — respondió con una voz de hombre.

—¿Benjamín?

— Sí. Ha pasado mucho tiempo, viejo amigo. ¿Cómo estás?

— Vaya, estoy bien. Eso es todo lo que Ricardo pudo obligarse a decir. ¿Qué podría decirle un preso a un Premio Nobel? Luego pensó en Juliette y Raquel, y dijo: — No está mal. Nada mal, Benjamín.

—¿Quién es Juliette? —Sólo una conocida.

— Me alegro de oír tu voz, Ricardo.

Una vez más, Ricardo se quedó sin palabras.

—Ricardo, ¿estás ahí?

—Perdón... sí... te eschucho.

La garganta de Ricardo se estrechó.

— Dios mío, Benjamín. Felicitaciones. El Premio Nobel. No puedo creerlo.

— Asombroso, ¿no? No me lo merezco.

La modestia de Benjamín sonaba falsa. Ricardo cambió de tema. —¿Alguna novedad en la investigación de las medusas? Supongo que no, siendo las cosas como son.

—Tienes razón, es peor que nunca. Sin embargo, un estudiante de posgrado de nuestro departamento agregó la Cacteína a un tazón de medusas. Es demasiado joven para ser intimidado por las circunstancias. Supongo que hay esperanza para el futuro.

— Tienes que estar bromeando. ¿De dónde sacó la medusa? — Eran gelatinas de luna del acuario de Baltimore. Cuando les añadió la Cacteína al agua de mar, las medusas se agruparon, y luego unos minutos más tarde se separaron. Su interpretación fue que la proteína actuaba como un tipo de pegamento que hacía que las medusas se pegaran entre sí, y luego la proteína se disolvía en el agua de mar o se rompía, permitiendo que las medusas se separaran.

—¿En serio? —Ricardo preguntó. —¿Cree que la Cacteína une a las medusas como si fuera un tipo de pegamento? Hmmm... podría haber posibilidades más interesantes, ¿no crees?

—¿Qué has dicho, Ricardo? Apenas puedo oírte. Debemos tener una mala conexión.

— Dije que podría haber posibilidades más interesantes sobre cómo Cactein agrupó las medusas, —repitió Ricardo más fuerte.

—Supongo que sí. Siempre hay más posibilidades interesantes, —dijo Benjamín. —Siento no haber estado más en contacto. La vida está tan ocupada estos días.

Ricardo no podría decir lo mismo de sí mismo. — Lo entiendo. Buena suerte en Estocolmo.

— Gracias.

— En serio. Es genial lo del Nobel. Lo digo en serio. ¿Benjamín había sido su amigo por cuánto tiempo? Eso no se puede borrar.

Ricardo nunca mencionó a Juliette ni a Raquel, ni le dijo de las lagrimas que derramó al enterarse de su premio, ni que escribía todos los días, ni de lo mucho que le hacia falta Lillian. Su existencia en la cárcel rebosaba de vida después de todo, su vida privada, la que vivía en su cabeza – la que contaba.

Después de hablar con Benjamín, Ricardo fue a la cafetería y encontró al recluso que se le había acercado antes. —¿Listo para tirar unas canastas? —preguntó.

— Listo, —contestó el recluso.

Después intentar y fallar en una alineación inversa, Ricardo se dirigió al recluso y le dijo: —Por favor, disculpe esta pregunta embarazosa, pero he olvidado su nombre.

—No pasa nada, soy Billy. Me choca que me digan William. Sonrió.

—Vale, Billy.

Ricardo regateó, giró en una dirección y luego en otra. Sus piernas se sentían como resortes, sus articulaciones se movían libremente. El suelo se sentía sólido bajo sus pies. De repente se detuvo.

—¿Está bien? —Billy preguntó.

Ricardo miró la cerca encadenada en la distancia. Inhaló profundamente. La humedad opresiva del verano había desaparecido y el agudo aguijón del invierno aún estaba lejos. Una suave ráfaga hizo que las hojas de otoño brillaran a la luz del sol. La imagen de Raquel flotaba en su mente. ¿Sería una bailarina o una artista o una escritora cuando creciera, o una científica, como su madre, como él? ¿Le daría bisnietos? ¿Descubriría Juliette una cura para el cáncer?

—Me siento bien, Billy. De hecho, muy bien.

Ricardo rebotó la pelota de baloncesto y se lanzó a la izquierda, dejando a Billy con los pies planos. Corrió hacia la canasta y, con un pequeño salto, lanzó un tiro de salto. La pelota se arqueó hacia la canasta.

Swish.

Reconocimientos

Estoy agradecido a Stevan V. Nikolic y Adelaide Books por la republicación de esta novela, publicada por primera vez en 2014 por IPBooks. La versión reproducida subraya la importancia de la investigación básica en un momento en el que le da prioridad a la investigación clínica y aplicada. La versión en inglés, con una nueva portada y revisiones adicionales, incluye un ensayo publicado anteriormente respecto a mis reflexiones sobre la investigación básica, que refleja el fundamento científico de donde surgió esta novela (*Reflections in Basic Science, Perspectives in Biology and Medicine*, vol. 53, págs. 571-583, 2010).

Agradezco al centro de los escritores (The Writer's Center) en Bethesda por haberme integrado a su red de escritores y facilitado mi transición de científico a escritor. También agradezco a las numerosas personas (en orden alfabético) por sus útiles comentarios y opiniones que condujeron a la primera publicación de la novela: Charles Antin, Carol Arenberg, Robert Bausch, Frederick Bettelheim, Vera Bettelheim, John Burdick, Jo Buxton, Eve Caram, Jesse Coleman, Barbara Esstman, Michael Fisher, Neal Gillen, Jennifer Haupt, Roger Herst, Joseph Horwitz, Zdenek Kostrouch, Joyce Maynard, Ann McLaughlin, Stewart Moss, Leslie Nicholson, Anton

Piatigorsky, Lona Piatigorsky, Warren Poland, Knud Ross, Beverly Ross, Stanton Samenow, Alan Schechter, Adele Siegal, Karen Solit y Babette Spaar. Lucy Chumbley y Margaret Dimond merecen una mención especial por su ayuda, editorial y otra, desde la primera publicación hasta la versión actual.

También agradezco a mi esposa, Lona, por su paciencia y sus valiosas sugerencias a lo largo de muchos borradores de la novela y su camino hacia la publicación. Por último, agradezco al Instituto Nacional del Ojo de los Institutos Nacionales de la Salud por apoyar mi investigación científica y darme libertad académica, incluso el privilegio de investigar el ojo de medusa.

Nota sobre el autor

Durante los 50 años de su carera profesional en el campo de la investigación de la visión en los Institutos Nacionales de la Salud (NIH), Joram Piatigorsky ha publicado unos 300 artículos científicos y un libro científico, *Gene Sharing and Evolution* (Harvard University Press, 2007), ha presentado en conferencias a través del mundo, ha sido premiado en numerosas ocasiones por sus investigaciones relevantes sobre la visión, incluso el prestigioso Premio Helen Keller, ha formado parte de varias juntas editoriales científicas, juntas asesoras y paneles sobre la financiación científica, y ha entrenado toda una generación de científicos en la investigación de los ojos. Hoy día es científico emérito de NIH, colecciona obras de arte inuit y es vicepresidente de la junta directiva del centro de escritores (The Writer's Center) de Bethesda. Publica un blog a través de JoramP.com, ha publicado ensayos personales e historias cortas en las revistas literarias *Lived Experience, Adelaide Literary Magazine,* una novela, *Jellyfish Have Eyes* (IPBooks, 2014), una autobiografía, *The Speed of Dark* (Adelaide Books, 2018) y dos colecciones de cuentos cortos – *The Open Door and Other Tales of Love and Yearning (2019)* y *Notes Going Underground* (Adelaide Books, 2020). Tiene dos hijos, cinco nietos, y vive con su esposa en Bethesda, Maryland. Puede contactarse con él por correo electrónico: joram@joramp.com.